光文社文庫

サーモン・キャッチャー the Novel

道尾秀介

光　文　社

目次

SATOSHI

TOMO

MAKOTO

MEI

YONETOMO

ICHIKO

MISA

HIKIDAS

KOI

Prologues

ひたいに汗を滲(にじ)ませながら、内山聡史(うちやまさとし)は夜の森を進んでいた。

「お兄ちゃん、ちょっと休む?」

智(とも)が心配してくれる。

「いや大丈夫」

「でも顔色悪いよ」

妹は隣から聡史の顔を懐中電灯で照らした。

彼女の話だと、ボーさんが教えてくれた「ユウレイたちにすごくシハイされたイエ」は、樹林の入り口から徒歩三十分ほどの場所にあるらしい。すると、これでまだ半分ほどだろうか。木と土と、湿った夜のにおい。冷や汗はとめどなく流れ落ちる。

「ね、いったん休もうよ。無理したらまた倒れるって」

聡史がバイト先の巨大倉庫型安売り店「ミラスコ」のバックヤードで昏倒しているところを発見されたのは二週間前、三月はじめのことだった。意識を取り戻してからも身体(からだ)にまったく力が入らず、今日はもう帰れとマネージャーに言われたのだが、家まで一人で無事に辿(たど)り着ける自信がなかった。見かねた社員が聡史の家に電話をした。迎えに来てくれたのは、高校から帰ってきたばかりの智だった。

「あのときは、しばらくカップ麺にワカメ入れずに食べてたから栄養不足で……」

「いまは？」

「トイレ」

「だから言ったでしょ、さっきコンビニのまえ通ったとき、この先トイレないから行っときなって」

「だって従業員に断ってくださいってドアに――」

「ならあたしに言えばよかったじゃん、そんなのあたしが店員さんに断ってあげたよ」

今年で満二十三歳になる聡史は、フリーター歴五年、対人恐怖症歴十二年、両親との不仲歴十二年、世界で唯一まともに口を利けるのは妹の智だけなのだ。

「そのへんでしてきなよ」

「うんこだけど」

「こんな森の中で誰も見てる人なんていないから平気だって、ほら行ってきな……え何？」

返した言葉を聞き取ってもらえず、智が片耳を突き出した。聡史は繰り返した。

「耳ふさいでて」

「わかった」

「鼻も」

「いいから早く」

聡史は山道をそれ、膝ほどまである茂みに分け入った。しかし、ふと不安になって振り返り、そこにいてよと妹に頼んだ。懐中電灯の光の中で、智はまた片耳を突き出した。

「こにてよ？」

「そ、こ、に、い、て、よ」

「一人でどっか行くわけないじゃない。あたしだってこんなとこ怖いんだから」

「まあ……そうだよな」

ふたたび背中を向け、懐中電灯で足下を照らしながら草を踏み倒していくと、

「あ、やっとわかった」

智がぱちんと手を打った。

「何が？」

「お兄ちゃんのあだ名の理由」

「ん？」

「バイト先に迎えに行ったとき、みんなお兄ちゃんのこと〝チャマ〟って呼んでたでしょ？お兄ちゃん、理由教えてくれなかったけど、あれって〝内山〟って言ったのを聞き取っても

らえなかったんじゃないの？」

「……よくわかったな」

　インターネットで見つけた募集広告に応募し、ミラスコの商品整理スタッフとして働きはじめた初日、聡史はスタッフたちの前で自己紹介をさせられたのだが、そのとき「内山です」と頭を下げたのを、その場にいた全員が「チャマです」と聞き取り、もちろんそれは間違いだとすぐにわかってくれたのだが、とにかくあだ名は「チャマ」となったのだ。ミラスコで働きはじめる前、人間関係に悩んで辞めた印刷工場でも、じつは同じ理由で「チャマ」だった。さらにその前、人間関係に悩んで辞めた清掃業者では「マトリョーシカ」と呼ばれていた。なまっ白い肌と、ボーリングのピンのような撫で肩と、心持ち丸い顔のせいでそう呼ばれているのだと、はじめは思っていたのだが、親切な後輩アルバイトスタッフが後に、知れば知るほど小さく見えるからだと教えてくれた。

「お前、やっぱり頭いいな」

　便意も忘れて感心し、聡史は智の顔を見直した。妹の顔面は蒼白で、片側は真っ赤な血で覆われ、その血に前髪が張りつき、その前髪のあいだから覗く右目は上瞼が腫れて垂れ下がり、ほとんどふさがっていた。

電極の先端を、大洞真実は慎重に池の水に差し入れた。

背後を確認する。霧山美紗が乗っているあの電動車椅子は、走行音がほとんど聞こえないので、そうして目視しないと不意に接近される恐れがあるのだ。

霧山美紗は、名前にまったく似合わない、紙を丸めてカッターで切り込みを二つ入れたような、皺くちゃで目つきの鋭い老婆だった。声は電波を拾いきれていないラジオのようにメタリックで、この大きな屋敷に数人の手伝いの者とともに暮らし、あれは散歩と呼ぶのか何と呼ぶのか、庭に敷かれた滑らかなコンクリート敷きの小径を、お化け屋敷で見る電動の幽霊のように、無音の車椅子で右へ左へ行き来しては、いきなりそばへ現れたり、いつのまにかいなくなったりする。

周囲に誰もいないことを確認すると、大洞は袖口に仕込んでおいたもう一本の電極を抜き出した。池の中では、晴れ着のように綺麗な模様を持った色鯉たちが、あるものはゆったりと身をくねらせ、あるものはじっとその場で胸鰭を動かしている。

少々の憐れみをおぼえつつ、大洞が電極の先端を水面に触れさせた瞬間、池の中を一気に電流が走った。

日という文字が名前の中に三つも入っている人なんて、ほかにいるだろうか。

「春日明……」

将来的に自分のものになるかもしれないフルネームを、明は口の中で呟いてみた。かすがめい。響きもいい。そして、やはり三文字すべての中で太陽が輝いている様子はなんとも美しい。

机の上に広げた学習ノートを、明はじっと眺めた。縦書きと横書きで、それぞれ一度ずつ書いた「春日明」。もし両親が離婚し、自分が母についていったら、物心ついたときからずっと嫌いだった「大洞」という名字とお別れすることができる。そして自分の名字は、母の旧姓である「春日」となり、人生は三つの太陽に照らされて光り輝く。

「いい……」

心臓がどきどきした。

「いい、いい……」

じっとしていられず、明は衝動にかられて立ち上がった。部屋のドアを開けると、ダイニングの椅子に母の背中があった。

「お母さん、この前の話、あたし賛成する」

ぴくんと母の背中が動いた。

「ほらあの、お父さんと離婚したいって話」

母は肩ごしにゆっくりと振り返り、やがてその両目がふっとひらかれ、唇が隙間をあけ、頰が浮き上がった。その顔を見返しながら明は、自分の胸が夢と希望で満たされていくのを感じていた。

三つの太陽に照らされる日々。

眩しいほどに明るい人生。

…………………。

………。

という八年前の回想から覚め、春日明は顔を上げた。

いま、呼ばれた気がする。

「こっち、こっち」

「あはーい、おめでとうございます」

中年の男性客がこちらに向かって網を掲げ、その中で黒い鯉がぶるんぶるん震えている。明は小走りにそちらへ向かい、エプロンの前ポケットから「1P」のカードを取り出して客に渡した。相手はそれを受け取り、傍らに置かれたプラスチックのカゴにほうり込む。カゴは入場時にカウンターで貸し出すもので、スーパーの買い物カゴの縮小版のような形状をしていて、側面に「カープ・キャッチャー」とマジックで書かれている。

カープ・キャッチャーは、明が去年の暮れからアルバイトをしているこの屋内釣り堀の名前だった。べつに野球とは関係がなく、「カープ」は「鯉」、「キャッチャー」は「捕まえる人」くらいの意味らしいが、そう説明した経営者兼店長の名字が広島なのでまぎらわしい。

建物の広さは小学校の教室二個分くらいだろうか。中央に縦長のプールがあり、その中を黒鯉や色鯉、巨大鯉やチョウザメやナマズが泳いでいる。——とホームページや店内の案内板には書かれているのだが、巨大鯉とチョウザメとナマズについては存在が定かではなかった。少なくとも明はここでアルバイトをしてきた半年間、誰かがそれを釣り上げたところを見たことがない。天井は緑色に塗られていて、水面が上手いことその色を反射させるせいで、プールの中は見えず、はたして本当にいるのかどうかわからない。一度だけ店長の広島に訊いてみたことがあるが、事務室に二人きりでいるときに話しかけたというのに、気づかないふりをされた。

なんだか食品偽装を行っている飲食店で働いているような罪悪感がいつもつきまとうのだが、大学の友達と遊びに行くお金も欲しいし、服も買いたいし、なにより力を入れているヒツギム語会話のレッスン料がけっこうかかる。余計なことはなるべく考えないようにしながら、明は週三日のシフトでこのアルバイトをこなしていた。

「こっち、色鯉ね」

「おめでとうございまーす」

別の客が色鯉を釣り上げたので、明はエプロンのポケットから「5P」のカードを取って渡した。客は釣った色鯉をやさしくプールにリリースする。

カープ・キャッチャーのシステムはパチンコに似ていると言えばいいだろうか。

プールの中を泳いでいる魚たちは、

黒鯉＝1P

色鯉（白鯉・緋鯉・錦鯉）＝5P

巨大鯉（体長50㎝以上）＝20P

チョウザメ＝40P

ナマズ＝50P

といった具合に、種類によって違う点数を持っている。

魚を釣り上げた客は、その都度ポイントカードを受け取り、合計ポイントをカウンターで景品と交換できる。カウンターの後ろには天井までの高さのショーケースがあり、中は様々な景品で埋め尽くされている。最下段には1ポイントで交換できるスナック菓子「すごい棒」、10ポイントのポテトチップスや各種ジュース。下から二段目の20ポイントクラスになると、キッチンやデスクまわりで使える便利グッズなど。三段目には電化製品が登場するが、必要なポイントは跳ね上がり、最もランクの低い中国製のオーブントースターでも150ポイントが必要となる。四段目には携帯用ゲームのハードやソフト、有名メーカー製の家電などが登場し、交換に必要なポイントは250から400。そして五段目、500ポイントクラスの段には、かなりの高級品が並ぶ。ROLEXの腕時計。COACHの財布。VUITTONのバッグ。どれも「保証書付き」と書かれている――のだが、500ポイントどころか、200ポイント以上の景品を手に入れた客でさえ、明はいまだ見たことがない。

カープ・キャッチャーではポイントの持ち越しができず、客はその日に獲得した点数だけで勝負することになる。そして、プールの魚たちは、店のオープン前や客のいないときに、広島から大量の餌を与えられているため、すっかり食い気をなくしている。客は入場時に練り餌を渡されるのだが、その餌は、広島がプールに撒いているものとは見るからに違っていた。なんというか、色が薄く、においも弱い気がする。きっと、魚がなるべく食いつかないよう工夫してあるのだろう。

それでも、客たちはどうやら満足しているらしい。

今日は平日なので客はまばらだが、土日ともなると子供から老人から、たくさんの人がやってくる。雨の休日には、さらに増える。そんな客たちの中には、半日ずっと釣りをつづけた末、すごい棒を二本だけ持って帰る人もいれば、最後まで一匹も釣り上げることができずに店をあとにする人もいる。館内に入るには九百円のチケット代を支払わなければならず、二時間ごとに追加チケットも必要となるのだが、不満そうな顔をして店を出る客はほとんどいなかった。釣りというのは、どうやら魚を釣り上げることだけが目的ではないらしい。

釣りをした経験が、明には一度だけある。

小学三年生のとき、父に連れられて行った図々川の川べりだった。当時暮らしていたマンションから、自転車で二十分ほどだったろうか。父が午前中に釣具屋で初心者セットのようなものを二人分買ってきて、急に明を連れ出したのだ。その翌年から図々川は護岸がコンクリートで整備され、遊歩道が敷かれて釣りが禁止になったので、そうなる前に一度くらい親子で釣りを楽しんでおこうとでも考えたのかもしれない。本人は理由を話さなかったし、明も訊いていないので、わからない。釣りをしているあいだ、父は相変わらず無口で、明も話題を見つけられず、魚はまったく釣れなくて、けっきょくただ日焼けをしただけの夏の午後だった。

「黒鯉ね」

「おめ」

「あー！」

男性客が釣り上げた黒鯉は、針から逃れてプールの中へと身を躍らせた。

「……駄目だよね」

「駄目ですねー、すみません」

男性客は唇を曲げ、練り餌を丸めて針につけ直す。

釣った魚をすぐにリリースできるようにするため、店内で使われる釣り針にはかえしがついていない。だから、針から魚が外れやすい。魚をばらすと言うらしいが、これもまたポイント獲得の難易度を上げている理由の一つだった。

客たちに背を向け、明はカウンターごしにショーケースを見上げた。

ブランド物の景品たちが並ぶ五段目の、さらに上、最上段に、たった一つだけ景品が置かれている。ボール紙を折った手製の三角柱（さんかくちゅう）が横倒しにされ、そこに広島の字で「1000P」と、交換に必要なポイント数が書かれている。三角柱の後ろに、まさに鎮座といった様子で鎮座する、二十センチ四方ほどの、白い箱。材質はプラスチックだろうか。中身はわからない。誰も知らない。あればかりは、いままで手に入れた者は一人もいないのだと広島は言う。一度だけ箱の中身を広島に尋ねてみたのだが、

——こればかりは従業員にも教えられないんだよ。

含み笑いでそう言われた。

誰か、あの景品を手に入れてくれないだろうか。

見事1000ポイントを獲得した客が、いつか自分の目の前であの白い箱を開けてくれることを明は期待していた。しかし、店のオープンからクローズまで竿（さお）を垂らしていたとしても、1000ポイントという尋常ならざる高得点を稼ぐことなどできそうにない。唯一その可能性を持っているとしたら、神様だけだろう。

神は目覚め、身を起こした。

窓から射し込む西日の中で、埃が舞っている。その様子をしばらく観察したあと、神は急に思い出したように「しぃぃぃぃ」と歯のあいだから息を吸いつつわきの下を掻き、かゆみが消え去ると、壁の時計を見上げた。

「いけね」

五時半だ。

ということは、二十時間も眠ってしまったか。

かあああと寝起きの息を吐きながら、河原塚ヨネトモは顎から垂れ下がった白い鬚をのろのろとしごいた。

「行こうと思ってたのになあぁぁ」

あぁぁと語尾をそのまま伸ばし、息が切れたところであくびをし、あくびの終わりとともにガックリと首を折る。真っ白な長髪が、顔を囲むようにして垂れ下がる。顎を胸につけ、半びらきになった厚い下唇を揺らしながら、ヨネトモは背後の枕元に右手を伸ばした。

「サラミ」

薪のように積まれたすごい棒の中から一本を取る。顔の前に持ってくると、パッケージには「チーズ味」と書かれていた。ヨネトモは溜息をつき、それをすごい棒の山に戻し、別の一本を手に取った。

「サラミ」

今度は正解だった。ヨネトモはパッケージを破いてスナック菓子の先端を咥えた。顎を一定のリズムで上下させながら、棒の尻を押していき、すべてが口の中に消えると、指をぺろぺろ舐め、ふたたび壁の時計を見上げる。

「あそこ七時までだもんなあ……」

あそこというのは、このぼろアパートから歩いて三十分ほどの場所にあるカープ・キャッチャーのことだ。徒歩三十分というのは一般的な感覚では非常に大変そうだが、かつて八〇〇メートル走のオリンピック強化選手であったヨネトモにはどうということはない。これだけ不摂生な生活をつづけ、今年の誕生日でとうとう七十歳になったが、足腰の衰えもさほど感じなければ、風邪以外の病気にかかったこともなかった。

「あー寝すぎた」

独り言が異様に多くなったのは、四十年にわたる独居のせいだ。考えていることの七割ほどが、勝手に声になって口から洩れてしまう。

「コンポタ」

背後から新たな一本を取る。今度も正解だった。

立ち上がると、膝の関節がぱきぱき鳴った。

窓辺に立ち、夕陽に照らされた遊歩道を眺める。ここ図々川町は、川幅二メートル足らずの図々川によって南北に二分され、その川に沿って延々と遊歩道がつづいている。

スーパーのレジ袋を自転車のハンドルに下げた若い主婦が、左から右へシルエットになって走っていく。いや主婦かどうかはわからないが、どうしてかヨネトモには、道行く人はすべて家庭を持っているように見えてしまう。

子供たちの影が、高い声を響かせながら、同じ方向に歩いていく。この時間、図々川の土手を行く人は、みんな左から右へ向かう。もう少し遅い時刻になると、都心で働いてきたスーツ姿の男たちが、やはり同じ方向に歩いていく。図々川町はいわゆるベッドタウンで、そのベッドにあたるものが右方向にあるのだ。左には駅や線路や商業施設や警察署や役所が建ち並んでいる。

「今日は神様になれねえなあ……」

見る間に暮れていく空を眺めながら、ヨネトモは口のまわりのしょっぱい粉を舐めた。

ヨネトモが母親の腹の中にいるとき、父親が戦争で死んだ。母親と二人でつましい暮らしをつづけていく中、お菓子を食べられる機会なんて滅多になかった。大人になってスポーツ用品メーカーの陸上クラブに所属してからは、多少は金の余裕ができたけれど、選手として厳しい栄養管理が求められた。ちょうどヨネトモが三十代になった頃だったろうか、日本にスナック菓子ブームともいうべきものがやってきて、どの小売店でも様々なスナック菓子が売られるようになったが、それを買って食べることも一度もなかった。オリンピックに出るという、ミーちゃんとの約束を果たすため、あらゆる努力をしたかったのだ。些細な我慢でも、喜んでしたかったのだ。

しかし、けっきょく約束を果たせないままヨネトモは現役を引退した。

慢性的な無気力に襲われ、四十代になる前に会社を辞め、それからは日雇いの仕事を中心に働いて、どうにかこうにか食いつないできた。そんな生活を送りながら、ときおり図々川の河原まで出かけて釣り糸を垂れることだけが、ヨネトモにとって唯一の楽しみだったのだが、あれは十年前くらいだったか、図々川の護岸がコンクリート整備され、町内での釣りが全面的に禁止されてしまった。

駅の向こうにカープ・キャッチャーが開業したのは二年前のことだ。

魚を釣ってポイントを稼ぎ、景品と交換するというパチンコ的なシステムは、それまでギャンブルなどに縁がなく、また釣りが特技であるヨネトモをすっかり魅了した。釣りの腕前だけは誰にも負けない自信があった。幼少期は、母といっしょに食べる鯉や鮒を、いつもヨネトモが図々川で釣っていたのだ。釣ることができなければ、晩のおかずが一品減った。一品減ると味噌汁しかないという日が多かった。腕は自然と磨かれた。

カープ・キャッチャーの開業以来、ヨネトモは年金の大部分をそのチケット代につぎ込み、様々な景品を手に入れた。いまではほかの客たちに神と呼ばれるようにさえなった。それは釣りの腕だけではなく、おそらくは風貌も手伝ってのことなのだろうが、嬉しかった。いま使っている洗剤も石鹸もペン立ても小銭入れもハサミも安眠枕も、すべてカープ・キャッチャーのカウンターでポイントと交換したものだ。

　ポイントを初めてスナック菓子と交換してみたのは、あの店に通いつめ、欲しい日用品をあらかた手に入れたときのことだった。スナック菓子というものをほとんど食べたことがなかったので、何がどんな味なのか、よくわからなかった。迷った末、なるべく数がたくさんあったほうが贅沢な気がして、いちばん少ないポイントで交換できるものを選んだ。一口食べて、あまりの美味さに驚いた。いろんな味があった。どれも美味しかった。以来、ヨネトモはすごい棒の虜となり、主食をそれに切り替えたと言っても過言ではないのだが——。

「米も食わねえとなあ」

　さすがにときおり健康面の心配もするのだった。

「あ、餅」

　かなり前にスーパーで買ってきた餅が、たしかまだあった。

　窓辺を離れ、万年床を踏み越えて二畳の台所に向かう。冷蔵庫に入れてあった餅のパックから一個つまみ出し、少しかびていたので、そこを包丁でそぎ落とし、トースターに手をかけた瞬間、

「はあああああああああ！」

ヨネトモの身体を電流が走り抜けた。

幼いとき両親に連れられて行った黒部（くろべ）峡谷での出来事を、柏手市子（かしわでいちこ）は近頃よく思い出す。

たしか小学四年生だったから、四十五年前のことだ。

山の麓（ふもと）の駅からトロッコ列車に乗り、急角度の斜面を登りながら峡谷を眺めた。木々の葉は秋色に染められ、眼下を流れる川は青一色だった。水が青いのは空を映しているからなのだと、誰にも説明されずに、そのとき市子は気がついた。それが誇らしくて、向かいの席に座る父と母に教えようとしたら、天井に据え付けられたスピーカーから男の人の声が流れはじめた。黒部峡谷に関する説明のアナウンスだった。

冬場は雪のため、このトロッコは運行されないこと。しかし線路の手入れをしたり、雪を取り除いたりしなければならないので、運営会社の人たちは自分たちの足で雪の山に入っていくこと。その際には線路にへいせつされた長いトンネルを歩いていくこと。線路の終点まで行くには六時間もかかること。

そんな説明が流れているあいだ、トロッコ列車は赤くて大きな鉄橋を渡り、トンネルをくぐり、急斜面でスイッチバックを決め、下りのトロッコ列車とすれ違った。窓越しに、向こうの乗客たちが手を振ってきた。こちらの乗客も手を振っていた。

そのとき父と母も手を振っていたのが、市子にはとても意外だった。

普通の人たち――普通のお金を持って、普通のものを食べて、普通の暮らしをしている人たちに、二人がそんなふうに対応することもあるのだと、嬉しいような、つまらないような心持ちで、市子は両親の胸元あたりに視線を向けた。普通の人たちにはきっと買えない母のネックレスが、きらきら光っていた。やがて隣のトロッコ列車が遠ざかり、父と母は挨拶の余韻が残る手を、それぞれの膝の上に戻した。

手品を見たのは、そのときのことだ。

真っ赤な一枚の葉が、両親の肩の上、窓のすぐ外で静止していた。

はじめは窓ガラスに張りついているのかと思った。しかし、ガラス面と葉のあいだには空間がある。まるで紅葉の見本が飾ってあるように、それはまったく動くことなく、宙に浮いていた。トロッコは走りつづけているのに。外には風だって吹いているのに。

自分が見ている光景の不思議さに、市子は動けなくなった。たぶん息もしていなかった。

やがて真っ赤な葉は、現れたときと同じように、唐突に消えた。全身を激しく震わせ、くねらせて、木々の向こうに飛んでいって見えなくなった。

あれは、市子たちが乗っていたトロッコ列車と、すれ違ったトロッコ列車、そして周囲の木々たちが巻き起こした空気の流れや、峡谷を吹き上がる風や、葉自体の重さや、それが枝から離れて落ちるタイミングや——そのほか無数の要素が絡み合って生まれた、一瞬の奇跡だったのだろう。

その奇跡を目撃したときのことを、市子は近頃よく思い出す。

the
Novel

第一章

ヨネトモがカープ・キャッチャーのゲートを入ったのは、午前十一時過ぎのことだった。本当は営業開始の九時ぴったりに来るつもりだったのだが、またうっかり寝過ごしてしまったのだ。

「いらっしゃいませ。いつもありがとうございます」

すっかり顔馴染みになった女学生のアルバイトにチケット代を支払い、竿と練り餌を受け取った。ガラス戸の張られた景品棚を見る。下から三段目、「150P」という札がついている中国製のオーブントースター。これを手に入れるため、今日はやってきた。

昨日、餅を焼こうとしてアパートのオーブントースターに触れた瞬間、ヨネトモの全身を電気が走り抜けた。いや、もしかしたら右手の指先だけビリッときた程度だったのかもしれないが、主観的には全身だった。自分の身体がビカビカと明滅しながら断続的に骸骨を透かし見せている様子を、ヨネトモはいまでも思い浮かべることができる。

「あれ買ってから二十年くらい経つもんなぁ……」

魚たちが泳ぐプールへと向かう。今日は日曜日だが、天気がよく行楽日和のせいか、客は少ない。プール左手の丸椅子に、少年三人組と、小さな女の子を連れた若い父親。右手には中年の男性が二人、それぞれあいだを空けて糸を垂れている。どこに陣取ろうかと思案しながらヨネトモが近づいていくと、小さな女の子がこちらを見た。彼女は白くて長いヨネトモの髪や鬚を見るなり何か言おうとしたが、

「ねえパパ——」

その口を隣から父親が押さえ、耳元でそっと囁いた。

「……神様だよ」

プールの右手に回り込む。二人の男性客のあいだに腰を下ろし、彼らが自分の所作に注目していることを意識しつつ、釣り竿に巻かれた糸をたぐって針をつまむ。片手を練り餌のタッパーに突っ込み、大きな鼻くそを丸める要領で餌を玉状にし、針の先に刺す。餌は硬すぎても柔らかすぎてもいけない。水の中で玉の周囲がほろりと溶けるように。しかし中心部分は溶けることなく、針の存在を隠しつづけるように。

すっと竿を振り、ヨネトモは糸の先を音もなくプールに沈めた。

ほんの小さく、周囲からはわからないほどの動きで竿を揺らす。糸の先で練り餌が水中に欠片を落とし、その欠片を魚がちらりと気にする。もちろん目では見えないが、ヨネトモにはそれがわかる。しかし魚は腹が減っていないので、面倒くさがり、けっきょくそのままや

りすごす。ヨネトモはもう一度同じ動きで竿を揺らす。練り餌の欠片がさらに剝落し、それは宇宙飛行士のように、ゆっくりと揺れながら水底に落ちていく。その様子を見ていた魚は、自らの身体の反応に、いささかの驚きをおぼえる。さっき食事をしたばかりなのに、どうしてお腹がへるのかな。

周囲で「おお」と微かな声が上がった。竿先がぶるんと震え、その震えのタイミングを完璧に予測していたヨネトモは手首を跳ね上げるようにして竿を引いた。水面がばしゃりと波打ち、口に針を引っかけた鯉が身を躍らせる。ヨネトモは素早くタモを突き出してその身体を受け止めた。

「黒ね」

「おめでとうございまーす」

アルバイトの女学生が「1P」と書かれたカードを渡しに来るあいだに、早くもヨネトモは黒鯉をプールの中へリリースし、針に新たな練り餌をつけていた。

右手で竿を支えたまま、左手でカードを受け取ってカゴに入れる。その様子を、アルバイト女学生の背後から、月餅(げっぺい)に黒カビがはえたような顔の男が見ている。この屋内釣り堀の店長だ。ヨネトモが来ると、必ずああして奥の事務所から出てきて、ちょっと心配そうな顔でしばらく立っていたあと、また奥へ引っ込む。そしていくらか時間が経った頃、また心配そうな顔で出てくるのだった。

ぶるんと竿が震え、周囲の客がふたたび声を洩らした。

「黒ね」

「おめでとうございまーす」

新たな1ポイントが加算され、魚は水中へとリリースされ、ヨネトモは練り餌を丸める。

この頃どうしてか、釣り竿を丸めているときに、母のことを思い出す。

ヨネトモの子供時代、母は製紙工場で男にまじって働き、パルプの臭いをさせながら毎日へとへとになって帰ってきた。それでも、ヨネトモが図々川で釣り、盥(たらい)に入れておいた鯉や鮒を見せると、えらいえらいと笑顔になり、腰を下ろす暇もなく夕食の支度に取りかかった。

「おおお」

「色鯉ね」

「おめでとうございまーす」

陸上競技を本格的に開始した中学時代も、八〇〇メートル走に的を絞って練習しはじめた高校時代も、ヨネトモは時間を見つけては図々川で糸を垂れていた。就職して収入を得るようになり、川で食材を獲ってくる必要がなくなってからも、時折の釣りはいい息抜きになった。釣ってきた鯉や鮒を、その頃になると母は、懐かしいと言いながら食べていた。

——いつか選手になってスポンサーがついて、金稼げるようになったらさ。

狭い借家の居間で晩ごはんを食べながら、いつだったかヨネトモは言ったことがある。

——北海道行って、鮭釣るよ。サーモンだよ、サーモン。

しかし、ヨネトモが三十になる手前、母は癌にやられてあっさりあの世に行ってしまった。その後、ヨネトモは陸上競技から引退し、やがて会社も辞めた。

以後、その日暮らしの数十年。この釣り堀では「神様」扱いされているけれど、実際には人間の中でもずっと下のほうで、ポイントがつくとしたらせいぜい1ポイントか、あるいはカウントもされないような存在だと承知している。

「色鯉ね」

「おめでとうございまーす」

鯉を釣りつづけているうちに、思い出の風景は勝手に切り替わり、気づけば図々川町は大雨に見舞われていた。

いや、あの頃はまだ町ではなく村だった。

ヨネトモが母と暮らしていた借家は図々川のほとりにあり、あの日、景色がまったく見えないほどの豪雨の中、瞬く間に水が床を越した。真夏の午後だった。雨音とは思えないほどの轟音(ごうおん)を聞きながら、小学三年生のヨネトモと母は、大事なものだけを風呂敷の中に掻き集めて高台へ逃げた。何人もの、低い場所に暮らしている村人たちが、ずぶ濡れになりながら、あっけにとられたような顔で村を見下ろしていた。ヨネトモも見下ろしてみたが、雨のせいていた。

で景色は見えなかった。それでも、ほかの村人たちといっしょになって、高台の下を見つめていた。

——ヨネトモくん。

小さく声をかけられた。

振り向くと、ミーちゃんが立っていた。当時はまだ珍しかった洋傘をさし、それでもスカートやブラウスはびしょ濡れだった。級友の男子の多くが憧れ、自分も授業中にいつも横顔を見つめているミーちゃんが、突然すぐそばに現れて、ヨネトモは声を返せなかった。

——ヨネトモくん、うちに来て。お母様もいっしょに。

雨音に溶け消えてしまいそうな囁き声で、ミーちゃんがそう言ったのは、同じように困っている村人たちが周囲にたくさんいたからだったのだろう。だから、ヨネトモの返した声も小さかった。

——いいの？

いいの、とミーちゃんは頷いた。

——お父さんとお母さんには、もう言ってあるから。あのね、もし学校のお友達が困っていたら、連れて帰ってきてもいいかどうか、あたしきいたの。そしたら、いいって。最初は、危ないから家を出ちゃ駄目だって言われたんだけど、あたし聞かなかったの。ヨネトモくんのおうちが水に浸かったんじゃないかと思って、わざわざ探しに来たんだから。

意味が通るような通らないようなことを言いながら、ミーちゃんは何故かちょっと拗ねたように唇を尖らせた。彼女が自分のことだけを——自分と母だけを探しに家を出てきたのだと理解したのは、ずっとあとのことだ。

——お母さん。

ヨネトモは母の顔を振り仰いだ。母はどちらとも視線を合わせず、雨に打たれながら、唇を少しひらいて言葉を探していた。

母が狼狽えていたのは、ミーちゃんの家と自分の家では、あらゆる違いがあったからだろう。ミーちゃんの家は、ヨネトモと母が避難した高台の奥にあり、大きくて立派で、忍者ものの紙芝居に出てくる大名屋敷みたいな家だった。いや、もともとは本当に大名屋敷だったらしい。当時も村で一番のお金持ちで、ミーちゃんはその家の娘だった。

——そいじゃ、あたし、おうちの前で待ってるから。お風呂も沸かしてもらっておくから。

ミーちゃんは回れ右して背中を向けた。水色のスカートがひらりと持ち上がったそのときの光景が、ヨネトモの頭の奥に、焼きついたように残っているのだが、実際にはスカートはびしょ濡れで、持ち上がったはずがない。それからミーちゃんは、高台の真ん中に延びる道を、半分駆け足になって去って行った。不思議なもので、そのときも彼女の水色のスカートがひらひらとやわらかく揺れていたように憶えている。やがて、そんなミーちゃんの後ろ姿も、白い洋傘も、すぐに雨の幕に遮られて見えなくなった。

——お母さん、行かないと。

ヨネトモはふたたび母の顔を見上げた。

——でもねえヨネちゃん……。

雨音に言葉を紛らせながら、母は自分の野良着を見下ろした。

——だって、待ってくれてるって。

押しつけるような口調になった。せっかく声をかけてくれたのに待ちぼうけをさせるのが申し訳ないという気持ちと、待ちぼうけは絶対にさせたくないという気持ちは、似ているけれどまったく違っていて、自分がどちらの気持ちでいるのかを、母に悟られても構わないと思った。

やがて母は、急にどこかがくすぐったくなったような顔をして、その日の雨が降り出してから、初めて笑った。

——お世話になろうかね。

そしてヨネトモと母は、ミーちゃんの家で雨をしのぎ、一晩の宿を借りたのだ。

「黒ね」

「はーい」

ミーちゃんに、将来は必ずオリンピック選手になってくれと言われたのは、その夜のことだった。ミーちゃんのお父さんやお母さんやお姉さんといっしょに卓を囲み、ご馳走をお腹いっぱい食べさせてもらったあと、二人で廊下に座って、夜の雨を眺めていたときだ。学校の体育の時間に、ヨネトモが誰よりも早く走り、誰よりも高く跳んでいたのを、ミーちゃんは知ってくれていたのだ。ヨネトモは胸がいっぱいになった。ミーちゃんの横顔は、背後の障子ごしに洩れてくる光で白く照らされて、高貴な感じがした。白地に金魚の模様が散った浴衣が、たまらなく可愛らしかった。違う、綺麗だった。

ヨネトモは何度も、何度も何度も頷き、ぜったいになるよと約束した。ミーちゃんは、どこの国でも、きっと試合を見に行くからと言ってくれた。ヨネトモの胸の中に、大人になった自分が巨大なグラウンドを駆け抜け、ぱっぱっぱっと水切りの石のようにハードルを越えたり、おそろしく高いところにあるバーを背面跳びで攻略している場面が浮かんだ。声援のうずまく客席では、鼻が高くて目の青い人たちにまじって、いまよりももっと綺麗になったミーちゃんが、可憐な花のように、笑いながら手を振っているのだった。オリンピック選手を目指すという決意がみるみる腹の底で固まっていき、その決意だけで、いま想像している場面が現実のものとなることが決定づけられたような気がした。まさかその数時間後に、自分に夢をくれたミーちゃんが死んでしまうなんて、考えてもみなかったのだ。

「カード、取り替えますね」

不意に声がし、気づけばアルバイト女学生が隣にしゃがみ込んでいた。

「うん？」

「あ、カードです。大きいやつと」

「ああそう」

彼女はカゴの中に溜まったカードを集め、10ポイントごとに、エプロンの中から取り出した「10P」のカードと取り替えていった。

「あ、すごい、142ポイント」

彼女といっしょにヨネトモも驚いた。思い出がとりとめもなく脳裡を巡っていくうちに、いつのまにかこんなに釣っていたのだ。周囲に視線をめぐらせてみると、釣りはじめたときとは客の顔ぶれも変わっている。正面の柱に、月並みなアナログ時計がかけられているが、時刻はもう二時に近くなっていた。

「お腹空いたから、お菓子と取り替えよっかな」

「え、全部ですか？」

「いや、ちょっとだけ。オーブントースターって何点だっけか」

「150です」

「じゃ、10点だけお菓子と取り替えよ。いまここで頼んじゃっていい？」

「はい。何がよろしいですか？」

「いつもの」

「お味は？」

「まぜる」

はーいと返事をして彼女はカウンターのほうへ戻っていった。

その後ヨネトモは、右手で竿を支え、左手で常に新たな練り餌を丸め、口にすごい棒を咥えながら釣りをつづけた。黒鯉を釣り、色鯉を釣った。カゴの中のポイントは増えていった。先ほど交換した10ポイントをすぐに取り戻し、さらに8ポイントを稼いで、オープントースターの獲得は確実となった。途中で月餅顔の店長が出てきて、ヨネトモによって自分の鯉が乱獲されるのを見守りながら、壁の時計に視線を飛ばしては時刻を確認した。三時——三時半——土日祝祭日のカープ・キャッチャーの営業終了時刻は、平日よりも一時間早い午後七時だ。館内の案内板にはその理由を「メンテナンスのため」と書いているが、休日には朝からやってくる客が多く、高ポイントの景品を獲得される確率が高くなるから早終い(はやじまい)するのかもしれない——四時——四時半——ぐぐぐっと竿が重たくなった。

「ん」

何だこれは。

この感触には憶えがある。あれは中学生の夏——いや小学生の——忘れてしまったけれど、とにかく感触は憶えている。いつものように図々川で食材を調達していたときのことだ。ぶるぶると水底を横に力強く這(は)っていくような動きに首をひねりつつ、あのときヨネトモは竿を引いた。姿を現したのは、大きなナマズだった。図々川でナマズを見たのは初めてのことで、しかもあれは蒲焼きにするとものすごく美味しいと聞いたことがあった。ヨネトモは喜び勇んで糸を摑み、手繰り寄せたが、焦ってしまい、ナマズは針から逃れて水中へ姿を消した。それから二度と図々川でナマズに出会うことはなかった。

「いたのか――」

館内の案内板に書かれた「ナマズ＝50Ｐ」という文字がヨネトモの脳裡をシュッとよぎった。あれはただそう書いてあるだけで、実際にはナマズなどいないと思っていたのだが。

ここで一気に50ポイントを獲得すれば合計は――どのくらいだろう。とりあえず１５０ポイントはオーブントースターと交換するとして――いや、ナマズの50ポイントを足せば国内メーカーのオーブンレンジにポイントが届くかもしれない。たしか水で焼く機能がついているというようなことが箱に書いてあったが、水で焼くというのはどういうことだ。右手に伝わる重みがぐぐっと増した。その瞬間、ヨネトモは手首を跳ね上げて竿を素早く立てた。ずん、と芯のある感触があり、針がしっかりと獲物の口にフックしたことがわかった。竿を両手で握り込み、糸が切れてしまわないよう、じりじりと立てていく。獲物は水底を右回りに移動し、その動きは糸の長さいっぱいに弧を描き、やがてこちらに戻ってこようとした。その瞬間を逃さず、ヨネトモはひと息に竿を立てた。水面がばしゃんと大きく波打ち、相手が姿を現した。

針にかかっていたのは、ごく普通の黒鯉だった。

「おめでとうございまーす」

黒鯉はタモの中で、針を咥えた口をぱくぱくさせている。

「お前、なんだってあんな泳ぎ方……」

ヨネトモが針を外してやるあいだ、黒鯉はぽっかりと両目を見ひらいて、されるがままにじっとしていた。

初めて日雇い仕事をしたときのことを、いまでもヨネトモは鮮明に憶えている。四十手前で会社を辞め、貯金を崩しながら日々をしのぎ、とうとう食いっぱぐれそうになったとき、ヨネトモは電柱に貼られていたチラシを見つけた。建築現場の従業員募集だった。電話をして面接に行くと、当時のヨネトモよりも少し若そうな現場監督が、日よけのテントの下で麦茶を出してくれながら、ヤクザのような口調で経歴を尋ねた。ヨネトモが陸上の現役時代の話や、オリンピックの強化選手に選ばれたことがあるという話をすると、それまで上瞼でほとんどふさがっていた目を、彼は急に見ひらいた。おがくずで汚れた折りたたみテーブルを回り込み、現場監督はヨネトモのそばまで来ると、服の上から両足や肩や背中をぐいぐい押したり揉んだりし、これは使えそうだと、太い声で笑った。ヨネトモはすぐに採用された。

しかし、結果的には、まったく使えなかった。いくら足腰はしっかりしていても、建築現場のことなど何もわからなかったし、あれこれ教えてもらっても、どうしてこんなに憶えられないのかと自分で不思議なくらい、言われたことが頭に入ってこないのだ。自分よりずっと年下の職人やアルバイトたちからも怒鳴られっぱなしで、誰かが怒鳴るたび、別の誰かが半笑いでヨネトモの経歴を揶揄した。大した経歴ではないのに、それを鼻にかけているとでも思われていたのかもしれない。ヨネトモのほうにそんなつもりはなかったけれど、相手はそう考えていたのだろう。もし足も腰もひょろひょろだったら、変な期待もされなかったに違いない。同じように物覚えが悪くても、失敗をしても、あんなに怒鳴られたり笑われたりしなかったかもしれない。

ヨネトモは黒鯉をプールに戻した。

黒鯉は何事もなかったかのようにゆらりと身をくねらせて消えた。

それからヨネトモが鯉を釣り上げるペースは格段に落ちた。しかも、どうしてか針にかかるのは黒鯉ばかりだった。周囲の客たちは物足りなそうな様子で、アルバイト女学生はあてが外れたような顔になり、店長は自分の首を揉みながら事務室へ戻っていった。

営業終了時刻を待たず、ヨネトモは腰を上げた。

「まず、そのトースターと……」

国内メーカーのオーブンレンジには、けっきょくポイントは届かなかった。しかし、欲しかったオーブントースターとの交換で150ポイントを使ったあと、けっこうなポイントが手もとに残った。景品棚を眺め、ヨネトモは思案というほどでもないが思案した。すると、オーブントースターと同じ三段目に、なんだかよくわからない物体を見つけた。透明なビニール袋の中に、大小の宝石のようなものが入っている。実際には宝石ではなくガラスで、どうもすべて一本の糸でつながっているようだ。はじめはネックレスかと思ったが、あまりに大きすぎる。ガラス玉は大きいものから小さいものへ順番に糸が通され、一列に並んでいるようだ。いちばん大きなものは、指で輪をつくったほどの直径の涙形。そのつぎに、親指の爪ほどの大きさの、薄茶色に染められた玉が五個。そして小指の爪ほどの大きさの、空色の玉が三つ。

「それ何？」

「サン・キャッチャーです」

アルバイト女学生はガラス戸を開け、景品を取り出してくれた。

「店長が、ここの店の名前とのあれで、買ってきて。キャッチャーつながりで」

「何するもんなの？」

「吊るすんです。窓のそばとか軒先とか、お日様が直接あたるところに」

お日様なんて言葉を久しぶりに聞いた。

「このティア・ドロップのほうを下にして――」

彼女は涙形のいちばん大きなガラス玉を下にして、細っこい指先からサン・キャッチャーをぶら下げてみせた。上から下へ、だんだん大きくなりながら、ガラス玉が並んだ。間近で眺めてみると、どのガラス玉も表面が滑らかではなく、細かくカットされている。

「これに日光があたると、光が細かく反射して、お部屋の中に小さな丸い虹ができるんです。すごくたくさん。一度、そこの事務所で試してみたんですけど、壁とか天井が虹でいっぱいになるんですよ」

「ふうん……」

白い鬚をしごきながらヨネトモは、長年暮らしているぼろアパートのぼろ部屋が、虹でいっぱいになるところを想像して、苦笑いしようとしたが、思いの外その光景は魅力的だった。東側の、図々川に面した窓に吊るしたら、午前中には朝陽が入り、部屋が虹でいっぱいになってくれるかもしれない。

「じゃ、それにしよっかな」

「え、これですか」

たったいま自分で景品の説明をしたというのに、意外そうな顔をされた。

「そう。それと、オーブントースターと、余った点数は、いつものもので」

「お味は？」

「まぜる」

彼女はオーブントースターの箱を大きな手提げ袋に入れ、サン・キャッチャーをレジ袋に入れ、大量のすごい棒を別の手提げ袋に詰めてくれた。

すごい棒だけで、オーブントースターの箱が入った手提げ袋と同じくらいの大きさだ。

「こんなんなった?」

「はい、けっこうポイントが余っちゃってたので——」

どうしましょうかというように、彼女はヨネトモの顔を窺う。ヨネトモはううんと首をひねりながら、なんとなく背後を見た。小学生の男の子二人組が、景品交換の順番を待っている。ちらりと彼らのカゴに目をやると、片方には「1P」のカードが一枚、もう片方には二枚。

「少しいる?」

すごい棒の詰まった紙袋を指さして訊いてみると、二人の少年は両目を広げ、鳩みたいな顔になった。

「もう二つ、袋ちょうだい」

ヨネトモが言うと、アルバイト女学生はカウンターの下から無地の白いレジ袋を二枚出して渡してくれた。少年たちは「すげえ」とか「大量」とか「めんたい」とか言いながら、それぞれの袋にすごい棒を詰めはじめた。

中年女性の存在に気づいたのは、そのときのことだ。

五十代半ばだろうか。

着ているコートは、ヨネトモの目からしても、薄汚れて、みすぼらしかった。季節もサイズも合っていない。ひどく猫背で、深く被った毛糸の帽子はあちこちほつれて穴が開き、もとはたぶん鮮やかな赤だったのだろうが、すっかり白茶けて別の色になっている。

ヨネトモは彼女が片手にぶら下げたカゴをさり気なく覗いてみた。カードは一枚も入っておらず、どうやらボウズだったらしい。

彼女は竿とカゴをカウンターに返却し、首だけ回してこちらを見た。目が合った。と思えば視線を彼女はずらし、すごい棒を選り分ける少年たちを見た。そしてこちらを見た。また少年たちを見て、こちらを見た。何も言わなかった。

「……どうです？」

協力してくれないか、という印象をできるだけ前面に出して、ヨネトモは声をかけた。

「よかったらこれ。いっぱいあるんで」

べつに、彼女を哀れんだわけではない。いくらみすぼらしく見えたところで、ここは遊戯施設なのだから、可哀想も何もなく、そもそもヨネトモが言えた義理ではない。ただ、今日はなんとなくそんな気分だったのだ。

「え」

「これ、お菓子」

「でも……」

咽喉の奥で、息にすっかり薄められたような声だった。ほんの少し視線を下げ、彼女はヨネトモの鬚のあたりを見た。

その様子は、大雨の日の母に似ている気がした。

ヨネトモがミーちゃんの家に行こうと言ったとき、母はこんな顔をして、こんな声を洩らして、こんなふうに視線を下げたのではなかったか。

「もらってくださいよ」

一握りのすごい棒を袋の中から掴み出して、ヨネトモは彼女に差し出した。一握りといっても四本だったが、それでも少年たちは揃って嫌な顔をした。

「いっぱい交換しすぎちゃったんです」

薄汚れたコートの胸元に、ヨネトモがすごい棒を差し出すと、彼女は反射的に腕を持ち上げ、水をすくうようにして両手を丸く合わせた。ヨネトモはそこへすごい棒を四本のせた。短い沈黙があり、彼女は唇をひらいて何か言いかけた。もともと上背(うわぜい)がないところに、うつむいたままだったので、表情はよく見えない。

つぎの瞬間、彼女は唐突に動いた。

背を向け、肩でぶつかるようにしてガラス戸を出ていくと、ステップを駆け下り、少しでも早く自分の姿を消そうとするように、左へ折れて見えない場所へ去っていく。それを呆然(ぼうぜん)と見送りながら、ヨネトモの胸から先ほどまでの大らかな思いや郷愁は掻き消え、かわりに純粋な後悔でいっぱいになった。

しばらくして振り返ると、少年たちが居心地悪そうな顔をして、こちらを見ていた。

「それ、ぜんぶあげる」

ヨネトモが言うと、二人はまた鳩みたいな顔になった。

「じゃ、どうも」

オーブントースターの手提げ袋を右手に、サン・キャッチャーの入ったレジ袋を左手に持ち、ヨネトモは肩でドアを押して外に出た。ありがとうございましたと、背後でアルバイト女学生の声がした。それにせかされたように、二人の少年たちが同じことを言った。

夕暮れだった。

小さく息をつき、ヨネトモはステップを下りようとしたが、すぐに足を止めた。

左手に、先ほどの中年女性の背中がある。ステップの脇に腰を下ろし、すごい棒を囓（かじ）っている。

「あの、さっきは……」

言いかけると、彼女は口をもぐもぐ動かしながら、ヨネトモが提げた袋を見た。

「それ、何です？」

「え、あこれですか？　中身？　オーブントースターと……あの何つったっけな、ガラスの……」

「オーブントースター」

「うん？」

「すごいんですね。そんなものまでもらって」

「いやべつに、昔から釣りが好きだっただけで、まあ好きっていうかその……」

「パンって、やっぱりそのまま食べるよりも、焼いたほうが美味しいんですよね」

そう言いながら視線を下げた彼女の口許には、薄く笑みが浮かんでいた。

「めぐんでくださいって言っても……無理ですよね」

目を合わせずに、彼女は呟いた。

ヨネトモは何か日常の義務をこなすような、あるいは母親の言いつけを聞くような気持ちで、オーブントースターの入った手提げ袋を彼女に差し出していた。

大洞は健康ランド「ジョイフル図々川」に帰宅した。
汚れたデッキシューズを館内用スリッパに履き替え、カウンターに向かう。ナップザックのポケットから回数券を引っ張り出すと、もともとジグザグに折りたたまれていた十枚綴(つづ)りの束は、もう三枚しか残っていない。そのうち一枚を千切ってカウンターに出し、ロッカーのキーを受け取った。キーにはタグがぶら下がり、四桁の番号が印刷されている。大洞はその番号のロッカーを探して開け、ナップザックを押し込んだ。

ジョイフル図々川は図々川町の端にあり、ほかの多くの健康ランド同様、三百六十五日、二十四時間営業を行っている。いったん入館してしまえば、何時間だって館内にいることができ、つまりはこうして安宿として利用することが可能なのだった。大きな風呂はあるし、サウナもあるし、備品の髭剃りや綿棒は自由に使えるし、光熱費も一切かからない。「何でも屋」の商売道具が入った自転車を停めておく駐輪場もあれば、依頼を受ける携帯電話も充電できる。食堂で飯も安く食えるし、ソフトクリームにいたっては無料だ。無料といっても一人一回しか食べてはいけないのだが、自分でつくれるので、上手くやればかなり量を増やすことが可能だった。

といっても、もちろんいいことずくめではない。なにしろ、一度入ってしまうと、もう外へ出かけることができない。受付を出てしまえば、再入館の際にはまた入館料が必要になってしまう。

この健康ランドで寝泊まりをはじめて二ヶ月、何度か携帯電話に急な仕事の依頼が入り、館内から出なければならなくなったことがあった。急ぎの仕事というのは大抵ごく単純な力作業や掃除などであり、わりと短時間で終わる。風呂に出たナメクジをすぐ取ってくれという依頼などもあり、これなどは客の家に到着して一分で完了してしまう。こうした仕事は最も安い基本料金である一五五〇円の請求となり、実入りが少ない上、ここに取って返して二度目の入館料を支払ったりしたら、もっと少なくなってしまう。

そんなとき大洞は、二階の奥にある非常階段を下り、金網でできたドアを押し開けて外へ出る。そのドアは外からは開けることができない仕組みになっているが、ラッチの部分に細釘を差し込み、押し込んだままの状態にしておけば施錠されない。帰りは外からドアを開け、中に入って釘を外せばいい。もしここをずっと施錠させずにおけば、受付カウンターを通らず館内に入れるので、ただで何泊でもできるのではないか——以前に一度そう考えたのだが、実行する前に従業員たちに顔を憶えられてしまった。もし外で行き合ってしまったら一発で不正がばれてしまい、この便利な安宿に出入りすることは二度とできなくなってしまう。

腰を屈め、大洞はロッカーに押し込んだナップザックの中を覗いた。二つの鰐口(わにぐち)クリップと、そこから延びて絡まり合った二本の電気コード。

明日、とうとう決行する。

霧山美紗の邸宅の庭で、このひと月のあいだ地道に仕込んできた作戦を、とうとう実行に移すときがやってきたのだ。

鯉の餌やりと池の掃除を、自分に依頼してくれているあの婆(ばあ)さんに、申し訳ないという気持ちがないわけではなかった。なにしろ何でも屋の仕事の中では大変に貴重な定期仕事(ルーティーンワーク)を与えてくれたのだ。しかし、ばれないという自信があった。明日の作戦を決行したあとも、きっと自分は何食わぬ顔であの仕事をつづけることができる。

それにしても、どうして彼女は自分を雇ったのだろう。大洞はときどき不思議に思う。あの屋敷では、ややステレオタイプな、エプロンと三角巾を身につけた手伝いの中年女性たちをよく見かけるが、池の掃除も鯉の餌やりも、彼女たちにやらせればいいのではないか。

——あなた無口でいいわね。

一度だけ、霧山美紗がそんなことを言ったのを憶えている。まだあの仕事を請け負って間もない頃だった。「ひかり」の粒を片手に握ったまま、大洞は池の端で振り返った。「ひかり」は霧山美紗の鯉たちが食べている餌の銘柄で、以前なんとなく健康ランドのインターネットコーナーで検索してみたら、どうやら日本で一番高級なものらしい。

——無口よ、とっても。

霧山美紗は繰り返した。

そう、大洞は無口だ。山形の小さな産婦人科でこの世に生を受けたときの産声からして、ほんの呟くようなものだったらしい。

しかし、無口を褒められたことなど五十二年の人生で一度もなかった。いつだってこの特徴はマイナスにしか作用してこなかった。北国の出身者には無口な人が多いというし、それが好印象を持たれることもあるようだが、大洞の場合は度が過ぎた。八年前に妻が離婚を切り出したときも「あなたは考えていることが驚くほどまったくわからない」というのが理由だったし、それを言われた場においても大洞は何ひとつ言葉を返せず、ただ無意味に顔をしかめたり唸(うな)ったりし、それから数日経ってみると、いつのまにか妻とも娘とも訣別することが決まっていた。

努力をしてこなかったわけではない。長じてからというもの、自分の無口を矯正しようと、本屋で見つけた『あなたは3倍話せる』『話し上手／聞き上手』などといった本を読み、コミュニケーションの取り方を勉強してみたのだが、そこに書かれた表情や声の出し方を鏡の前で実践してみると、どうにもラテックスのマスクが喋(しゃべ)りはじめたかのように気味が悪く、余計に自信を失くしてしまうのだった。家族と別れる前も、娘とのコミュニケーションの取り方に悩み、図々川に釣りに連れていって二人きりの時間を過ごしてみたりしたのだが、けっきょくほとんど喋れなかった。魚も釣れなかった。隣で黙って竿を握っている明を、ときおり盗み見ながら、大洞は哀しくて、情けなくて、しかし上手い言葉が見つけられなくて黙っていた。

——さっきからあなた、あたくしが後ろにいるのを知っているのに、どうもこんにちはもないでしょ。いえ、いいのそれで。それでいいのよ大ノラさん。

霧山美紗の言葉に、大洞はただ軽く頭を下げた。

——ほらいまも、あたくしが名前を間違えたのに、訂正もしない。

ふたたび頭を下げると、彼女はただ満足そうに微笑(わら)った。

ナップザックの奥から、大洞はビニール袋に入った二つのカブを取り出した。これを洗ってこなければ。

カブを手にロッカーを離れようとしたら、モップを持った若い男性従業員が通路の向こうから顔を覗かせた。カブを見て、「?」と静止する。どうしようか迷ったが、大洞は自分が手にしているカブを驚いたように見て、なんだカブか、うっかりしていた、といった顔をつくり、ロッカーを開けてそれを中に戻した。幸い従業員はすぐに立ち去ってくれた。大洞はふたたびロッカーからカブを取り出し、今度はタオルでくるんでその場を離れた。

カブは、今日呼ばれた高齢男性の家でもらってきたものだ。頼まれた録画機器とテレビの接続、蛍光灯の取り替えを終えたあと、台所の流し台に置いてあったカブの山をなんとなく眺めていたら、分けてくれた。近くに借りている畑で、自分でつくったものだという。

更衣室の隅に並んだ洗面台の、一番端を選び、大洞はカブを洗った。ロッカーに戻り、ナップザックの一番奥から二十センチ四方ほどのタッパーを取り出す。蓋(ふた)を開けると、ぬか味噌のにおいがぷんと立ちのぼる。

そのにおいを胸一杯に吸い込み、大洞は恍惚(こうこつ)として目を閉じた。

好きなものなど何もないという人生を、五十年以上も送ってきた。妻のことは、まあ結婚するときにはそれなりに好きだったのだろう。娘の明については、もちろんいまでも愛している。だからこそ明日の作戦を決行するのだ。ただ、それ以外のすべてに関して大洞は、完璧に無感動な人間だった。好きなテレビ番組も、趣味も、好きな場所も、食べ物さえもない。

母親がぬか漬けを嫌っていたので、家では出なかったし、ぬか漬けと聞くだけで母が嫌な顔をするものだから、自然、大洞もそれを一度も口にせず生きてきた。初めて食べたのは離婚後、勤めていた電気メーカーで首切りに遭い、何でも屋の商売をはじめてからだから、つい二年前のことだ。

あれは霧山美紗の対極ともいうべき、物腰のやわらかい、笑顔が顔に染みついたような婆さんだった。換気扇掃除の仕事を終えた帰りがけ、淹れてくれたお茶と一緒に出てきたのがぬか漬けだった。ぬか漬けというものを食べたことがなかったので、口に入れてみても、それが何なのかわからず、ただ、とんでもなく美味いと思った。大洞はいつもどおり、物も言わずにぽりぽりとぬか漬けを食べ、お茶をすすっていたのだが、顔つきから察したのかもしれない、婆さんは自家製のぬか漬けのつくりかたやコツを勝手に喋りはじめ、だんだんと興が乗ってきたらしく、最後には余っていたタッパーに自分のぬか床を分けてくれた。それがこのタッパーだ。大洞は、仕事のときはこれを持ち運び、涼しい場所にさりげなく置いておく。ジョイフル図々川に戻ってくると、こうしてロッカーに仕舞う。

二つのカブを、ぬか床の奥に突っ込んだ。そろそろキュウリが食べ頃なので、ぬか味噌を掻き回してそれを探し、指にあたりを感じると、ぬか味噌を飛び散らせないよう左手を筒状にして添えながら、するりと抜き出す。ほんの一口囓り、目をつぶって何度か咀嚼し、そのまましばらく静止した後、小さく頷いて、大洞はキュウリをまたぬか床に戻した。

「……鷹の爪だ」

ナップザックの奥からビニール袋を引っ張り出す。中には塩と乾燥昆布と唐辛子が入っている。唐辛子を一本取り、それをぱきっと半分に割り、大洞はぬか床の中に埋め込んだ。

さて、どうしよう。

まず風呂に入ろうか。

それとも娘の明日の行動を確認しておこうか。

手に残ったぬか味噌をぺろぺろ舐めながら思案した後、大洞は携帯電話と充電器を手に、更衣室をあとにした。人けのない階段を上って二階へ向かい、「インターネットコーナー」に入る。ここは無料でパソコンを使ってインターネットを楽しめるスペースで、全部で三台あるパソコンのうち、いまは二台があいていた。一番奥の一台では、濡れた髪の若い女が、まるで丸めた羽毛布団でも置かれているように、肥（ふと）った背中を丸めて画面を覗き込んでいる。

手前の椅子にそっと腰を下ろす。入り口からの視線がないことを確認し、椅子を引いて身を屈める。机の下にあるコンセントに携帯電話の充電器を差し込む。起き直り、床に転がした携帯電話に足を載せて隠す。毎晩ここでこうして携帯電話の充電を行っているのだ。

パソコンのキーを一つ一つ、たどたどしく押していく。検索ボックスに『Ｍａｙの燦々Ｓｕｎ』と打ち込んでエンターキーを押し、検索結果の一番上に現れた同じ文字列をクリックすると、画面は明のブログのトップページに切り替わった。

「お」

今日書かれたらしい、新しい記事が載っている。『メクサーレ!』というタイトルをクリックすると、記事の内容が画面に出てきた。

『日曜日なのに、一日バイトでした! ああもう疲れたよぉ……。でも頑張らなきゃ。夢のため夢のため』

最後の「め」のあとに、文字と同じサイズの、嬉しげに笑ったウサギの絵が、自動的にぴくぴく動いている。

『お母さんが海外出張中なので、これから一人さびしく晩ごはんつくって食べまーす。オムライスにしよっかな。』

別れた妻、美津江(みつえ)はテレビの制作会社で働いている。離婚前は契約社員だったが、その後は正社員として採用され、帰りが深夜に及ぶことも多く、また泊まりがけで仕事をするような日も少なくないらしい。そんなとき明は、こうして自分で夕食をつくって食べる。そのあたりのことは、四年前、山形の実家で行われた大洞の父の葬式で会ったときに、明から聞いて知っていた。

母娘(おやこ)の基本的な生活費は美津江がまかなっているが、明の学費はじつのところ大洞が出している。勤めていたときに必死で貯めた四年間分の学費が口座にあり、そこから半年に一度、八分の一ずつを美津江の口座に振り込んでいるのだ。大洞の口座には学費の分きっかりしか金が入っていないので、その振り込み以外では絶対に触れてはならない金だった。大洞の収入には波がある。そしてそれは、深い水の表面が上がったり下がったりしているのではなく、いわば波打ち際のようなもので、ゼロか、ほんの少しかだった。栄養不足のときや、体調に異変を感じて不安にかられたとき、思い切って口座の金を引き出し、焼き肉屋へ行ったり病院へ行ったりしたいという誘惑に駆られたことは、これまで一再ならずあった。しかし大洞は誘惑を振り切りつづけ、アンタッチャブルなその金に、これまで一度も手を出したことはない。それだけが、大洞に残された唯一の誇りだった。

『今日のタイトルの「メクサーレ」は、ヒツギム語で「ありがとう」の意味なんだよ。今日もＭａｙのブログを見てくれて、みんな、メクサーレ！』

記事はそこで終わっている。

ヒツギム語というのは明が目下勉強中の、アフリカのどこかの国の地方言語だ。ムキダスとかいう名前の、その国のヒツギム地方出身の若い黒人歌手がいて、一昨年あたりから日本でも人気らしい。そのムキダスのルックスと歌に、明はゾッコンなのだった。と、これは本人から聞いたわけではなく、このブログを読んでいるうちにわかったことだ。ブログによると、明の部屋の壁はムキダスのポスターで埋まり、友人とのカラオケでは画面の歌詞を見ることなくムキダスの曲を歌い上げ、バイト代の多くをヒツギム語のレッスン代に使っているようだった。このレッスンはＷｅｂスクールと呼ぶらしく、生徒の自宅からパソコンを通じて、日本で暮らすヒツギム人講師の自宅とやりとりができるのだという。先ほどの文章に書かれていた「夢」というのも、将来的に報道関係の仕事に進み、ムキダスと直接顔を合わせ、ヒツギム語で会話を交わすことなのだった。

彼の歌を、大洞は一度だけ聴いてみたことがある。ここのパソコンで、据え付けのヘッドフォンをはめて、明のブログで紹介されていた動画を再生してみたのだ。あれはたしか〝ゴッド・マーゲリン〟というタイトルの、大洞でさえもメロディーのところどころに聞き憶えがあるような曲だった。あれが一番のヒット曲なのだろうか。ぴかぴか光るライトの中で歌っている彼には野生の黒豹のような精悍さと色気があり、たしかに魅力的だった。歌は基本的に英語だが、途中で耳慣れないヒツギム語が、リズムに合わせて素早く喋るような感じで、ときおり入ってきた。明のブログによると、ラップというらしい。

老眼の目を遠ざけ、大洞はディスプレイを見た。

短い記事の最初から、もう一度読み直してみる。

明日のことは、どこにも書かれていない。はたして明は、カープ・キャッチャーへアルバイトに行くのだろうか。

仕方がないので本人に訊いてみることにした。画面と指先を交互に見ながら、一つ一つ文字を拾い集めるようにキーボードを叩いていく。

『Ｍａｙちゃんは明日もバイトなのかな。旗日だから終日なんだろうね。すげえ忙しいんじやね？』

投稿者の名前の欄にはいつものように『マコリックス@戦闘中』と打ち込んだ。明とやりとりするときに使っている名前だ。最初に明のブログに書き込みをしようと考えたとき、ブログ開設者への話しかけ方も、投稿用の名前のつけ方も、まったくわからなかったので、ほかの投稿者たちの書き込みを参考にして勉強したのだ。明はいつもコメントを返してくれた。ときには二回、三回と言葉のキャッチボールをつづけることもある。『マコリックス@戦闘中』は都内の大学に通っており、明と同じ二年生だが、一浪しているので、歳は彼女より一つ上だった。

白い箱の存在についても、このブログで明とやりとりしているうちに知った。明がアルバイトをしている屋内釣り堀、カープ・キャッチャーには、誰も手に入れたことのない伝説の景品がある。景品棚の最上段に鎮座する、白いプラスチックの箱。その中身が何なのかを、明はどうしても知りたいらしい。

そんなささやかな娘の願いを叶えてやることだけが、いまの自分を生かしていると、大洞は自覚していた。

以前に一度、明のブログを見て彼女のシフトが入っていない日を確認し、カープ・キャッチャーへ足を向けてみたことがある。白い箱を手に入れるのがどれほど難しいものなのかを、まずは知ろうと思ったのだ。

まったく釣れなかった。場所を移動してみても、練り餌をつけ直してみても駄目だった。カープ・キャッチャーを下見した日の夜、大洞はここジョイフル図々川の大広間で、ソフトクリームとぬか漬けを食べながらじっくりと考えた。考えて考えて考えた。そうやってあまりに考えすぎたことが、自分の思考を妙な方向へ走らせてしまったのだと、じつのところ承知している。何でもいいから人生の目標や目的と呼べるものが欲しかったのだということもわかっている。わかっていながら大洞は、この一ヶ月間、そのとき思いついた作戦の下準備を進めてきたのだ。

「お」

画面の更新マークをクリックしてみると、明からの返信が表示された。

『∨マコリックス@戦闘中さん いつもコメント、メクサーレ！ 明日も朝からバイトだよおー』

大洞は口許を引き締めてそのコメントを凝視した。そうしながら、明日、四年ぶりに娘と顔を合わせ、彼女の目の前で伝説の白い箱を獲得する自分を想像した。

明はパソコンの画面を見つめ、真剣な顔で発音した。

「フンダルケッツ」

ヘッドフォンから口許に伸びたマイクが、その声を相手のヘッドフォンに届ける。画面の中のヒツギム人講師はにやりと笑い、チュッチュッチュッと唇を鳴らしながら顔の前で人差し指を振ってみせる。

『クサッテラ（ちょっと違う）』

彼は自分の口許をよく見ているよう仕草で示した。

『フンダルケッツ』

最初の「フ」がヒツギム語に特有の、上唇を噛む発音で、要するに英語の「F」と反対の動きなのだが、これがなかなか難しい。明は顎を突き出して下の歯を露出させ、上唇をぐっと引き寄せて、それを放すと同時に発音した。

「フンダルケッツ」

『クサ（いいね）』

「フンダルケッツ」

『フンダルケッツ』

講師はウィンクをして指で円をつくり、もう一度発音する。

「フンダルケッツ」

『フ、フ……』

「フ、フ……」

『フンダルケッツ』

「フンダルケッツ」

『クサイ（とてもいい）』

日曜日の今日は、朝からずっとアルバイトだった。しかも十一時過ぎにやってきた神様が夕刻までハイペースで釣りつづけたので、その対応に追われてひどく忙しかった。着替えてタイムカードを押し、家に帰ってカップ焼きそばにお湯を入れてからブログの更新画面をひらき、〝オムライスにしよっかな〟などと書き込みながら麺をすすった。ヒッツギム語レッスンの予約時間まで、まだ少し間があったので、先にシャワーを浴びてこようかと思ったら、ブログにコメントがついていることに気がついた。いつも書き込みをしてくる、マコリックス＠戦闘中というアカウント名の中年男性だった。初めてコメントしてきたときから、本人は大学生だと偽りつづけているが、本当に同世代なのかどうかくらい文章を読めばすぐにわかる。もっとも「中年男性」というのは明の勝手な想像で、実際にはもう老人だったりするのかもしれない。とにかく、ずっと年上には違いない。もともと大した意味もなくはじめたブログで、日常のことをつらつらと書いているだけなのだが、何故かファンらしきものが増えてきて、その中にはマコリックス＠戦闘中のように、明らかに年齢を若いほうに偽っている人も多かった。とはいえべつに悪意はなさそうなので、そういった場合は騙された振りをしてコメントを返している。

「フンダルケッツ」

『クッサイ（すごくいい）』

ご自宅留学、という謳い文句の外国語会話教室「フンダルケッツ」でレッスンを受けはじめてから、そろそろ一年になる。

生徒の自宅と講師の自宅をインターネットでつなぐこのシステムは、ほぼタイムラグなしでやりとりすることができる。画面の右側にある「ホワイトボード」に、マウスとキーボードで絵や文字をかくこともできるし、写真を貼りつけて相手に見せることもできるので、コミュニケーションの自由度も高い。いまその「ホワイトボード」には、明が描いた大まかな地図と、■印と、その脇にヒッギム語で「釣り」を意味する単語がメモしてある。自分がやっているアルバイトのことを説明していたのだ。

勉強の成果も実感できていた。講師の話すヒッギム語が、はじめはちんぷんかんぷんだったのに、いまではほぼ正確に聞き取れるようになった。もちろん講師は、語彙のレベルや話すスピードを、かなり下げてくれているのだろう。その証拠に、大好きなムキダスのインタビュー映像やライブのMC映像を動画サイトで見ても、まだ大まかな意味合いが摑める程度だ。それでもやっぱり一年前に比べたら大違いで、決して安くないレッスン料を、なけなしのバイト代の中から払ってきた価値は十分にあった。

レッスンは三十分刻みで終日行われ、生徒が都合のいいコマを任意に予約でき、明はカープ・キャッチャーでのアルバイトが終わったあとの時間帯を選ぶことが多い。母が家にいると、レッスン中に部屋に入ってこられることがあり、たどたどしくヒツギム語を話している自分を見られてとても恥ずかしいのだが、いまは海外出張中なのでその心配はなかった。

ヒツギム語の講師は数人いて、はじめは女性講師のレッスンを受けていたのだが、二ヶ月ほど前からは、いま画面に映っている新人講師、ヒキダス先生のコマを予約している。なにしろ彼は、明と同じくムキダスのファンなのだ。いつもパソコンのカメラが映している彼の背後の壁には、ステージでライトを浴びるムキダスのポスターが貼ってある。レッスンの途中、ムキダスの話で盛り上がることもしばしばあり、それがとても楽しかった。ヒキダスは三十代前半の、痩せて眼鏡をかけたネイティブ・ヒツギム人で、都内のアパートで暮らしているらしい。

ん、と明は画面を覗き込んだ。

ヒキダスが首を回して背後を振り返り、何かを気にしているのだ。

「クンノカ？（どうしたんです？）」

明は訊いた。

『コナイノ（何でもない）』

ヒキダスは何故か慌てたようにこちらへ向き直り、厚い唇を変な感じで歪(ゆが)めて笑った。

カチ、という音が聞こえた。

こちらではなく、あちらの部屋だ。それはほんの微かな音だったが、画面の中のヒキダスは、背後で何かが爆発でもしたかのように身体ごと振り返った。彼の背後にはポスターが貼られた壁と、画面右側に小ぶりの本棚があるが、ヒキダスが見ているのは、その本棚のさらに右、パソコンのカメラが捉えていない、画面の外にある部分だ。

「クンノカ?」

『コナイノ、コナイノ』

しかし、ヒキダスの様子はどう見ても尋常ではなかった。彼は早口で『清水さん家(ち)に行く』と聞こえる言葉を発した。

「ヨメノヘ?(何ですか?)」

『シルミソ、サンクチデクウ(今日のレッスンは、終わりにしよう)』

言い直されてみると、いつも耳にしている馴染みの表現だった。早口だったので偶然日本語のように聞こえたらしい。画面右下の時刻表示を見ると九時二十八分。レッスン終了まであと二分ある。ヒキダスがこんなことをするのは初めてだった。いつもは時間ぴったりまでレッスンをつづけてくれるか、ときには一分くらいオーバーすることもあるのだ。一コマごとに規定のレッスン料を支払って予約をとっているので、早めに終わられるのは納得がいかなかった。そのことをきちんと伝えるべきかどうか、少々迷いながら明はヒキダスの顔に目を戻し——ぎょっとした。

画面の中で、ヒキダスの顔が、ニスを塗られたように黒光りしている。

「クンノ？（何？）」

大量の汗をかいているのだった。

『コナイノ……』

ヒキダスは椅子に座ったまま硬直していた。

『コナイノ……コナイノ、コナイノ……』

ただごとではない。

しかし、何がどうただごとではないのか、まったくわからなかった。

ヒキダスがびくんと背中を丸めて首をすくめた。唇を半びらきにして、彼は背後を振り返る。先ほど振り返ったのと同じ、画面右側、カメラが映していない部分を。

直後、ヒキダスは椅子からものすごい勢いで立ち上がり、しかし上手く立てず、後ろ向きにたたらを踏んだ。画面左側に向かって彼はどたどたと後退し、カメラの撮影範囲から消え、つぎの瞬間、驚くべきことが起きた。画面右側から複数の男たちが現れ、カメラの前をつぎつぎと横切って左側に消えていったのだ。三人だったろうか。いや、四人いたかもしれない。一瞬のことなので判然とせず、しかし全員が黒人であることと、極めて暴力的な雰囲気を持っていたこと、もっといえばどうやらヒキダスに襲いかかろうとしていたこと、そして服装はフォーマルよりカジュアルであることは見て取れた。ヒキダスが立ち上がった勢いで、椅子の背もたれがぐるぐる回っている。その向こうに貼られたムキダスのポスター。本棚。それらを映し出した画面がガクンとぶれる。机が揺れたのだろうか。それとも床ごと揺れたのだろうか。明の両耳を覆うヘッドフォンからは断続的なノイズが響いていた。ノコギリを挽くようなこの音は、ヒキダスの激しい呼吸を口許のマイクが拾っているものらしい。呼吸音の向こうで男たちが何か言葉を発しているが、聞き取れない。

そのとき、絶望的な響きを伴ったヒキダスの叫びが両耳に突き刺さった。

『マーゲリン！（助けて！）』

彼は同じ言葉を何度も叫び、しかしやがて、まるでヒキダスが空の彼方へ飛んでいったように、その声が急速に遠ざかった。ヘッドセットを取り上げられたのだろうか。それからは、密封されたタッパーの中で人が喋っているような声が入りまじり、やがてブッと短い音がして、まったくの無音になった。ヘッドフォンのジャックがパソコンから抜けたのかもしれない。

身体が粘土になってしまったように、力の入れ方がわからず、明は椅子に座って背筋を伸ばしたまま、ただ両目を大きく見ひらいていた。

やがて、画面いっぱいに、ぬっと男の顔が現れた。

ヒキダスがドーピングをしたような印象の男だった。肌は汗で黒光りしている。男は興奮をみなぎらせた目に、どこか不思議そうな表情を浮かべていた。縦横の幅が同じになるくらい広げられた両目は、じっとこちらに向けられている。いや、視線が向いているのは明の顔ではなく、その下、ちょうど胸元あたりだった。男の顔の後ろを、左から右へ、ほかの男たちが過ぎ去っていく。彼らは全員でヒキダスの身体を抱えていた。一瞬のことだったのでよく見えなかったが、ヒキダスは目を閉じているようだった。片手がだらりと垂れ下がり、男たちの乱暴な足取りに合わせてぶらぶらと宙に揺れていた。

画面一杯に映った男は、明の胸元に目を向けたままでいる。

そのときになって明はようやく気がついた。

男は胸元を見ているのではない。真っ直ぐに自分の顔を見ている。カメラがモニターの上部に取りつけられているため、画面中央に映った相手の顔を直視したとき、視線は少し下を向くのだ。

レッスン終了を報せるチャイムがヘッドフォンから鳴り響いた。

明はすっと立ち上がり、ヘッドフォンを両手で外して机の上に置いた。椅子を離れながら髪の毛を直し、両手の指を組んで手首を返し、ううんと天井に向かって大きく伸びをした。

「さて……と」

レッスン終了。

さあ、このあと何をしよう。ブログはさっき更新したし、晩ごはんは食べたし——。

「あ、お風呂がまだだった」

女の子がお風呂を忘れてはいけない。ふふふと笑いながら、明は右の掌(てのひら)で自分の側頭部をぽんぽんと二度叩き、壁に貼ってあるムキダスのポスターに顔を向けた。スポットライトを浴びた、黒豹のように精悍なその姿。ああ格好いいな。もっと喋れるようになりたいな。彼のラップも、インタビュー映像の言葉も、もっとちゃんと聞き取れるようになりたいな。これからどんどん勉強して、新しい単語や表現をたくさん憶えなくちゃ。でもそのためにはバイトも頑張らないとね。

「ほんと忙しいなあ……」

でも、夢中になれるものがあるのはいいことだ。明はうんうんと一人で頷き、口許に笑みをたたえながら、パソコンを振り返ってみた。そして、人生には、誤魔化してうやむやにできることと、できないことがあるのだと知った。

男の顔は、まだそこにあった。

聡史

が台車で韓国海苔（のり）の箱を運んでいると、どん、と背中に痛みが走った。

振り返ると、社員の池本（いけもと）が笑っていた。

「おつかれチャマ」

こういう駄洒落（だじゃれ）を深い考えもなしに口にできる人を、聡史は本当にすごいと感じる。もともと世の中のほとんどの人は自分とは別世界に生きているという思いがあるけれど、中でもこの手の人たちとはとりわけ距離を感じる。

「な、ドライブいつにする?」

池本はここミラスコで働く三十代前半の社員だが、キャリアは聡史とさほど変わらず、いまちょうど勤続一年ほどだ。以前は住宅の営業マンをやっていたと聞いたことがある。巨大倉庫型安売り店ミラスコは、日本に進出してきてまだ八年ほどしか経っていないので、池本にかぎらず、社員には転職組が多かった。

「ドライブ……」

「おう、例のほれ」

池本は生まれつき目尻が下がっているのだが、女性の話をするときにはこんなふうに、左右のこめかみのあたりから顔が溶解しかかっているような表情になる。聡史を相手にこの顔をするようになったのは、三月はじめ、栄養不足により聡史がこのバックヤードで倒れた日からだった。もちろん、聡史に対して性的興味を抱きはじめたわけではない。

「昨日メッセージ送っただろうがよ」

そのメッセージが送られてきたときから、聡史には池本の目当てが何であるかがわかっていた。いや、もっと言えば電話番号を訊かれたときからわかっていた。あれは聡史がここで倒れ、智が迎えに来た、その翌日のことだった。それまで半年以上のあいだ、毎日のようにバックヤードや店内や事務所で顔を合わせていながら、連絡先を尋ねられることはおろか話しかけられたことさえなかったのだ。

ゆうべ池本から送られてきた、彼の車でどこかへドライブに行こうという誘いのメッセージに、智のことは書かれていなかったが、彼が聡史と二人で遊びに行きたがるわけがない。池本に限らず、そんな人間はいない。すると狙いは明らかで、おそらく池本は聡史が誘いに乗ったところで、両目の脇をこんなふうに下垂させて、ああそうだ、ついでに妹もどうよ、などと言い出すのだろう。

いや妹は……と断ることは、聡史にはできない。車の中で誰かと二人きりでいるなんて、自分には不可能だ。そのため、ドライブの誘い自体を断るか、妹を連れて行くか、二つに一つしかないのだが、前者を実行するには勇気がいる。その勇気が自分の中にはないことを聡史はわかっているし、たぶん池本もわかっている。だからこそ、このトラップを仕掛けてきたのだろう。死んでくれればいいのに。

「まだ——」

「何よ」

「まだ……」

「何だよ」

顔の左右を垂らしたまま、池本は両目に意図的な威圧感を込めた。生ぬるい吐息が頬にかかった。こいつの顔が本当に溶解してくれないだろうか。そしてその溶けたところの皮膚を、聡史は剥がしたかった。店に並んでいる商品の一つ、ジャガ芋の皮剥き(かわむ)グローブを持ってきて、あの滑り止めのイボイボで、溶けた皮膚をしっかりとグリップして、ずるずる剥がして血だらけにして、ビューとかドロンとかズピズピといった音が、皮を剥いだその下から鳴るようにしてやりたかった。

「まだちょっとそのっほほほ」

聡史は視線を下げ、相手の作業服の胸、赤字で刺繡(ししゅう)されたMilascoのロゴを見つめながら弱々しく声を押し出した。

「先の予定がわからなくてっへへへ……」

聡史の笑いはしばしばこうして台詞(せりふ)の語尾と卑屈に複合(コンパウンド)する。それが人に不快感を与えているという自覚はあるのだが、なかなか直らない。

「いつわかんのよ」

今度は声にも威圧感が込められていた。顔の皮を剥いたところに、業務用の食塩をたくさんかけてやりたいと聡史は思った。

「なあ」

池本は自分の左肩を聡史の右肩にぶつけてきた。なすりつけるような、こすりつけるような感じで、作業着ごしに相手の体温が伝わった。

「よう」

もう一度ぶつけられ、それに押し出されるようにして、口から声が洩れた。

「自分――」

「あ？」

「自分だけですか……その……ドライブ行くの」

池本はほんの一瞬だけ頭の中に何かをめぐらせるような間を置き、いいこと思いついた、といった顔で答えた。

「せっかくだから、こないだ来た妹ちゃんも連れてってやろっか。多いほうが楽しいだろうから」

「あいつは……来ないと思います」

「何でよ」

垂れた両目がどろんと濁った。

「そういうの、あんまり好きじゃないので」

「そういうのって何よ」

「だから、ドライブとか」

「訊いたのかよ」

「え……」

「俺とドライブ行くんだけどいっしょに行くかって訊いたのかよ」

「いえそれは――」

「じゃ、わかんねえだろうがよ」

電動スクイーザーというのが一般的な商品名だが、白いプラスチック製の半切れのレモンのようなものが回転し、そこへ本物の半切れのレモンなどを押しつけると、自動的に汁を絞れる機械が店にある。あれをこいつの目に押しつけてやればいいのに。横のつまみでスピード調整ができるから、できるだけゆっくりの回転速度で押しつけてやりたかった。

「まあいいや、じゃ妹ちゃんの連絡先教えてよ。俺訊いてみっから」

「いやっはは……」

「教えてよ」

池本は作業服の胸ポケットからスマートフォンを取り出した。何か操作したあと、待つ体勢になり、あたかも聡史が連絡先を教えるのが自然な流れといった雰囲気をつくる。

栄養不足で倒れた自分を、ここまで迎えに来て、本気で心配してくれた智の顔が浮かんだ。妹は聡史を家の布団に寝かすと、近くのコンビニエンスストアで野菜ジュースと飲むヨーグルトと缶入りのコーンポタージュスープを買ってきた。申し訳なくて目を合わせられなかった。しかし妹と目を合わせられなくなったら、世の中の誰の目も見られなくなる。聡史は頑張って視線を持ち上げ、ありがとうと礼を言った。言った瞬間に涙があふれた。そのことに自分で驚いて、顔を隠すこともできなかった。智は、きっと本当は聡史以上に驚いたのだろうけど、表情をまったく変えず、なんかあったら言いなよと、ごく気軽な感じで笑い、部屋を出ていった。そのあと聡史は布団の中で丸くなって、自分が情けなくて、妹がいてくれることがありがたくて、声を出さずに長いこと泣いた。

智はいま高校二年生だから、男と付き合うのが早いとか遅いとか、そういうことはべつに考えないし、そもそも自分が決められることではない。でも、こいつだけは駄目だ。絶対に嫌だ。そう思った瞬間、口から言葉が洩れていた。

「……あ？」

池本が苛立(いらだ)った顔で片耳を突き出してきた。

「座椅子？」

その聞き違いを、利用してもよかったのだ。たとえばひと昔前の漫画でよく見かけたように、「好きだ」「……え」となったあと慌てて両腕を上げて伸びをしつつ、「いや、スキーがしたいなあと思って」などとやってもよかったのだ。座椅子なら店内に何種類か並んでいる。それを利用して何か適当な言葉を返すこともできた。しかし聡史は、池本が聞き取れなかった同じ言葉を、もう一度はっきりと言い直していた。

「犯罪すよ」

暇つぶしに子供が鳴らしている下敷きみたいに、鳩尾(みぞおち)のあたりが小刻みに震えていた。両足から下が切り落とされたように感覚がなかった。池本の顔の左右がぐっと持ち上がって引き締まり、その顔を中心に周囲の景色が白く掻き消えた。いまならまだ間に合うぞという目で、池本は聡史を見ていた。しかし聡史は間に合わなくてもいいと思った。

「犯罪すよ。あいつまだ高校生ですから」

ずん、と身体が揺れた。

肩パンというものを、もし聡史がこれまでの人生で何度も受けたことがなければ、きっとそのときのダメージは大きなものになっていただろう。池本の繰り出した拳のスピードはかなり速かったし、痩せ型なのに意外なほどの筋力が備わっていた。しかし聡史は肩パンのダメージを軽減する術を知っていた。小学校生活最後の二年間、そして中学校生活と高校生活の各三年間、級友たちや、ときには町で出会ったカツアゲ目的の見知らぬ相手から、何度も肩パンを喰らってきたのだ。防御法は、いつのまにか身体が勝手に会得していた。

「……て」

池本は顔を歪めて歯を食いしばり、自分の右手をぶんぶん振った。

肩へのパンチは、怖がって身をすくめてしまうと、余計にダメージが大きくなる。相手の拳の尖った部分が、肩の側面よりも後ろ側、肩甲骨に近い場所に食い込んでしまうからだ。そのあたりは側面よりもずっと痛みを感じやすい。あるいは、もっと身をすくめてしまい、肩甲骨と背骨のあいだ、肩もみをされている人が気持ちいいと感じるあたりに拳が食い込むと最悪で、その痛みは一時的なものではなく、終日、場合によっては二日間くらい、痛みを負わせた相手の顔とともに残ることになる。

正しい防御法は、いま聡史がやったように、身体の向きをそのままに、膝を素早く曲げることで上体の位置をほんの少し下げることだった。すると相手の拳が、自分の肩の、ちょっと飛び出した骨にぶつかる。これに成功すると、たぶん自分よりも相手のほうが痛い。高校時代に図書室の掃除をしているとき、『骨のすべて』という分厚い本をひらいて調べてみたところ、この骨は肩甲骨の一部で、背中から肩まで大きく伸び、さらには内側から鎖骨で支えられていた。なるほど頑丈なはずだった。しかもこの部分には「肩髃」というツボがあり、それは肩関節の疾患から蕁麻疹から、脳卒中などによる半身不随を治療する際にも刺激される、とても重要なツボらしかった。

池本が顔を上げて聡史を見た。怒りと悔しさが爆発するのを堪えつつ、頭の中で何かを計量しているような顔つきだった。

「……くだらねえこと考えてんじゃねえよ」

絞り出すように呟く。

「くだらないのはどっちすか」

というのは心の声だった。その後ろから、しーね、しーね、しーね、という低音のシュプレヒコールのようなものが響いていた。

「いいやもう……めんどくせえ」

聞こえるか聞こえないかの声で言いながら、池本は背中を向けた。作業ズボンのポケットに両手を突っ込み、倉庫の奥、事務室のほうへと歩いて行く。商品棚の角を曲がり、後ろ姿が見えなくなり、やがてガチャ、バタンと事務室のドアが開閉し――そのときになってようやく聡史の視界に周囲の風景が戻ってきた。

ゲートの外が、オレンジ色に染まっている。

このバックヤードは、メーカーや商社から搬送されてきた商品を捌き、検品し、保管しておく場所で、業者のトラックが出入りする大きなゲートはいつもシャッターが上げっ放しになっている。ゲートは大通りに面し、その大通りの向こうには高い建物がない。広がる景色はまさに郊外といった感じで、古い瓦屋根の家々や、伸びすぎた庭木や、電信柱が、空の下に雑然と並んでいる。西に面しているので、それらはいま、みんなシルエットになっていた。いちばん遠くには山の稜線が黒々と浮かんでいる。

景色を眺めているうちに、シャッターの下端の一部が、急に真っ赤に光った。

太陽が降りてきたのだ。その光は飴玉が溶けるように垂れ下がり、そうかと思うと、シャッターの縁に沿って一直線に横へ広がった。眩しさに目を細めると、橙色の光が目の中で細かく弾け散った。両目に涙が溜まっていたことに、聡史はそのとき初めて気づいたが、弾け散った光の群れがあまりに綺麗で、恥ずかしさも情けなさも、自分から少し離れた場所にあるように感じられた。

あのときも、こうして目を細めて夕陽を見てみればよかったのかもしれない。

そうすれば、こんなふうに綺麗な光に包まれて、その日、自分の身に起きた出来事が、少しは小さなものに感じられたかもしれない。

十二年前の夏、聡史は図々川沿いの遊歩道でベンチに座っていた。ぽっかりと瞼を広げて両目を空気にさらし、夕焼けた町を見つめているうちに、自分の身に起きたことが、大量の泥に姿を変え、周囲からゆっくりと押し寄せてくるのを感じていた。その泥にのまれて、聡史は人の目を見ることも、まともに口を利くこともできなくなった。

…………。

ああ、まただ。

股間に違和感がある。

十二年前からつきまとっている、いつものあの感覚。橙色に光るゲートの向こうを見つめながら、聡史はその感覚を追い払おうと努めた。違和感なんてない。股間には何もない。自分のもの以外に何もない。誰かの顔なんてない、ない、ない——。

作業着の胸ポケットでスマートフォンが振動した。

智からのメッセージだった。

ただ『やられた。』とだけ書いてあった。

市子は夕暮れの遊歩道を歩きながらコートを脱いだ。それを手提げ袋に押し込み、ついで頭に被っていた毛糸の帽子も突っ込む。

紙の破ける音がした。

あ、と思ったときにはもう袋は大きく裂け、オーブントースターの箱とコートと帽子が地面に落ち、ついでにコートのポケットからスナック菓子が三本転がり出ていた。

それらすべてを、市子は茂みに蹴り込んだ。ものを蹴ることに慣れていないので、上手くいかず、それにいっそう苛立った。市子は歯を食いしばって不器用に蹴りを連続で繰り出した。

しかし、途中で動きを止めた。

その場に屈み込み、深々と溜息をつきながら、土と枯葉のついたコートを引っ張り出す。それを風呂敷のように使い、ほかのものをすべて包み込んで持ち上げた。

夕陽に照らされた遊歩道を歩き、しばらくしてから住宅地に入る。『Kashiwade』とプレートの掲げられた門柱の前で、ナンバーキーに暗証番号を入力すると、小門のロックが解除された。

門を抜け、玄関までの長いアプローチを歩く。うねうねと不必要に曲がりくねったアプローチの左右には、アメリカ在住の夫が丹念に手入れさせている庭が広がっている。

「あ、びっくりした」

玄関のドアを開けると、この家に十六年通っている家政婦の富永（とみなが）が、ぞうきんを手に屈み込んでいた。

「すみません、お帰りなさいまし」

「あなたトースターいる？」

「このパキラにお水あげたら床に――はい？」

富永は分厚い唇を丸くひらいた。

「トースター。パン焼くやつ」

「はあ……いいんですか？」

「もらったから。あなた持って帰って自分の家で使ってもいいし、べつに捨ててもいいし」

「捨てませんよ、え、どうされたんです？」

小首をかしげると、垂れた頬肉がぷるんと震えた。

「だから、もらったの。はい」

風呂敷として使っていたコートの袖をほどき、市子はオーブントースターの箱を突き出した。慌てた富永は腰を引いて両手を突き出し、「あへ」と妙な声を洩らして受け取った。

「お夕食ができたら声かけてちょうだい」

「はい……」

市子はそのまま二階へとつづく階段を上りかけたが、途中で振り返った。

「何よ」

「いえあの……何をされてきたのかなと思いまして」

富永は自分が両手で捧げ持ったオーブントースターの箱と、市子が小脇に抱えた汚いコートと毛糸の帽子を、交互に見た。

「いろいろあんのよ」

寝室に入ると、市子はベッドにばすんと背中を埋もれさせた。

子供の頃に見たあの葉っぱが、また思い出された。

両親といっしょに乗った、黒部峡谷のトロッコ列車。何気なく窓の外を見たとき、手品のように静止していたあの赤い葉っぱ。

あのとき自分は、息もできないほど、その光景に見入った。そして、世界の大きさや不思議さや、上手く言えないが、いろいろなものに驚き、下腹（したばら）が消えたみたいになり、何かが怖くて、楽しみで、どきどきした。自分にも、いつかこんなことが起きる。一枚の葉っぱに起きたのと同じような奇跡が、自分にも起きる。そんな確信とともに、それからの市子は生きてきた。市子の家よりももっと資産家で、一人っ子で、両親が早世していて、英語を話せて、ものすごく優しくて目鼻立ちが整っている夫と出会ったときは、ああとうとう起きたと思った。その後、ＣＭに出てきそうな可愛い息子が生まれたときには、ああいまがそうなんだと思い直した。その耕太郎が三歳になり、七五三の記念で子供用スーツを着せて家族写真を撮ったときも、やはり同じことを思った。

みんな、もう思い出に変わってしまった。

夫は家業の不動産経営を海外まで広げ、アメリカにいる時間のほうが長いくらいになり、そのアメリカ支所の責任者は、市子よりずっと若く、ずっと綺麗な顔をした日本人女性だった。たぶんまあ、そういうことなのだろう。いっぽうで耕太郎はあっというまに大人になり、インターネットを使った外国語会話教室「フンダルケッツ」を興して成功させ、都内のマンションで暮らしながら忙しく働いている。

階下から富永の甲高い声が聞こえた。

悲鳴だった。

「何――」

市子はベッドから跳ね起き、部屋を飛び出して階段を駆け下りた。富永の悲鳴はキッチンのほうから聞こえている。

「もぉえて！　もぉえて！」

キッチンに飛び込むと、大理石の調理台の上で炎を上げているオーブントースターを前に、富永は全力疾走するように両足をその場で動かしながら、左右の腕をペンギンに似た動きでばたつかせていた。オーブントースターが発火していることよりも、富永のその様子に、市子はキッチンの入り口で立ちすくんだ。そして同時に、何か自分の奥底に生じた、見知らぬ疼きを意識した。胃腸に細かい虫でも湧いたような疼きだった。調理台の上で炎が上がり、キッチンにみるみる白い煙が充満していく。ゴムかプラスチックの焼けるにおいが竹串のように鼻を刺す。

「布巾にあああ、布巾にゃあああ！」

オーブントースターの火が、そばに置かれていた布巾へと燃え移っていた。炎は一気にサイズを増して赤黒い色を放ち、それを前に富永はばたばたと同じ動きをつづけたままでいたが、ある瞬間、まるでコンセントでも引き抜かれたように、片足立ちで静止した。

「水ぅ！」

叫び、流し台へと飛ぶ。

意識よりも先に、市子の身体は動いていた。目の前で、富永の丸い身体がぐんぐん大きくなる。富永は蛇口のノズルを引き抜いて蛇腹を伸ばし、消防士のようにそれを構える。

「奥様！」

富永が構えたノズルの先端から勢いよくシャワー状の水が飛び出し、斜め下に向かって放たれた。どうして斜め下だったのかというと、市子が彼女の腕を渾身の力で押さえているからだった。

「奥様ぁ！」

調理台の上で炎がさらに大きくなり、それと同時に富永の力が一気に増した。斜め下に向かって放たれていた水が角度を上げ、ほぼ九十度になり、市子は彼女の太い腕にしがみつくようにして、それをまた十度ほど押し下げた。

「おおおあああ！」

獣のような呻り声を上げ、富永が市子を弾き飛ばした。両足が床から浮き、市子は後ろざまに吹っ飛んで、背中が食器棚に激突した。

しゅううと音がして、ぱっと目の前が白くにごった。

富永が放った水が、燃え上がる布巾に命中したのだ。富永は両足を踏ん張り、前歯を剝き出しにしてノズルを構え直した。水はオーブントースターを直撃し、先ほどよりもずっと大きく長い、しゅううううという音が上がった。両目が白く塗られたように、ものが見えなくなった。

数秒経った。

富永がぜいはあいいながら市子の顔を凝視していた。左右の目玉が顔から押し出され、もう少しでこぼれ落ちそうだった。

市子はわからなかった。どうして自分はいま、富永を止めようとしたのか。どうして火を消させまいとしたのか。

智はバイトから帰ってきた兄を、暗い自室に引っ張り込んだ。

「いいから早く」

「だから何だよ」

「見ればわかるって言ってるじゃん」

ＤＶＤをプレイヤーにセットする。

「そのＤＶＤ、もしかしてこないだの？」

「『呪いの禁断映像』最新巻。今日からレンタル開始。――ねえ窓開けないでよ。魚醬（ニョクマム）くさくなるから」

　この家は一階が両親の経営するベトナム料理店「ニャー」で、二階が家族四人の住居となっている。夕食時（どき）のいまは店が混み合っているので、窓を開けたときに入り込んでくる魚醬のにおいは一日で最もきつい。生まれたときから嗅（か）いできたものなので嫌いではないのだが、掛けてある制服やベッドににおいがつくのが嫌なのだ。

「これ、この四番目のやつ」

　リモコンを操作し、トップメニューの上から四番目、「生首の森」というタイトルの映像を再生する。

『呪いの禁断映像』は、視聴者が送ってくる偶然撮れてしまった不可解で霊的な映像を収録しているDVDシリーズだ。智は小学六年生の頃からこれに夢中になり、新作が出るたびレンタルショップで借りている。

「生首の森」

真っ暗に塗りつぶされた背景と、その手前で白く浮き立った木々。雑草。人の足。映像はスマートフォンで撮られたものらしい。ヴォイスチェンジャーで高音に変換された声がいくつか聞こえ、そのやりとりは興奮に満ち、個人名はビープ音で消されている。『やばくね』『怖いんだけど』『**ピー**さん声震えてるし』――ここで男性のナレーションが入ってくる。智にはもうすっかりお馴染みの、このDVDシリーズのナレーションを第一巻から担当しているディレクターの声だ。

『大学のサークル仲間で連れ立って、彼らは廃墟となった家へと向かっていた。投稿者のSさんが面白半分で言い出したことだったというのだが……』

ナレーションが途切れ、ふたたび大学生たちの声。カメラは夜の木々を映し、闇を映し、モザイクで顔のわからない男子大学生たちを映す。『まじやばいんだけど』『**ピー**とかいたらやばかったんじゃね』『やばいやばい』――。

あ、と兄が背後で声を洩らした。

「……わかった?」

「たぶん」

大学生たちの声はつづく。しかし映像は唐突に途切れ、砂嵐でいっぱいになった画面の中央に、横書きの文字が表示される。

『One more time』

そして映像は、頭からふたたび再生される。

『おわかりいただけただろうか』

と、今度は別のナレーションが入ってくる。

『この映像に不可解なものが映り込んでいることに、彼らは後日、気づいたのだという。撮影者が山道の脇にスマートフォンのカメラを向けたとき、画面に一瞬映る奇妙なもの。その存在を、しっかりとご覧いただきたい』

「このあとだろ」

暗い景色が横にスライドし――。

「そう」

白く浮き立った木々と雑草が映り――。

「うわ」

一瞬、木の幹のあいだから覗くのは――。

「おい、これ」

何者かによって両手で抱えられた、女の生首だった。

「これって」

「あたし」

「だよな」

画面は砂嵐に覆われ、中央にふたたび文字が表示される。

『One more time』

もう一度映像が再生される。

今度は生首が映ったコマで画面が一時停止する。

やはりそこに映っているのは、どう見ても自分の顔なのだ。

フェイクの心霊ビデオをつくろうと言い出したのは聡史だった。智がこの『呪いの禁断映像』シリーズのファンであることを、もともと兄は知っていたのだが、投稿したビデオが採用されてDVDに収録された場合に謝礼として十万円が支払われることは三ヶ月前まで知らなかった。二人で夕食を食べているときに、たまたまその話題になったのだ。もっとも二人で夕食といっても、智は母が朝のうちにつくって冷蔵庫に入れておいてくれたホウレン草のおひたしや、鍋に用意してあった味噌汁や煮魚で、兄はカップ麺に乾燥ワカメを大量投入したものだった。聡史が高校を卒業したその日から、母が兄の食事をつくることは、父によって固く禁じられたのだ。引きこもりの兄に人生の厳しさを教え、根性を叩き直してやろうというような心づもりらしく、苦労人の父らしいやり方ではある。が、兄は元来インスタント食品が大好きで、しかも最近ではバイト先から安く大量に仕入れてくることができるので、栄養面の問題を除けば、そんなに困っている様子ではなかった。

――十万？

――そう十万。

――それだけあれば二ヶ月くらいはバイトのシフト減らせるな。

――あたしもタブレット買える。あと靴も。Tシャツもたくさん買いたいんだよね。いまのやつ、ぜんぶ色が薄くなっちゃってるから。

小さなダイニングテーブルを挟んで互いの視線が重なった。

――つくってみようか。

聡史が言った。

――やってみよっか。

智は答えた。

友人たちと肝試し大会をすることになったフリーターの聡史が、開催場所を下見するため一人でビデオカメラ片手に廃墟へ忍び込んだときに撮影されたもの。投稿するビデオの内容はそれでいこうという話になった。実際には友人もいなければ、肝試しなんてやったら死んでしまう可能性もある兄だが、とにかくそういう設定にすることで意見はまとまった。

——俺が廃墟でカメラ回して——。

——あたしが幽霊として映り込む。

自信はあった。これまでダテに『呪いの禁断映像』シリーズを観てきたわけではない。どんな映像が採用されやすいかはわかっている。わざとらしくないもの。ほんの一瞬だけ霊らしきものの姿が捉えられたビデオ。リプレイし、一時停止したときに初めてはっきりとその姿が見え、いったん静止画で見てしまったら最後、なかなか忘れられないような映像。

——でも廃墟って？

——あたし心当たりある。前にボーさんが話してた。

ボーさんは両親の店で古くから働いているベトナム人で、三十五歳の独身、落ちているものや捨ててあるものを拾って使う癖があり、必要以上と言えるほど陽気で、顔を合わせるたび「エイヨウとているか！」と必ず同じことを大声で訊くのだった。

図々川の先にある雑木林の奥。そこに廃墟となった家があることを、智は以前ボーさんから聞いたことがあった。ボーさんはお客さんから教えてもらったらしい。

——アパートで使う棚を探してたとき、ただで手に入るかもしれないと思って、ボーさんそこに行ってみたんだって。

ボーさんによると、その家は幽霊たちに支配されていたのだという。中に入り込んだところ、手頃な棚がすぐに見つかったのだが、あまりに幽霊がたくさんいたので、諦めて帰ってきたのだとか。ボーさんが霊的なものを視ることができるのかどうかは知らないが、とにかく、そういう雰囲気を持った場所であることだけは確かだった。

——幽霊の服は、適当に白いワンピかなんかでいいと思う。それで、顔には死体っぽい化粧する。学校にダンスやってる子がいて、その子から濃いめの化粧品借りられると思うし。

後日、ああでもないこうでもないと言い合いながら二人で智の顔に死体メイクを施し、もう何年も使われていなかったホームビデオ用のカメラを回し、智が画面の端に「一瞬だけ映る」練習をした。十分に練習をしたあと、智は白いワンピースの上から黒いパーカを着込んでフードを被り、ビデオカメラを持って二人で家を出た。しかし図々川を越えて樹林に入り、しばらく進んだところで兄が便意を催したのだ。

——耳ふさいでて。

——わかった。

——鼻も。

——いいから早く。

両足がくたくただったので、あのとき智は草の中にしゃがみ込み、掌で両耳をふさいだ。さらに鼻もふさごうとしたが、小指では上手くいかず、仕方なく掌を逆さまにし、親指をぐっと伸ばして鼻孔を左右から押さえた。やがて、ぶ、という音が微かに響いてきたので、智は両手をさらに強く耳に押しつけ、親指に力を込め、息を止めた。兄の排便が、はたして終わったのかどうかがわからず、そのまましばらく息を止めつづけた。いいかげん苦しくなってきたそのとき、遠くに懐中電灯の光が見えた。草の隙間から智はじっとそちらを注視し、そうしているあいだも息を止めていたので、どんどん苦しくなってきた。やがて光はすぐそばまで近づいてきて、スマートフォンで周囲を撮影しながら歩いている学生風の人たちが見えた。

要するに、そのとき彼らが撮っていたビデオの映像に、草むらの中の智が映り込んでしまったのだ。

『何者かによって抱えられた、この不可解な女の生首は——』

低い声のナレーションが入る。

『ひどく苦しげな表情をしているように見える』

つづいて収録されているのは、顔にモザイクの入った男子大学生のインタビュー映像だ。ビデオの撮影者だという彼は、ヴォイスチェンジャーを通されたダックヴォイスで語る。

『なんかぁ……あんとき変なにおいがしたんすよねぇ……何かが腐ったみたいっていうかぁ……死体みたいな？』

『死体、ですか』

『死体っすね。それで、あとでそのこと思い出して、気になって、みんなでこのビデオ再生してみたんすよ、そしたらあれ見つけちゃって、やばいって話になって』

再び画面は、智の生首の静止画像に切り替わる。そこにナレーションが重なる。

『まるで死体のような奇妙なにおいを、投稿者はそのとき嗅いだという』

苦しげな表情の生首が徐々に拡大され、最後には画面一杯になる。

『この女性は、かつて森の中で首を切り落とされて命を落とし、その死体は人知れず朽ち果てた。しかし彼女は成仏することができず、いまでも自分の首を抱えながら森の中を彷徨(さまよ)っている。……とでも、言うのだろうか』

あのあと智は、排便を終えた聡史と話した。いまの人たちは、自分たちが行こうとしているのと同じ廃墟に向かったのかもしれない。だとしたら、かち合ってしまう可能性がある。けっきょく二人は廃墟に行くことを諦め、しかし、せっかく幽霊のメイキャップをしてきたのだからと、その場で何度か撮影を行った。智が「一瞬だけ映り込んだ映像」を、繰り返し撮ってみたのだが、真実味のある映像をつくるのは予想していたよりもずっと難しく、けっきょく投稿する意味のありそうなビデオを撮ることはできなかった。やはり楽に金を稼ごうなどと考えても無理なのだと、二人で溜息まじりに納得し、帰宅した。そして、それきりフェイクビデオのことは忘れていたのだ。

「ねえ、どうよ」

電波をぶつけるようにして、智はリモコンでＤＶＤを停めた。

「……え、どうって？」

「やられたと思うでしょ？」

「いや、でもこれ、むしろやっちゃったっていうか……」

「悔しくないの？」

兄は曖昧に首をひねり、何も映っていない画面をぼんやりと眺める。

「あたし、新しいの撮りたい」

「何を」

「ビデオ。これと同じくらいのやつ。それを投稿してＤＶＤに収録させたい」

「十万円か」

「違う、悔しいからやるの」

もはや謝礼金の問題ではないのだった。

「でも、難しいと思うぞ。だってほら、このまえ何回か撮ったときも、上手く撮れなかっただろ。それに、夜にお前のことどっか連れ出したのが父さんにばれたら怖いよ。こないだはばれなかったけど、もうなるべくやりたくない」

「考えがあるの」

その考えを、智は兄に話して聞かせた。兄が帰ってくるまでのあいだ、何度も先ほどの映像を再生し直し、悔しさを噛みしめつつ練った案だった。

が、兄はちんぷんかんぷんといった様子で眉を寄せた。

「釣り堀で水面に顔を映して?……え、何で緑のパーカ着るの?」

どうやら説明が足りなかったようなので、智は言葉を添えた。

「水面に顔を映すのは、そうすれば生首が浮いてるみたいに見えるから」

「見えるかね」

「見えるわよ。で、緑のパーカを着るのは、天井が緑色だから。ほら前に、ボーさんに釣り堀に連れてってもらった話、したでしょ。あの屋内にあるやつ」

「なんとかキャッチャー」

「あそこの天井、緑だったのよ」

ようやく言いたいことをわかってくれたらしく、聡史は腕を組んで天井を見上げる。

「映り込むのがあたしの顔だっていうのにも意味があるの。あの大学生たちのビデオに映ったのと同じ霊が、別の人が撮ったビデオの中にも映り込んだら、ものすごく意味深でしょ?だってお兄ちゃんとあの大学生たちのあいだには何のつながりもないんだから、どっちのビデオにも同じ霊が映ってたら、すごいことじゃない。霊的じゃない。撮影された場所が同じ町内だっていうのも、偶然とかじゃなくて、必然的なものってことになるよ絶対。そういうふうに、勝手にストーリーつくってくれるよ絶対」

第二章

大洞はカープ・キャッチャーの駐輪場に自転車を停めた。

荷台に固定された、電子レンジほどの大きさの木箱に手をかける。

木箱には、下の荷台を巻き込むかたちで針金が何重にも巻かれている。その針金ごしに、把手(とって)のついた蓋が見えていて、つまりこの箱を開けるためにはその針金を完全に外すか、あるいは切断するか、どちらかが必要となる。——かのように見えるのだが、それはただそう見えるだけで、じつは後ろ側の板が開閉させられるようになっていて、中身はそこから出し入れする。入っているのは生活必需品のほかに、何でも屋として日々使用する様々な仕事道具だ。丸ノコや脚立(きゃたつ)といった大きなものはホームセンターのレンタルサービスで間に合わせているが、ほかはすべてここに仕舞われているので、盗まれないように、このスタイルを考案したのだった。

ただし、今日は中身のほとんどを、ジョイフル図々川の外にある自動販売機の裏に隠してきた。

箱の中に、ボストンバッグを入れるスペースが必要だったからだ。

木箱の後部をひらき、ボストンバッグを引っ張り出す。持ち手を肩に通すと、その重みでぐっと身体の右側が下へ引っ張られ、中に入っているものが、ぶりんと身を震わせる感触があった。

ゲートの前に立つ。ガラスドアに自分の姿が映っている。今朝、ジョイフル図々川に置いてある備品のヘアトニックで、きちんと髪を整えてきたし、ひげも丁寧にあたってきた。綿棒で耳掃除もしてきた。腕時計を確認すると、時刻は午前九時三分。しかし空は重たく曇り、まるで日暮れのようだ。

ごくんと生唾(なまつば)をのみ、ガラスドアを引く。その動きに反応して、ボストンバッグの中身がまたぶりんと震える。

「いらっしゃぃ……」

語尾が小さくなり、「ませ」まで言わずに明は言葉を切った。

大洞はその顔を見返して両目を見ひらき、ぽかんと口をあけて首を突き出した。なんだなんだ、釣りでもしようと思って来てみたら娘がいるとは驚いたな、という表現だった。「お前、こんなところで何をしているんだ?」という台詞も、じつは用意してきたのだが、言いそびれた。まだ間に合うか、もう遅いだろうかと考えているあいだに数秒経ち、完全に遅くなった。

「……知ってて来たの？」

首を横に振った。

「じゃ、偶然？」

頷いた。

四年前、父の葬儀で会ったとき、肩の上にふわりと流れていた明の髪は、いまは顎の脇あたりで切られている。なんだか、ずいぶん大人になった。綺麗になった。まさかもう男がいたりするのだろうか。いや、それはないだろう。娘はいま語学の勉強や、アルバイトや、女友達との買い物や、女友達と他愛ない話をすることや、女友達と甘いものを食べることで忙しいのだ。そしてオムライスをつくるなどしなくてはならない。

明の背後から、大洞と同年配くらいの男がこちらの様子を窺っている。アンパンマンの目が落ち窪んで全体的に毛深くなったような風貌の人物だった。前回下見に来たときにもいたが、彼はどうやらここの経営者のようだ。ということは明の雇い主なので、挨拶くらいせねばと、大洞は頭を下げたが、同時に明が「二時間で九百円になります」と事務的な口調で言った。大洞は頭を下げたまま迷い、けっきょく腰を折った状態で尻ポケットから財布を取り出して小銭を数えた。

「こちら、竿と練り餌です」

こくんと頷いてそれを受け取る。何か言おうとしたが、すぐには言葉が出ず、そうしているあいだにボストンバッグがまたぶりんと震えたので、そそくさとプールのほうへ向かった。

客はまだ誰もいない。

プールを回り込み、右手の奥に向かう。明や経営者から、いちばん遠い場所だ。

丸椅子に腰を下ろし、竿をプールのへりに立てかけながら、明のほうを見た。さっと目をそらされた。そうだ……そらしてくれていい。大洞は右肩にかけたボストンバッグをそっと膝の上に移動させた。静かにしていろ。いまは動くな。中身に語りかけながらジッパーに手を伸ばす。指先が細かく震えている。心臓がまるでボストンバッグの中身のようにぶりんぶりんと肋骨(ろっこつ)の内側で身をくねらせている。意を決し、大洞は一気にジッパーを引いた。水が入ったビニール袋が見え、その中では一匹の色鯉が――。

「ごめん」

「ふっ！」

すぐそばに明が立っていた。

大洞は素早くバッグの口を摑んで閉じた。

い、い、い、い、い。

気づかれただろうか。

「……何？」

探るような明の目は、ボストンバッグではなく大洞の顔に向けられていた。大洞はただ首を横に振った。明は二、三度瞬きをしてから、口許を軽くほころばせた。

「ごめんね、さっき他人のふりして。だって、親がバイト先に来るとか、やっぱり気まずいでしょ。何年ぶりだっけ。お祖父ちゃんのお葬式が最後いらっしゃいませー！」

明の大声に身をすくめた瞬間、膝の上でボストンバッグが揺れた。まずい――しかし明はそのまま大洞のそばを離れ、入り口のガラスドアを入ってきた客のほうへ小走りに向かった。いない、いない、いましかない。

ボストンバッグからビニール袋を引っ張り出し、目の前のプールに突っ込む。水音が、まるで巨大なシンバルでも打ち鳴らしたように響く。水中でビニール袋を力いっぱい破ると、右手の甲を、ぬめりのある硬いものが素早くこすり抜けた。ビニール袋だけをプールから引き上げてボストンバッグに戻す。入り口のほうを確認する。見られていない。

ふっふっふっふっと大洞は笑った。それは悪役が主人公に勝利することを確信して上げる笑い声に似て、しだいに音量を増して高らかになり、最後には大笑いへと変わった。もちろん心の中でのことだ。

背をこごめ、プールの水面を睨み下ろす。つい先ほどまで霧山美紗の屋敷の池を泳いでいたあの色鯉は、もうどこにも見えない。しかし、すぐに自分は、ふたたびその姿を目にすることになるだろう。あの色鯉は今日、何度も自分の竿を震わせる。しかし他人の針にかかることは一度もない。――絶対にない。

このひと月のあいだ、大洞は霧山美紗に世話をまかされている鯉たちに対して継続的な訓練を行ってきた。ジョイフル図々川の更衣室で秘密裏に作製した、ぬか味噌入りの餌だけを食べるように。訓練の方法はごくシンプルだ。池の鯉たちにやるよう霧山美紗から指示されている「ひかり」をまず与え、それを食べた際に電気ショックを与える。そして、「ひかり」とぬか味噌を混ぜてつくった大洞オリジナルの餌を食べた際には何もしない。たったそれだけだった。しかし訓練の成果が出るのは驚くほど早く、一週間ほどで鯉たちは「ひかり」に見向きもしなくなり、そのかわりぬか味噌入りの餌に対しては水面を鳴らして群がるようになった。電気ショックによって鯉が死んでしまう可能性も考えたが、電気を流すのに使ったのは原付バイクの廃棄を代行したときに手に入れた6Vのバッテリーだったので、最後まで一匹も死ななかった。あの池にはたくさんの鯉がおり、霧山美紗はその数をべつに把握しているわけでもない様子だし、そもそも鯉自体にさして興味を持っているようにも見えないので、死んだら死んだでこっそり持ち出し、人けのない場所であらいにでもして食べてみようと考えていたのだが、その機会はなかった。

池から持ち出してきたのは、白地に紅色の模様を散らした鯉だ。ぱっと見は似たような配色の色鯉と見分けがつかないのだが、模様の一つ一つがちょうど女子トイレのマークを崩したような感じになっていて、そこで見分けられる。池の中ではいつも、こちらが屈まないと見えない岩陰に、隠れるように、じっと動かずにいた。堂々と泳ぎ回っているほかの鯉たちに比べ、いなくなったことに気づかれにくいのではないかと考え、大洞はこの鯉を今回の作戦の相棒に選んだのだ。

厳しい訓練が、ようやく実を結ぶ。

今日、自分たちは何度も出会うことになるだろう。

大洞が同じ鯉を釣りつづけていることに、気づく者はいるだろうか。いやいない。何故なら色鯉の模様など遠目からはみんな似たようなものだからだ。そもそも気づかれたところで、同じ鯉を釣りつづけてはいけないというルールはない。もう一つの懸念は、そもそもあの鯉は何度も釣られてくれるだろうかという根本的な点だったが、それればかりはやってみないとわからない。しかし鯉は馬鹿だ。そして貪欲だ。成功する自信はあった。昨日と一昨日、大洞は霧山美紗の池の鯉たちに餌をやりに行きつつ、じつは何も食わせていない。捕獲してきたあの鯉は相当に空腹のはずだ。そういえばほかの鯉たちはけっきょく今日も何も食べないことになるが大丈夫だろうか。大丈夫だろう。電気ショックで死ななかったものが空腹で死ぬはずがない。

ボストンバッグの底に手を突っ込み、オリジナルの練り餌が入った小ぶりのビニール袋を取り出す。顔を正面に向けつつ、両目はほぼ真横に向けた状態で、袋の中身を摑み取る。明は先ほど入ってきた二人の新客に竿とカゴを渡している。若い男女だ。男のほうはひどく撫で肩で、臆病そうな顔つきと物腰、女のほうは――いや、女というよりも女の子だ。緑色のパーカのフードを目深にかぶり、終始うつむいて、まるで自分の顔を隠したがっているかのように見える。二人が自分のそばに陣取らないことを願いつつ、大洞は明から渡されたタッパーを開けた。五分目ほどまで入れられた練り餌の上に、オリジナルの練り餌を載せる。ぬか味噌のにおいが立ちのぼり、鼻をくすぐる。あの色鯉はどこを泳いでいるのだろう。大洞はオリジナルの練り餌を丸めて針につけた。ふたたび心臓が暴れはじめていた。

竿を差し出し、プールに餌を沈める。そのままじっと待つ。竿の先が一定のテンポで小刻みに震えている。あの妙な動きは何だ。もしや早くも色鯉が餌をつつきはじめたのだろうか――いや違う。あれは自分の心臓の鼓動が竿に伝わっているのだ。と思った瞬間、ぐん、と竿がしなった。そのまま強烈な力で奥へ引かれたので、大洞は慌てて引き戻した。左手でタモを摑もうとしたが指が空振りし、しかし二度目で摑んでプールの上へ突き出した。力まかせに竿を振り上げると、先ほどまでボストンバッグの中にいたあの色鯉が大洞の前で身を躍らせた。

「い色鯉い！」

それが自分の声だということが、すぐには理解できなかった。

なんというか、大洞が鯉を釣り上げたところを、別の中年男性がそばで見ていて、自分のかわりに大声で店員に報せてくれたというような感覚だった。しかし声は大洞の胸の中で響いたし、咽喉には握り拳でも出し入れされたような大声の余韻が残っている。

明のほうを見た。

彼女は遠くからでもわかるほど両目を丸くして、こちらに顔を向けている。

「……おめでとうございます」

大洞が上げた声の、たぶん十分の一ほどのボリュームだった。

自分の声のほうが大きかった。

自分の声が娘を圧倒した。

強烈な万能感のようなものが、身体を満たしていった。両腕が震え、肩が震え、腹が、胸が震えた。まるで振動式のマッサージ機が——いや、自分自身がマッサージ機になったかのような——上手く表現できないが、とにかく、これまでの人生で経験したことのない震えだった。

「来た……来た……来た……」

何が来たのかもわからないまま、呼気とともに譫言（うわごと）のように繰り返し、大洞はほとんど痙攣（けいれん）と呼んでいいほど震えている両手で色鯉の口から針を外した。

鯉がプールの中へどろんと泳ぎ去ると、大洞は新たな練り餌を丸めて針につけ、水中へ沈めた。明がポイントカードを持ってプールを回り込み、大洞のそばまでやってくる。それと同時に、また竿が強く引かれた。素早く持ち上げると、あの色鯉がふたたび針にかかっていた。

こいつは思った以上に馬鹿だ！　大洞は心の中で絶叫した。

「……おめでとう」

そばへ来た明は、二枚の「5P」カードを重ねて大洞のカゴに入れた。

「おう、元気か？」

驚くほど言葉がすんなり出た。

「あ、うん普通に」

「そうか」

「そう」

「なるほどな」

「うん」

万能感はいよいよ身体の隅々まで行き渡り、いますぐこの場でまた大声を上げて飛び跳ねたい衝動にかられた。

「ねえ……お父さん、あの」

「うん？　何だ？」

「あのさ」

大洞の顔を見下ろしたまま、明は言葉を継ごうとしない。唇は薄く隙間をあけ、その内側で、何かの言葉がかたちを持とうとしながら停滞しているのがわかった。珍しい。昔から明は、はっきりものを言うか、あるいは何も言わないか、二つに一つだった。しばらく会わないうちに性格が変わったのだろうか。

「ごめん、何でもない」

「そうか」

「うん」

明は背中を向けてプールを回り込み、入り口近くの定位置まで戻ると、こちらに身体の正面を向けて立った。が、その目は大洞のほうを見ていない。というよりも、どこも見ていない。視線は斜め下に向けられているが、ぼんやりとして焦点を結ばずにいる。——かと思えば、まるで何か大きな音でも聞こえたかのように、急に顔を上げて大洞を見た。しかしすぐに目をそらし、また何もないところを見つめる。そうしながら、今度は意識だけを大洞のほうへ向けているようだ。そのとき明の背後で——あれは事務室につながっているのだろうか——カウンターの向こう側にあるドアが開いた。その物音に明は素早く振り向いた。出てきたのは先ほど見かけた丸顔の経営者だったが、明の反応があまりに大袈裟（おおげさ）だったので、「?」と首を突き出した。明は誤魔化すように硬い笑いを浮かべてこちらに向き直った。

まさか——。

大洞はがばりと口をひらいた。

まさか気づかれたのでは。

突如として襲いかかったその可能性に大洞は戦慄（せんりつ）した。自分の父親が、持参した鯉をプールに放ち、二回連続でそれを釣ったという事実に明は気がついてしまったのではないか。

と、そのとき大洞の正面に若い男が腰を下ろした。色が生っ白く、栄養の足りていなさそうな男――先ほど入ってきた二人連れの片方だ。どうしてそんな場所を選ぶのか。まるで大洞の姿をよく見るため、そこへ座ったかのようだった。もう一人の、パーカのフードを深くかぶった女の子はどこへ行った。素早く周囲を見渡してみたが、いない。正面に座った男は、腰を丸め、ちらちらと明のほうを気にしながら、背中から下ろしたリュックサックの中を探っている。どうして釣りをはじめないのだ。いったい何をするつもりだ。――いや、落ち着け、集中しろ。気づかれてなどいない。誰にもばれていない。絶対に上手くいく。いったん縮こまった万能感を、大洞は力尽くで引っ張り伸ばし、新しい練り餌を針につけてプールに沈めた。それほど待つ必要はなかった。ぶるんとすぐさま振動が右手に伝わり、はっとして竿を上げると、あの色鯉が水面に身を躍らせた。

「色ご――」

明のほうへ声を投げようとして、大洞は凍りついた。

正面に座った男が、こちらを見ている。

相手もまた表情を固まらせていた。そして――待て――彼がプールのへりに置いたあれは何だ。黒い機械。丸いレンズが真っ直ぐにこちらを向いている。

撮られた――。

無言の叫びが胸の中で炸裂した。たったいまあの男は、大洞が色鯉を釣り上げるその瞬間をビデオカメラにおさめていたのだ。しかし何故。どうして。そのとき、ある可能性が脳裡をよぎった。あの男はこの施設が雇っているGメンかもしれない。ああして犯行の瞬間をカメラにおさめ、その証拠とともに不正者を警察に引き渡すのではないか。だが男には、いつかニュース番組の特集で見たスーパーの万引きGメンのような貫禄はない。若いし、顔はひどく緊張し、蒼白で、そこに玉の汗が浮いている。新人なのかもしれない。

気配に気づき、大洞は素早く背後を振り向いた。

それと同時に、まるで視界から逃れようとするように、すうっと緑色のものが離れていった。

背後に立っていたのは、先ほど姿を消した少女だった。緑色のフードを目深にかぶった彼女は、何も見ていませんよというアピールのように、必要以上に散漫な様子でぶらぶらと大洞のそばを離れていく。どうして彼女はいま手もとを覗き込んでいた？

餌だ――。

大洞は顎が胸につくほど大きく口をあけた。彼女は大洞が傍らに置いたカゴの中を覗いていたのだ。使用している餌が正規のものであるかどうかを、その目で確認するために。

正面の男をふたたび見る。いまや彼はビデオカメラを右手で構えている。レンズはやはりこちらへ向けられ、そうしながら男は、顔を右に向けて、入り口付近に視線を飛ばしていた。そこには明が立っている。男は明に、何か合図を出そうとしているのかもしれない。しかし、幸い明はこちらを見ず、先ほどと同じように、斜め下に視線を向けている。

いま娘が何を考えているのかが、まるで自分のことのように、はっきりとわかった。

「明――」

Gメンからの合図に気づいた顔をしてはいけない――そう考えているのだ。Gメンがたったいま不正行為を目撃し、それを店員である自分に報告しようとしているが、それに気づいた様子を見せてはいけないと。もし気づいてしまったら、自分はGメンが発見した不審者を問いたださなければならなくなるから。父親を警察に突き出さなければならなくなるから。

気づけば大洞は竿をほうり出し、座っていた丸椅子を背後に倒して立ち上がっていた。しかし針に色鯉がかかったままであることを忘れていたので、竿がずるずるとプールのほうへ動いた。反射的にそれを摑み、摑んでしまったらもう引っぱるしかなく、大洞は色鯉を必死に自分のそばまで手繰り寄せると、水しぶきが立たないよう水中に沈めたままの状態で針を外した。尾鰭(おひれ)が手の甲を打ち、色鯉は泳ぎ去った。大洞はボストンバッグを摑み、夢中でプールを回り込むと、ビデオカメラを持った男の背後を過ぎ去り、明のそばを抜けて出口へと走った。

「お父さん――」

「すまない」

ガラスドアを押し開けて外に飛び出した。

ヒキダスは一人の生徒のことを心配していた。

メイというのは、英語ではたしか「五月」を意味する言葉で、いつだったか彼女がたどたどしいヒツギム語で説明してくれたところによると、日本語では「明るい」という意味なのだとか。

自分が連れ去られる瞬間を、メイは目撃してしまった。

そして彼女に目撃されたことを、ハミダスたちは把握している。

ふと唇の隙間から息が洩れた。こんな状況なのに他人のことを心配している自分が可笑(おか)しかったのだ。これから自分は殺されようとしているのに。

「やけに静かだな」

目隠しをされているので見えないが、聞こえてきたのは幼馴染みのハミダスの声だった。彼や、その手下たちの話すヒツギム語が、こんな状況にもかかわらず、懐かしく感じられるのは不思議なものだ。

「命乞いの時間は終わりか？」

答えずにいると、ハミダスの声が耳元に近づいた。

「ヒキダス、ためになる情報を、お前に教えてやろう」

ぽんぽんと、ハミダスはヒキダスの肩を叩く。

「溺死はほかの死にかたよりも楽らしい。早めに意識が失われるおかげで、比較的楽に死ねるそうだ」


明の家路は暗かった。

昨夜の出来事は、誰にも話せていない。

明の顔をじっと見つめていた、あの凶悪な顔をした男は、あれから画面の中で厚い唇に人差し指をあて、両目にぐっと力を込めた。その直後、タイムオーバーで通信は自動的にシャットダウンされ、男の顔は画面から消え去った。数秒経つと、そこには何事もなかったかのようにフンダルケッツの会員用ページが表示されていた。

男が最後に見せた万国共通の二つの仕草は、どちらも人種の壁を越えて正確に伝わっていた。唇に指をあてるのは「喋るな」。両目に力を込めるのは、相手への威圧。

今朝になって、フンダルケッツから生徒たちへの同報メールが届いた。ヒキダス講師の授業が都合により休講となるので、代理の講師がレッスンを行いますと書かれていた。

それだけだった。

ヒキダスが果たして無事なのかどうかという不安。そして、それと同じくらい――いや、それよりももっと不安なのは、自分自身のことだった。

明がどこの誰なのか、ヒキダスを連れ去ったあの男たちは知らないはずだ。ヒキダスに訊こうにも、講師に生徒の個人情報は伝わっていないので、何も答えられないに違いない。しかし、昨日のレッスンの途中で、明はヒキダスに自分のアルバイトのことを話した。そして画面の「ホワイトボード」に、バイト先を特定できるような情報を残してしまった。自分が描いたあの下手くそな地図。そしてそこにメモした、ヒッギム語で「釣り」を意味する単語。講師側のパソコンにも、あれとまったく同じ内容が表示されていたはずだ。つまり、ヒキダスを連れ去った男たちは、その表示内容を見たかもしれない。

今日、たまたまバイト先に現れた父に、明はぜんぶ話そうと思った。しかし唇に指をあてたあの男の顔が思い出され、その目がどこからか自分を見ているようで、言い出せなかった。ためらっているうちに父は何故か突然立ち上がり、店を出ていってしまった。よほど急な用でもできたのだろうか。

父が出ていき、しばらく経ったとき、奇妙な人物がやってきた。

あれはいったい何だったのだろう。

トンボのように大きなサングラスをかけた女だった。彼女はガラスドアを入ってくるなり、わざとしゃがれさせたような声で、

——こちらの責任者はいるかい？

いきなりそう言った。

明は事務室にいた広島を呼んだ。

出てきた広島に、女性はすっと近づくと、何かを小声で囁いた。その言葉に広島はしばし両目を広げて呆然とし、彼女と二人で事務室に入っていった。ドアにほんの少し隙間が開いていた。その隙間から、明はそれとなく中を覗き見た。

二人は部屋の真ん中で向かい合い、女が何かの写真を広島に見せていた。声はまったく聞き取れなかったが、女がその写真を見せながら口にした言葉に、広島は強く反応した。落ち窪んだ両目を広げて相手の顔を見つめ、数秒間そうしていたかと思うと、はっと思い出したように、その目をこちらに向けた。広島は素早い動きで近づいてくると、事務室のドアを内側からぴたりと閉めた。

それから五分ほどで事務室から姿を現した女は、明のほうを一瞥（いちべつ）すると、ガラスドアを出ていった。

その後、広島はずっと事務室に引っ込んだままだった。午後になって雨が降り出し、客が増えてきても、やはり出てこなかった。閉店時間が来て、明が着替えを終えたときも、自分の事務机に両肘をつけ、まるで何かを祈るかのように両手の指を組み、背中を丸めてうつむいていた。

訊きたかったが、勇気が出なかった。

あの女は何者だったのだろう。まさか、昨夜のヒキダスの拉致に何か関係しているのだろうか。二人は事務室で、明のことを話していたのではないか。

「……待ちな」

暗がりから声が響いた。

わざとしゃがれさせたような、低い女の声。

まさか、と明は呼吸を止めた。

「話がある」

そのまさかだった。

真っ暗でまったく気づかなかったが、遊歩道の端に設置されたベンチに女が座っていた。彼女はむくりと立ち上がり、遠くの街灯を背に、こちらへ近づいてくる。その声。トンボのようなサングラスをかけたその顔。やはり昼間カープ・キャッチャーにやってきた女だ。

「あんた、誰にも喋ってねいだろうね」

日本語は上手いが、言葉遣いの不自然さから彼女が純粋な日本人ではないことが察せられた。明は顎が固まり、口が利けなかった。顔を隠すようにうつむいていた女は、サングラスの顔をぐっと近づけて、もう一度言った。

「喋ってねいだろうね」

今日、彼女がカープ・キャッチャーにやってきたことをだろうか。それとも昨夜のヒキダスの拉致のことだろうか。いずれにしても答えは同じだった。

「……はい」

動かない顎のあいだから、明は声を絞り出した。

「警察はもちろん、友達にも家族にも、余計なことを言うんじゃねいよ」

頷こうとしたが、まるで関節が溶接されたように、首が動かない。

「言うんじゃねいよ」

「……言いません」

「あんたは何も見てねい」

「……見てません」

「あんたはすべてを忘れる」

「……忘れます」

「目撃者はあんただけだった。もしばれた場合の情報元はあんたしかいない」

女はくるりと背を向けた。

「それを忘れるんじゃねいよ」

明が頷くのと同時に、女は歩き去った。後ろ姿は遠くの街灯と重なり、完全なシルエットとなっていた。

聡史の股間に違和感が生じたのも、他人（ひと）と上手く話せないどころか目を見ることもできなくなったのも、小学五年生の夏からだった。

友巻（ともまき）かなえさんは、首の細っこい、八重歯の可愛らしい子だった。四年生のときに同じクラスになり、そこで初めて聡史は彼女の存在を認識したのだが、一週間後に授業でローマ字のVを習ったときにはもう、それが友巻さんの八重歯にしか見えなかった。友達の冗談によく笑い、笑うときには自分の髪に手をやる癖があり、その髪にはちょっとだけ天然のウェーブがかかっていた。といっても毛先の一つ一つが持ち主の言いつけをきちんと守っているように、サラサラと同じ方向に流れ、彼女が歩いたり、後ろの席を振り返ったり、準備体操をしたりすると、繊細なその毛先は陽の光の中に溶け消えて見えなくなるのだった。肩に触れるか触れないかといった長さから、髪はだんだんと伸びていき、四年生の秋に背中を半分ほど覆ったかと思えば、ある月曜日に、また肩の上まで切られてきた。ランドセルを下ろして机の脇にかける友巻さんは、切ったばかりの髪を気にして、少し恥ずかしそうだった。

友巻さんと聡史は帰り道がいっしょだった。

彼女が仲よくしていたなんとかという女の子も同じ通学路で、彼女はたとえばサザエさんでいうところの花沢（はなざわ）さん的な容姿と声と性格だった。ただし花沢さんがカツオに対して抱いているような好意は、聡史に対してまったく抱いておらず、また聡史のほうもカツオのような社交性や機知を持っていたわけではなかったので、関係性は大いに異なり、はっきり言えば嫌悪されていた。彼女の名字は吉……なんとかだった。いや名前がヨシコだったかもしれない。とにかく友巻さんは「よっち」と呼んでいた。

――よっち、自由作文どうする？

――あたしこの前の、ほら話したっけ、お母さんと二人でケーキ焼いたときのこと書く。初めてなのに、けっこう上手くいったから。

――僕は、うちの店のこと書こうかな。みんな頑張って働いて――。

――かなえは何書くの？

――ううん……あたしどうしよっかな。

三人の会話はいつもこんなふうに、ちぐはぐだった。

放課後、図々川の脇の遊歩道を歩きながら聡史は、吉家さんがこの世から――そう、彼女は吉家さんだった。吉家さんがこの世から消えてくれればいいのにと願っていた。いつも自分を無視するこの人が消えてくれれば、友巻さんと二人で歩けるのにと。そして何故だかわからないが、友巻さんもそれを望んでいるという、無根拠の確信があった。

あの夏、気持ちの悪い人形を持ってきたのは吉家さんだった。

――お祖母ちゃんがくれたの。見てこれ、面白いんだよ。

帰り道の遊歩道で立ち止まり、吉家さんはランドセルから体長二十センチほどの人形を取り出して友巻さんに見せた。聡史からはわざと見えないようにしていたので、一歩動いて覗き込んでみた。それは一見するとごく普通の人形だった。古びていて、足が隠れる長さの、ラッパみたいなスカートを穿いていた。

——面白いって何が？

友巻さんが訊いた。

——ちょっとスカートめくってみて。

友巻さんは小首をかしげながら、言われたとおりスカートをめくった。

——ね、面白いでしょ？

人形のスカートの中から現れたのは、足ではなく、もう一つの顔だった。そしてスカートの裏側は別の模様になっていた。どういうことかというと、要するにその人形は、砂時計のように上下反転させ、スカートを裏返して上半身を隠すと、違う顔、違うスカートの女の子へと変身する仕掛けになっていたのだ。

——むかし流行って、オモチャ屋さんによく売ってたみたい。お祖母ちゃん、ずっと大事にとっといたんだって。

こんなものを可愛いと思えるのは、吉家さんと彼女のお祖母さんだけに違いなく、友巻さんもさぞ気味悪がっていることだろうと思い、聡史は同情の視線を向けた。しかし友巻さんは吉家さんと同じように、手の上の人形を愛おしげに見つめているのだった。へええ、とか、わああ、とか言いながら、彼女は何度も人形を反転させてスカートをめくった。そんな友巻さんに、自分も合わせなければと聡史は思った。

——面白いね、僕にもやらして。

頬をなるべく持ち上げ、目を興味深げに見ひらいて言った。すると友巻さんは人形をいじる手をぴたっと止め、顔を少しだけ吉家さんのほうへ向けた。彼女の許可なく聡史に人形を手渡すことはできないからだ。しかし吉家さんはそれに気づかないふりをして、明らかに言う必要のないことを言った。

——これほんと可愛いよね。

その言葉に、友巻さんは細っこい首を小さく折って頷いた。それはとても可憐で、哀しい仕草だった。彼女はまるで、我儘（わがまま）な女王に理不尽な命令をされる召使いだった。あるいは、継母（ままはは）の意のままに扱われる、粗末な服を着せられた姫だった。彼女を助けなければいけないと、そのとき聡史は使命感のようなものに駆り立てられた。そんな自分が、後に大きな謎だった。

——かしてよ。

聡史は友巻さんのほうへ手を伸ばした。彼女を吉家さんの意に逆らわせることで、哀しい場所から救い出してやれるというような、これもあとで考えたら意味不明の思いが胸を満たしていた。

聡史の手が目の前に差し出されても、友巻さんは人形を見つめたまま動かなかった。

——かして。

今度は優しい声で言った。震える手で握られている、自らの咽喉に向けられた拳銃を、そっと取り上げてやるような気持ちだった。友巻さんのピンク色の唇に微かな力がこもった。聡史は相手を刺激しないよう計算した、しかし毅然とした動きで、右手をさらに伸ばして人形を摑んだ。それと同時に吉家さんが吼えた。

——さわんないでよっ！

それはまさに吼えたと言うべき凶暴な、ひび割れた声で、驚いた聡史はビクビクッと飛び上がり、その手が握っていた人形もまた飛び上がった。聡史は遊歩道の敷石に着地したが、人形のほうは遊歩道から三メートルほど下を流れる図々川へと吸い込まれて消えた。

ぎゃあああああああああという絶叫が響き渡った。

——お祖母ちゃんの人形ぅぉおおおおお！

遊歩道の片側に延びる鉄柵にしがみつき、敷石に両膝をついて、吉家さんは叫んだ。聡史は着地したままの格好で、両足をガニ股に広げて両腕をそれぞれL字形に差し上げた状態で固まっていた。たぶん呼吸もしていなかった。吉家さんの泣き声と叫び声が長く長く長くつづいた。しかしやがて、轟々と水が流れ出す蛇口のバルブを閉めていくように、少しずつボリュームを下げていき、ついには蛇口の先から水滴だけが垂れているような、静かなすすり泣きへと変わった。呆然とそれを見下ろしながら立ちすくむ聡史の耳に、まるで冷凍庫でよくひやされた錐のような、硬く冷たい声が滑り込んできた。

——どうするの？

友巻さんだった。

首だけ回してそちらを見た。もともと凍りついていたにもかかわらず、そのとき聡史はもっと凍りついた。

こちらに向けられた友巻さんの目は、聡史がそれまでの半生で一度も見たことがない目だった。当時はまだ「酷薄」という単語を知らなかったが、後にそれを知ったとき、あのときの友巻さんの目は「酷薄」そのものだったと聡史は思い返した。まるで純粋な「酷薄」をレモン形に成形して顔に二つ埋め込んだかのようで、もし絵にするならば、いっそ瞼の中に何も描かないのがいちばん写実的に違いない。

——ねえ。

ぽっかりとひらかれた彼女の両目が、聡史のほうへ向けられたまま、僅かに広がった。薄い上唇が持ち上がり、小さな刃物のような八重歯が覗いた。

——よっち、泣いてるよ。

しかし、吉家さんのすすり泣きは、もはや知覚の外にあったのだろう。聡史には何も聞こえていなかった。

——ごめん……。

謝罪の言葉も静寂に溶け入って消えた。

——僕……取ってくる……。

ランドセルを下ろす両手も、茶色いペンキの塗られた鉄柵を乗り越える両足も、自分のものではないようだった。心さえ、誰か別の人のものといった感覚があった。何故なら、普段であれば怖くて絶対に下りられなかったであろう図々川の護岸を、聡史はどんどん這い下りていたからだ。

石が組まれた三メートルほどの護岸を下りきると、ほんの狭い足場があり、水はそのすぐ下を流れていた。聡史はその流れに両足を浸した。膝を沈め、尻を沈めた。靴がぬるりとした水底に触れた。水の深さは聡史の腹ほどまであり、流れは決して緩やかではなかった。前方から流れてきた落ち葉が身体の脇を通り過ぎ、振り向いてみると、もう五メートルほど先を流れているくらいの速さだった。

護岸の上を振り仰いだ。両手で顔を隠してすすり泣いている吉家さんと、その脇に屈み込んで背中に触れている友巻さんが見えた。友巻さんの顔はこちらに向けられていた。両目は、その中で風が吹く音が聞こえそうなほどの、底なしの空洞だった。人形を探すというよりも、その目から逃げるように、聡史は水に向き直った。まずは意味もなく両手で周囲を探った。意を決して息を吸い込み、全身を沈めた。川底の石は冷たい油でも塗られたようにぬるぬると滑った。水中で目をひらくと、髪の毛みたいな藻が流れにたなびいていた。あの人形は、手にした一瞬の感覚だと、見た目よりも持ち重りがあったし、着水してすぐに沈んでいったように記憶しているが、身体の部分はいったい何でできていたのだろう。いまとなってはもうわからない。

——いいよ、そのくらいで。

ずいぶん探した末に、友巻さんの声が聞こえた。

——ね、よっち。もういいよね。

そのときには吉家さんは泣き止んで、しかし遊歩道にしゃがみ込んだまま、両手で鉄柵を摑んでこちらを見下ろしていた。彼女は抵抗の意をこめた仕草で友巻さんを振り仰いだ。そんな彼女の耳元に、友巻さんは自分の唇を近づけて、何かを囁いた。

やがて、二人は同時に聡史へ顔を向けた。

四つの目は同じだった。

冷たい風の音が響く、四つ並んだ空洞だった。

——風邪ひいちゃうから、もう上がってきなよ。

友巻さんが言った。

——これだけ探して見つからないんだから、あの人形はあきらめるね。

吉家さんが「あの人形」という表現を使った意味を、聡史は考えもしなかった。

濡れたまま家に帰った。

そのとき妹の智は、一階にあるニャーの厨房で、両親やボーさんと一緒にいた。当時、よくそうして仕事場で遊んでいたのだ。聡史は二階の住居へと直接つづく外階段を上りながら、厨房の窓越しにそれを見た。両親が共働きでよかったと聡史が感じたのは、たぶんそのときが初めてだった。ずぶ濡れで帰ってきた自分に気づかれずにすんだ。みじめな自分を見られずにすんだ。もっとも当時は、以後十二年間も、その水が身体に染みこんだまま乾かないなんて思ってもみなかった。

翌日の放課後、友巻さんと吉家さんは、つくりものの人間の頭部と、大人用のロングスカートを聡史に見せた。頭部は新聞紙を固めたものを、白いガムテープで隙間なく巻き、そこにマジックで目鼻を描いて、毛糸の髪の毛を取りつけたものだった。

教室から先生はいなくなっていたが、クラスメイトたちのほとんどはまだ残っていた。そのタイミングを、二人は最初から狙っていたのだろう。

大事な人形を失くしてしまったのだから、あなたが人形になってくれと、吉家さんは言った。意味がまったくわからなかった。しかしそれは最初の数秒だけで、すぐに聡史は理解した。いったん理解してからは、あっけにとられて口が利けなかった。目の前に立つ彼女たちの背後には、何だ何だと集まってくるクラスメイトたちが見えていた。

聡史は教壇に上がらされた。

半ズボンの股に、彼女たちがつくってきた頭部を装着させられそうになったが、クラスメイトの一人がそれを止めた。身体が大きくて、変声期を経験していて、頭が悪くて、柄も悪くて、本格的な不良になる一歩手前といったクラスメイトだった。彼はとても馬鹿だから、状況を見ただけでは、何が行われようとしているのかを察せなかったはずなので、おそらく友巻さんか吉家さんから、事前に話を聞いていたのだろう。

ズボンをはいているのはおかしいと、彼は言った。逆立ちしたとき、胸にズボンをはいていることになるじゃないかと。その言葉に、ほかの面々も、ああ確かにそうだというような反応をした。そのときにはもう、聡史一人に対して彼ら全員という構図ができ上がっていた。

何故あのとき、嫌だと言わなかったのだろう。

という疑問を抱いたのは、その後たった一度きりだった。

答えがすぐに出たからだ。

尾を引くことになるとは思わなかった。自尊心をすっかり捨てることになるなんて考えなかった。そして自尊心というものが、いったん手放したら、もう二度と取り戻せないものだなんて知らなかった。そもそも、その存在さえ知らなかった。翌朝学校に来れば、いつもと別段変わらず友達と片手を上げ合って挨拶し、休み時間には漫画やゲームのことを喋り、体育でそこそこ活躍し、そこそこ失敗し、その失敗を笑って謝り、昼はみんなと給食を食べ、午後の眠たい授業を受け、帰り道はさすがに友巻さんや吉家さんと歩きはしないだろうけれど、でもひょっとしたら互いに屈託をなくした状態で、いっしょに帰ることになるかもしれないと思っていた。

しかし聡史は翌日、体温計をこすって母に嘘をつき、学校を休んだ。つぎの日も休んだ。日曜日を挟み、月曜日には登校したが、そのときにはもう別人になっていた。人に話しかけることができず、目を見ることもできず、それが数日つづいてみると、もうどうやって話していたのかさえ思い出せなかった。誰かの目を見ることも、技術的に不可能といってもいいくらい、まったくできなくなっていた。そして、これは誰に話しても信じてもらえないだろうが、自分の股間に顔があるという感覚に、しばしば襲われるようになったのだ。誰の顔というわけではなく、新聞紙でできた顔なのか、それとも人間の顔なのかもわからないのだけど。

あの放課後、教壇の上で、聡史はズボンを脱いだ。友巻さんと吉家さん以外の女子たちは恥ずかしそうで、しかし立ち去りはせず、男子たちの後ろから遠巻きに様子を眺めていた。パンツは脱げと言われなかったので脱がなかった。そのパンツに、友巻さんが持ってきていた白いガムテープで頭部を装着し、そんなことをしながらも聡史はまだ、股間にちょっと浮き出たおしっこの染みが恥ずかしいなといったことを考えていた。大人用のロングスカートに身体を入れ、本来は腰に位置させる部分を肋骨のあたりに持ってきて、ガムテープで固定させられた。そのあとは、友巻さんが意図的にはにかみながら口にする命令に、すべて従った。周囲のクラスメイトたちには、それらは友巻さんの「お願い」のように聞こえただろうけど、聡史にとっては逆らう術のない厳命だった。黒板に向かって逆立ちをした状態で、聡史はぱっかりと両足をひらき、社会科の教科書に載っていた広島の平和の像のポーズをとり、右足で毛糸の髪をかき上げたり、「仲直り」ということで吉家さんと「握手」をしたりもした。そうしながら、ようやく羞恥（しゅうち）や屈辱が遠ざかり、かわりに何か絶対的な、圧倒的な、不可逆的な変化をもたらすものが近づいてきて、それが自分を包囲し、やがてぐんぐん距離をつめ、スポンジに水が染み入っていくように、じわじわと、じゅうじゅうと、冷たく身体の中に入り込んでくるのを意識していた。

「なんっ」

智の声が、聡史の回想を断ち切った。

先ほどからテーブルの向こうでビデオを見ながら笑いつづけていた智は、そう言ったきり息を止め、歯痛でも堪えるような顔で黙り込んだ。聡史は緑のたぬきをすすりながら、目だけを上げて妹のほうを見た。

「――っ回見ても面白いわあ」

笑いすぎて涙のにじんだ妹の両目に、液晶モニターの光が反射している。今朝、カープ・キャッチャーでニセ心霊動画を撮影してきたビデオカメラだ。

いや、ニセ心霊動画を撮影しようとしたカメラだった。

「お前、上手くいかなかったのに、よくそんなに笑えるな」

ほとんど感心に近い気持ちで聡史は言った。智は「ええ？」といちおう声を返しながらも液晶モニターに見入りつづけ、スピーカーからガタッと短い音が上がった瞬間にぶっと噴き出して、またひとしきり笑う。聡史の正面に座っていたあの中年男性が、何故か椅子を倒して立ち上がり、猛然と店を飛び出していったシーンだ。

「う、け、る、わぁ……」

智はひくひくしながら巻き戻しボタンを押すと、映像をまた最初から見はじめる。

「そのおっさんのほうが、幽霊よりかよっぽど不可解だよな」

聡史は割り箸で緑のたぬきのスープをかき混ぜた。麺はもうほとんどないが、ワカメはまだたくさん残っている。聡史の食べるカップ麺は、いつも麺よりもワカメのほうが多い。海藻が身体にいいと聞き、栄養不足を改善しようと、いつもミラスコで乾燥ワカメを箱買いして部屋のクローゼットにストックしてあるのだ。

「不可解よねえ……不可解だわぁ……」

飽きずに映像を眺める智のそばには、母が用意したピーマンの肉詰めと、海藻入りのサラダと、大根の味噌汁と、茄子をなんかした料理と、茶碗に盛られたごはんが並んでいる。

「食えよ、せっかく料理あるんだから」

「宇宙人だ、あの青年は宇宙人に違いない！」

智は男の動きに台詞を重ねて遊んでいた。

「わわわ私は殺されるので逃げなければ！」

「母さんだって店の仕事があるんだから、料理つくるのも楽じゃないんだぜ」

「となんと、まだ鯉が釣れたままじゃないか！」

「こっちはカップ麺食ってんのに」

「可哀想だから針は水中で外してあげねばならない！」

「なあ、冷めちゃうぞ」

ぱたんとビデオカメラのモニターを閉じ、智は急に真顔で聡史を見た。

「本人に言えばいいじゃん」

「……ん？」

「お母さんのことが心配なら本人に言えばいいじゃない。心配してるって。そろそろ限界だと思うよ、お母さん」

「え何が」

「お兄ちゃんの料理をつくらなかったり、部屋を掃除しなかったりするの」

「だって母さんは、けっきょく父さんに従うしかないだろ」

聡史と智の父親は、たとえるなら何人かの男性を混ぜ合わせて遠心分離機にかけ、沈んだ部分だけを固めて作られたような人で、濃い顔、濃い体毛、太い声、太い指、強い信念と頑迷さを持った人物だった。沈まなかった部分でつくられたのが聡史だ。

「限界って、どういう意味で？」

「だから、やってあげたい気持ちを我慢するのが限界って意味。掃除とか料理とか。お兄ちゃんもう二十二だけど、母親にとっては――」

「三」

「え？」

「二十三」

聡史は「今日から」とつけ加えた。誕生日なのだ。

「そっか」

「いいけど」

智がテーブルに置いたビデオカメラを、聡史は手に取った。

緑色のパーカを着てフードを深くかぶり、先日と同じ死体メイクを施した顔を水面に突き出す――という計画を聞いたときには、絶対に無理だと思った。とてもじゃないが上手くいくとは思えなかった。しかし智は自信ありげで、絶対にできると言い張り、それを聞いているうちに聡史もなにやらできそうな気がしてきた。ではやってみようということになり、祝日の今日、朝から智の顔に幽霊メイクを施したうえでカープ・キャッチャーへと出かけたのだ。さすがに日中だと血のりは目立つので、それだけは省いたが。

結果は見事に失敗だった。

釣り堀の水面をじっと撮っているのは、動画としていかにも不自然なので、聡史は正面に座った男性客のほうへカメラを向けて撮影を開始した。するとその男はいきなり立ち上がり、謎の慌てぶりを見せて釣り堀を出ていってしまった。新しい客が来るまでのあいだ、聡史と智はプールの向こうとこちらで撮影の予行演習をしたが、何度撮ってみても上手くいかなかった。プールの水面が少しでも波立っていると、智の顔はまったくそこに映ってくれず、逆に水面が凪いでいるときは、頭にかぶったフードが判別できるほどはっきりと映ってしまう。これはやはり作戦自体が間違っていたのではないかという結論が出るまでそう時間はかからず、けっきょく二人は午前中のうちに帰ってきた。

その後、智は勉強をすると言って部屋にこもり、聡史は部屋で読み飽きた漫画を読み、日が暮れる前に雨音が聞こえはじめ、いまも聞こえている。

「おい！」

玄関のドアが開き、ボーさんの声がした。

「エイヨウとているか！」

ボーさんは聡史や智が子供の頃から店で働いているので、もう家族同然で、二階の住居へもこうして呼び鈴を押さずに入ってくる。「ニャー」というのはベトナム語で「家」という意味らしいが、ボーさんにとってはこの二階も、一階の店舗も、どちらも家のようなものなのだった。

「とってるよ」

智が答え、聡史はビデオカメラを手にしたまま、モニターに注目しているふりをした。ボーさんとも、もうどのくらい口を利いていないだろう。たまたま聡史が部屋から出て、キッチンやリビングで何かしているときに、ボーさんが入ってくることがある。そんなときボーさんはきまって明るく話しかけてくるのだが、聡史は顔をうつむけ、口許に薄笑いを浮かべながら部屋に逃げ戻るのだった。

「なんか用？」

智が訊くと、ボーさんはチュックムンシンニャッツ、と聞こえる言葉とともに白いレジ袋をテーブルに置いた。

「日本語で言ってよ……え、あれ」

智の言葉を無視し、背中を向けてばたばたと忙しそうに玄関を出ていってしまう。上がってくるときに外階段で雨に濡れたのだろう、Tシャツの背中に水滴の染みが見えた。ジーンズのベルトループでは、以前に道で拾ったという、小さなハーモニカのキーホルダーが揺れていた。ボーさんはほんとに何でも拾って使ってしまう。

「……何これ」

智がレジ袋に顔を近づける。中にはもう一つ同じレジ袋が、細長い何かをくるむようにして丸められている。長さは二十センチちょっとだろうか。

「お兄ちゃん開けてよ」

「やだよ」

二人してそんな反応になったのには理由がある。

以前、ボーさんが謎のベトナム語とともに、同じようにレジ袋を渡してきたことがあるのだ。当時中学二年生だった聡史はすでに部屋に閉じこもっていて、リビングには小学二年生の智だけがいた。智が言うには、ボーさんは「ホビロン」と聞こえる言葉と、何かをスプーンですくって食べるような仕草と、レジ袋とを残して、店に戻っていったらしい。おやつをくれたのだと思い、智はスプーン二本とともに、その袋を聡史の部屋に持ってきた。やはり今回のように、レジ袋の中には別のレジ袋が入っていた。二人でそれを開けてみると、入っていたのは、ベトナム語の新聞紙に包まれた、二つの卵だった。ゆで卵のようなものだろうかと思いつつ、聡史と智は殻を割った。中から出てきたのはどろどろの鳥だった。あとで知ったところによると、ホビロンというのはベトナム独特の料理で、孵化(ふか)しかけの卵を茹(ゆ)でたものらしい。

「さっきボーさん、何て言ったっけ」

眉をひそめながら、智はスマートフォンを操作した。このスマートフォンは去年、高校生になって最初の誕生日に父から買い与えられたもので、料金も父が出している。聡史のほうは五年前になけなしの貯金で買った激安スマホを、最安プランで使っていた。もっとも用途としては智とたまにメッセージのやりとりをするか、天気予報を見るくらいしかないので、べつに構わないのだが。

「ベトナム語……と」

「何それ」

「翻訳アプリ。声で変換してくれるの。ちょっと黙っててね。チュクンムシニャ……チュンクンムシニャ……チクンムンニャッツ？……駄目だ。ねえ、ボーさんが言ってたの何だっけ？」

聡史は先ほど耳にした声を思い返しつつ、テーブルごしに身を乗り出した。

「チュックムンシンニャッツ……？」

ぴーん、と小気味いい電子音が響き、あはは、と智が画面を見て笑った。

「見てこれ」

こちらへ向けられたスマートフォンの画面を覗いてみると、「誕生日おめでとうございます」と表示されている。

「ボーさんが誕生日プレゼントくれたのなんて、もしかして初めてじゃない？」

曖昧に頷きながら、聡史は十二年前の出来事を思い出していた。

聡史も、ボーさんの誕生日に一度だけプレゼントを渡したことがある。どうして十二年前だということを正確に憶えているのかというと、それが、自分の股間に幻の頭部が生じた年であり、家が火事に遭った年だからだ。聡史は小学五年生。智はマイナス六歳なので保育園の年長、そしてボーさんは、ちょうどいまの聡史と同じ二十三歳だった。

「中、見てみなよ」

聡史はレジ袋を開けてみた。細長い白い箱が出てきた。箱の中には黒い折りたたみ傘が入っていた。

同じだ、とすぐに気づいた。

十二年前、聡史がボーさんに渡したのも、やはり黒い折りたたみ傘だった。もっとも値段はずいぶん違いそうだ。聡史が買った傘は、具体的な値段は思い出せないが、千円札を出してお釣りを受け取ったのを憶えている。

「どしたの？」

「ん」

「傘を見つめて黙り込むフリーター」

「べつに」

「あそ」

火事の夜の光景が、目の裏によみがえっていた。

十二年前の秋。教壇で逆立ちをさせられた二ヶ月後。燃え落ちた建物があったのは、いまと同じこの場所。一階が店舗で二階が住居という構造も変わらない。

火元は店舗のほうで、深夜の出火だった。

ニャーは当時もいまも、店内をベトナム調に統一してあり、床や壁には竹がびっしりと張られ、厨房とホールをつなぐカウンターの上にはバナナの葉でつくった模擬的な屋根がついていた。その屋根が出火元だった。屋台のような雰囲気を出すため、そばにはいくつも白熱灯がぶら下げてあり、防犯の目的で、それらは深夜も灯されていた。その白熱灯のどれかに埃(ほこり)がたまるなどし、熱されて出火し、カウンターの屋根に燃え移った――というのが消防署の見解らしい。実際にはそうでないのだけれど、とにかくそういうことになっていた。父も母も智も、それに対しては、おそらく疑問を持ったことはないのだろう。火元が白熱灯などではなく聡史だったなんて、考えたこともないのだろう。

十二年前の映像は、目の裏で再生されつづけた。リビングに家族が誰もいないことを確認し、部屋を出る自分。苛立ちを掻き回すように戸棚の引き出しを探り、爪切りや自転車の鍵の予備、耳かきや絆創膏(ばんそうこう)の奥にライターを見つけ、それを握り込んで部屋に戻る自分。床に座り込んでライターをすったが、火をつけるのが難しく、しかし何度かやっているうちにだんだんと上手くなり、一度でつけられるようになった。胸の中にはどろどろとした思いが混じり合い、真っ黒い渦を巻き、その渦のあちこちに、ときおり友巻さんの冷たい顔や、教壇で逆立ちしながらへらへら笑っている自分や、あの気味の悪い人形が姿を現しては消えた。関節が白く浮き出すほど強く握った右の拳の上で、真っ直ぐに立ち上る炎を、自分は長いこと見つめていた。

あの夜に起きた火事で、店も家も黒焦げの残骸に変わった。早い段階で父が火事に気づき、家族を外階段から避難させたおかげで、誰も火傷（やけど）や怪我を負わなかったことだけが救いだった。

その後、一家は四駅先で暮らす大叔父の家で居候生活をはじめた。

父と母は、その町の中華料理屋で朝から晩まで働き、ボーさんは父のツテでベトナム食材の仕入れ業者に働き口を見つけた。聡史と智は大叔母の車で送り迎えしてもらいながら、それまでと同じ学校に通った。智は当時から明るくて素直な子だったが、聡史はすでにまったく人と喋らなくなっていたので、大叔父も大叔母も、さぞ扱いにくかったことだろうし、できれば扱いたくなかっただろう。

が、幸いなことに、その生活は一年間ほどで終わった。父がこの場所に店と住居を建て直し、ボーさんも呼び戻して、ふたたび商売をはじめたのだ。火災保険による補塡（ほてん）があったからこそできたことだが、やはりそこには父の心の強さが不可欠だったことだろう。父が聡史に厳しくするのも、いつか予期せぬ困難が目の前に立ちふさがったとき、自分のようにそれを乗り越えていける強さを持たせようという心づもりなのだろうが、残念ながらいまのところ効果はなく、今日で二十三歳になった息子は、股間にときおり頭部を生じさせながら、毎日カップ麺を食べているのだった。

聡史がボーさんに誕生日プレゼントを届けたのは、大叔父の家で居候生活をしていたときのことだ。折りたたみ傘を選んだのは、ボーさんがいつも雨の日に傘をささずにいたからだった。

十一月のよく晴れた日、聡史は意を決して家を出ると、一人で駅前のデパートまで歩いた。紳士用の小物が売られている階へ向かい、しかしそこに並んでいる折りたたみ傘はあまりに高くて手が届かなかったので、一階に戻り、雑貨屋で売られていた傘の中で、そうだ、それでも二種類のうち高いほうを選んだのだ。店員と話すときは、声が震え、汗がわきや背中を流れた。やっと買った傘を持って、聡史はボーさんの働いている食材店に行き、手渡した。ボーさんは「サトシありがと」と、咽喉に力が入った声で言い、しかしすぐに奥から店主にベトナム語で呼ばれ、薄暗い店の中に戻っていった。

どうしてあんなことをしたのだろう。

何故一人で町へ出て、震えて汗まみれになりながら、ボーさんへのプレゼントを買ったのだろう。当時の聡史は自分でも理解できなかった。

でもいまは、わかる気がする。

自分はあのとき数百円で、自分より可哀想な人を買ったのだ。

ベトナムの母親と弟妹たちに、ボーさんは毎月給料のほとんどを仕送りしていた。そのことを聡史は、たまたま両親の会話を聞いて知っていた。そんなボーさんを憐れみたかった。自分自身の毎日がつらすぎて、苦しすぎた。もっと可哀想な人を見つけたかった。だから自分はあのときデパートへ行き、財布から千円札を出して折りたたみ傘を買った。雨の日にボーさんが傘をささずにいたのは、ベトナムでは傘をさす習慣がなく、単にそれを懐かしんでいたのだと知ったのは、ずっとあとになってからのことだった。

ボーさんは今日、どんな意味を込めて、傘をくれたのだろう。

「ん」

ビデオカメラから聞こえた声が、不意に聡史を現実に呼び戻した。

『お父さん――』

いま、そう聞こえた気がした。

第三章

明は早朝の町を歩いていた。

――目撃者はあんただけだった。もしばれた場合の情報元はあんたしかいない。

昨夜、図々川沿いの遊歩道に現れたあの女。

――それを忘れるんじゃねいよ。

カープ・キャッチャーの事務室で広島に写真を見せていた女。

――言うんじゃねいよ。

その約束を、いま明は破ろうとしていた。

一人では耐えきれなかったのだ。昨日、マンションに戻った明は、海外出張中の母に電話をかけた。しかし繋(つな)がらず、何度かけ直しても同じだった。ほとんど眠れないまま朝を迎え、もう警察に連絡してしまおうと考えたとき、父の顔が浮かんだ。

古い自宅の電話番号を記憶の奥から引っ張り出し、かけてみたのだが、現在使われておりませんというアナウンスが流れた。父は引っ越したのだろうか。四年前に祖父の葬式で会ったときは、まだ同じマンションに住みつづけていると言っていた。思い出した電話番号が間違っていたのかもしれない。

意を決し、明は家を出て、いま早朝の町を歩いている。

ベッドタウンである図々川町の朝は早いので、どの路地を選んでも、駅やバス停に向かう人々の姿があるのが心強かった。父はもう会社に出かけてしまっただろうか。明は足を速め、かつての自宅へとつづく路地を八年ぶりに抜けた。

マンションのゲートを入り、階段で二階へ上がる。手前から三番目のドアの前に立ち、呼び鈴に指を伸ばす。そういえば自分はこれを押したことがあったろうか。たぶん、一度もない。両親は共働きだったので、いつも筆箱から鍵を出して家に入っていた。

指先が呼び鈴を押し込んだ。月並みな、懐かしい音が響いた。耳を澄ますと中で声がした。父の声だ。確かに聞こえた。

嬉しさと安堵（あんど）が急激にこみ上げ、子供の頃に父と二人で図々川へ釣りに行ったときのことが場違いに胸をよぎった。あの夏の日を明は、親子の会話もなく、魚も釣れず、ただ日焼けしただけの一日だと思っていた。しかし違ったのかもしれない。それは、あとから自分で無理に上書きした思い出だったのかもしれない。ふだん滅多に口を利かず、明のことに関心があるのかどうかも、明を好きなのかどうかもわからない父が、二人きりの釣りに誘ってくれて、自分は本当は嬉しかった。いまさら、そんな気がした。

母親についていけば、それまでずっと嫌だった名字に別れを告げられるだけでなく、自分は春日明となり、名前に太陽が三つも入ることになる。そのことに気づき、両親の離婚に同意した。まだ子供で、未来への想像力を中途半端にしか持てなかったのだ。父と離ればなれになり、明の名字は変わり——それから毎日、負い目を抱えて暮らしてきた。自分のせいで父を一人にしてしまったという自覚があった。しかしそれを意識するのが怖かった。だから自分は、父との思い出を、つまらない、無意味なものに書き替えた。

もう一度、ドアの向こうで声がした。待ちきれずにノブを摑んでドアを引くと、中の様子は一変していた。三和土（たたき）には見知らぬアンティーク調の傘立てとゴルフバッグが置かれ、玄関から真っ直ぐに延びる廊下の壁には小さな子供が描いたような絵が何枚も飾られ、その奥に見える台所には知らない食卓とテーブルが並べられ、椅子の一つから立ち上がろうとして一時停止しているのは、ランニングシャツ姿の肥った中年男性だった。右手に食パンを持ったまま、ぽかんとこちらを見ている。その向こうに座った男の子が明を指さして「だあれ？」と訊き、流し台のほうから、パジャマ姿の痩せた女性が顔を覗かせた。

「もう二ヶ月になるかなあ」

マンションの玄関ホールを掃き掃除していた、八年前よりさらに老けた管理人のおじいさんは、明の質問にしばらくためらったあと、そう答えた。

二ヶ月前、父は家賃が払えないからと、退去していったのだという。

「ちょっとくらい遅れてもいいですよってねえ、あたしそう言ったんだけど、それはできないって言い張ってさ」

出ていっちゃったんだ、と管理人はプラスチックの柄がついた箒を見下ろす。

「連絡先を聞いていませんか？」

管理人は首を横に振った。

「ときどきここに来るけどね」

「え、来るんですか？」

「うん、来る」

管理人は箒を見下ろしたり、明の顔に目を向けたり、口をもごもご動かしたりしていたが、やがて、お父さんから聞いちゃうとショックかもしれないからと前置きをして教えてくれた。

「家がねえ……ないみたいなんだよ」

「ない？」

「まあ、寝泊まりする場所はあるみたいだけど」

その場所から、ときどき父はここへやって来るらしい。父宛の郵便物などは管理人室で預かることになっており、それを受け取っていくのだという。

「だってほら、住所がないから、転送届けも出せないでしょう？　配達員さん、顔見知りだし、いまんところ、そうしてもらってんだよね」

「寝泊まりする場所ってどこですか？」

ジョイフル図々川という健康ランドの名前を、しばらく迷った末、管理人は教えてくれた。

今度父が来たら電話をもらえるよう管理人に頼み、明は自分の番号を教えてマンションをあとにした。

向かった先はジョイフル図々川だった。

入館料を払って館内に入り、父を探したが、いない。風呂に入っているか、男性用のロッカールームやトイレにいるのかもしれないと思い、しばらく館内をうろついてみたが、父の姿はどこにも見つからなかった。

朝一番の講義は出席日数がすでにぎりぎりだったので、仕方なく自宅マンションに戻り、身支度をして大学へ向かった。

父のこと、ヒキダスが拉致されたときのこと、そして昨夜自分を待ち伏せていた女のことばかりを考えて午前中の講義を受けた。

昼休みに入ったところでスマートフォンが鳴った。マンションの管理人からかもしれないと期待したが、表示されていたのは広島の携帯番号だった。

『アルバイトの件で、じつはちょっと知らせておきたいことがあって』

あと一週間で店を閉めることにしたのだと、広島は言った。

「え！」

『じつはずっと赤字で、借金がかさんじゃってさ。このままつづけててもどんどん大変になるいっぽうだから、もう商売やめて、店を売ってお金返しちゃおうと思って』

「そうだったんですか」

広島は数秒黙った。

『……なんか明ちゃん、嬉しそうじゃない？』

「そんなことないですよ」

じつのところ嬉しかった。いや、ほっとしていた。アルバイトを辞めさせてもらいたいと、こちらから連絡しようと考えていたのだ。ヒキダスの拉致や、夜道で自分を待ち伏せていたあの女のことを思うと、カープ・キャッチャーに通うのはもう恐ろしくてできない。

「いままでお世話になりました」

『あと一週間あるって言ってるじゃん』

「えでもアルバイトとか、もういらなくないですか？　どうせ閉店しちゃうんなら」

『いや、店がなくなっちゃうとなると、てのひら返したように急にお客さんいっぱい来るかもしれないじゃない？　とりあえずバイトは来てよ』

「でも――」

『最後の一週間、お客さんにちょっとしたサービスすることも考えてるから、それもあって忙しくなると思うんだよね』

けっきょく話は曖昧なまま、講義の時間がきてしまったので電話を切った。

午後の講義がすべて終わったあと、明は町の南へ向かうバスに乗ってふたたびジョイフル図々川を目指した。

到着したときには日が暮れていた。

ふたたび入館料を払って中に入ったが、男女共用のスペースに、やはり父の姿はない。インターネットができるコーナーや、食堂や、父は煙草を喫わないが喫煙所も探してみた。しかし見つからなかった。

諦めてカウンターに戻り、ロッカーキーを返した。

ガラスドアを出ると、空に満月が昇っていた。月明かりに照らされながら路地をたどり、明は幹線道路のほうへ向かった。そこにある大きな歩道橋を越えるのが、マンションへの近道だったのだ。しかしその階段の下で、明は立ち止まった。

歩道橋の上に父の姿がある。

欄干のそばで、誰かと向き合って話している。

「何で……」

父の隣にいるのは、昨日の昼、カープ・キャッチャーに現れて広島を呼び出し、何かの写真を見せていた、あの女だった。遊歩道で明を待ち伏せて脅迫した女だった。

大洞はジョイフル図々川のインターネットコーナーでパソコンの画面を見つめていた。

明のブログは二日前の『メクサーレ!』以降、更新されていない。昨日バイト先に父親がやってきて不正を働き云々(うんぬん)……というような内容の記事が掲載されているよりははるかにましだが、それでもまったく何も書かれていないと、気になってパソコンの前を離れることもできない。健康ランドにいるというのに大洞は風呂にも入らず、食欲も金もないので無料のソフトクリームしか口に入れていない。ロッカーのぬか漬けは、カープ・キャッチャーでの失態を思うと食べる気にもなれなかった。

マウスに手をのせ、更新マークをクリックしてみる。いったん消えてまた現れた画面は、やはりどこも変更されていない。

意を決し、大洞は一本指打法でキーボードを押し、二日前の記事のコメント欄にメッセージを書き込んでみた。

『あれれ、Ｍａｙちゃんが二日間も記事を更新せずにいることはレアじゃね?』

三回読み直し、誤字脱字がないことを確認してから『投稿』をクリックした。

明は返信をくれるだろうか。大洞は両手の指を組んで首を垂れた。栄養不足のせいで、そのままぐらりと景色が揺れ、危ういところでパソコンデスクに腕をついて身体を支えた。

そのとき、インターネットコーナーの外を歩いていた女が目に入った。

まばらな客たちの中で、その女は妙に目立っていた。

グレーのスウェットの上下を着て、白いタオルを首にかけ、健康サンダルを履き、洗面器を小脇に抱え、その洗面器にはシャンプーやリンスやボディーソープが入っている。

どうして目立っていたのかというと、彼女のその様子が、あまりにつくりものめいているというか、まるで「銭湯」という題名の風刺漫画のようだったからだ。そもそもここは入り口で靴を脱ぎ、館内用のスリッパに履き替えなければならないので、健康サンダルを履いているだけでも十分に目立つ。彼女は満面に笑みを浮かべてぶらぶらと歩き、壁の掲示板に貼られたキャンペーンの案内を眺め、客とすれ違いながら会釈を振りまいていた。会釈された客はみんな戸惑いつつ頷き返し、彼女が自分の背後に過ぎ去ってからちらっと振り返っている。そんな様子をぼんやり眺めていると、女と目が合った。面倒なのですぐにそらした。作業服の胸ポケットで携帯電話が振動した。

知らない番号だが、このあたりの局番だ。

「はい」

『モシモシ？』

「はい」

『ン、アロー？　モシモシ？　チラシをみたのでデンワをかけています』

仕事だ——大洞は背筋を正した。

レストランの換気扇掃除はできるかと、やけに陽気な声の依頼主は訊いた。声の後ろでは、フライパンか何かの音が聞こえている。

「できます」

換気扇の奥から油が垂れてきて困っているのだが、定期的に換気扇まわりの掃除を頼んでいる業者と連絡がつかないのだという。店の名前と場所を訊いてみると、「ニャー」というベトナム料理店で、ここジョイフル図々川からそう遠くないようだ。

これから行きますと伝え、電話を切った。

ジョイフル図々川のゲートを出ると、満月の夜だった。

駐輪場に回り、自転車の荷台にくくりつけた木箱を開け、換気扇の掃除に使う道具類が揃っているかどうかを確かめる。重曹がない。

自転車にまたがり、夜道へと漕ぎ出した。

最初に寄ったスーパーで重曹が売り切れていたので、かなり遠回りをして、もう一軒のスーパーまで行かなければならなかった。そこから先ほど聞いたベトナム料理店までは、幹線道路を越えていくのが早い。そしてその幹線道路を越えるには、自転車用のスロープがついた歩道橋を渡っていくことになる。——と気づき、大洞はブレーキを握り込んだ。

二ヶ月前。

ジョイフル図々川で寝泊まりをしはじめる直前。

大洞はその歩道橋の上に立っていた。ちょうどこのくらいの時間だったろうか。歩道橋の真ん中で、足下を流れるヘッドライトの列を見下ろしていた。

以来ずっと、大洞はその歩道橋を避けてきた。

あのときの気持ちを思い出すのが怖いからだ。いや、もっと怖いのは、眼下を流れるヘッドライトの列が、あのときと同じように見えることだった。二ヶ月前の大洞には、歩道橋の端に立って眺めた車列が、何でも呑み込んでくれる深い川に見えた。そして、もう少しで自分はその川に身を投げるところだった。

市子

は歩道橋の欄干から幹線道路を見下ろしていた。

――奥様ぁ!

あのとき自分は富永の腕に必死でしがみついていた。火を噴いたオーブントースターに向かって水を放とうとしていた彼女を夢中で止めていた。そして、もっと激しい炎を生じさせ、火事を起こそうとしていたのだ。

たぶん。

なにしろ無意識の行動だったので、はっきりと自分の気持ちを言い当てることができない。

気づいたときには渾身の力で富永の太い腕を押さえつけていた。

危ないと思った。

このままだと自分は何をするかわからない。

誰かに話を聞いてもらいたかった。しかし相談する相手が思いつかなかった。友人と呼べる相手などいないし、富永はあれから怯(おび)えきって、市子が近づくたびに目を伏せてすうっと離れていくし、アメリカにいる夫にはとうてい打ち明けられない。

悩みながら夜を明かし、朝になると、市子は東京で暮らす息子の携帯電話を呼び出した。

――あのねえ耕太郎、少し話――

――いまそれどころじゃないんだよ。

それも何も、具体的なことを何も言っていないのに遮られた。いや、もともとべつに具体的なことを話すつもりはなく、ただ声を聞いて気持ちを落ち着けたかっただけなのだが、そうして最初から聞く耳を持ってもらえないとなると、急に聞かせてやりたくなり、市子は相手の目の前に現場写真でも突きつけるようなつもりで切り出した。

――お母さん最近ねえ、あれなのよ、ちょっと危ないっていうか――

――危ないのはこっちだ！

いきなり声を荒らげられた。

それから耕太郎はぴたっと黙り、やがて無理に感情を抑えた穏やかな声で言った。

——まあ、いってもほら、うちはベンチャーだから。危ないってのは大袈裟だけど、いつも不安定なんだよ。

一人息子の耕太郎が二年前に興した会社「フンダルケッツ」は、インターネットを使った外国語会話レッスンを行っている。英語やフランス語や中国語や韓国語といったメジャーな言語をむしろ避け、世界のマイナーな言語だけを専門とすることで需要を掘り起こし、いまのところ大成功していた。

忙しいからと、けっきょくそのまま電話は切られた。

そのときの耕太郎の冷たさが、最後のひと押しになってしまったのかもしれない。あるいは、あの電話がなくても自分は同じことをしていたのかもしれない。

昨日、市子は生まれて初めて犯罪に手を染めた。

——脅迫に来たの。

市子がそう囁くと、カープ・キャッチャーのオーナーはぽかんと口をあけ、そのまましばらく静止したあと、瞬きを二回して事務室のドアを振り返った。

——あの、こちらで。

オーナーのあとについて行きながら、市子は室内を素早く観察していた。天井近くの壁に「営業許可証」が掲げられていて、そこに広島謙太郎という名前が印刷されていた。

——広島さん、これを見ていただけるかしら。

相手の名前を口にするのは脅迫行為や詐欺行為の基本だと、新聞の記事で読んだことがあった。もちろんその記事は犯罪の手引きをするものではなく、だから用心しましょうという趣旨のものだったが。

――何だかおわかりになるわね。

家のプリンターで印刷してきた写真を見せると、広島は唇をすぼめて覗き込んだ。そこには、表面が焦げて塗装が捲(まく)れ上がったオーブントースターが写っていた。

――……わかりませんな。

――燃えたのよ。

――それは見れば、ええ。

――こちらで扱っていた景品なの。このトースター。

広島は素早くこちらに目を上げた。

――うちの――

と、ここで広島は入り口のドアに隙間が開いていることに気づき、閉めに行った。

――あたしいつでも、このことを公にできるのよ。そうしたら、いったいどうなるかしらね。

広島は写真に見入り、やがてその目を上げて市子の顔を眺め、また写真に視線を落とした。

――この景品は……お客様ご自身がポイントと交換されたもので？

——答える必要があるかしら？

えっという顔をされた。

——あると思いますが。

——いえね、あたしじゃないのよ。交換したのは別の人。でもその人、お店を出てすぐにプレゼントしてくれたの。だから最初から不良品だったたってわけ。火を噴くような危険な景品だったわけよ。あたしが何か細工したとか、そういうあれじゃないわ。これは本当のこと。図々川の遊歩道でオーブントースターを箱ごと地面に落とし、そのあと茂みの奥に向かって何度も蹴り込んだことは黙っていた。

——そうですか……。

広島が腕を組んで黙り込んだので、市子は用意してきた脅し文句を並べた。

——あたしのお家、火事になるところだったの。燃えるところだったの。いいえ燃えたわ。布巾が燃えたわよ。

がばりと広島が顔を上げた。

——いえフキンって付近じゃないわよ。布巾よ、布のやつ。

広島はまた写真に目を戻した。

——でもね、かなりの火力だったの。煙も真っ黒で。それであたし慌てて消火したのよ。間一髪で命拾いしたわ。煙と湯気が真っ白で、あたしもう心臓がはあはあいって。

――心臓が？

――ばくばくって言ったのよ。

広島はふたたび考え込み、その仕草に迷いが感じられたので、市子は機をのがさず攻め込んだ。

――どうしてくださるの？

――え。

――あたし、このことを公にしてしまおうかと思っているのよ？

――はあ……。

妙な反応だった。しかしあれはおそらく困惑しきっていたからなのだろう。しばらく唇を曲げて黙っていた広島は、やがて急に背中を向け、壁際に置かれたデスクに近づくと、引き出しから何かを取り出して戻ってきた。

――これで、なんとか。

人生初の犯罪が成功した瞬間だった。

広島が差し出したジョイフル図々川の無料チケットを、市子はハンドバッグに突っ込んだ。その手は微かに震えていた。恐怖ではなく、電流のように身体を駆け巡る快感からだった。それを悟られないよう、くるりと背中を向けて事務室を出ると、ほとんど走るようにして自宅に帰った。

何かの本で読んだことがある。罪を犯す人間には二種類いるらしい。いっぽうは、犯した罪を後悔しつづける人間。そしてもういっぽうは、罪を犯すことに慣れてしまう人間。

市子はきっと、後者だったのだろう。いや、それよりももっと反社会的というか、悪者というか、罪を犯すことに慣れるばかりでなく、それを愉しむことさえできる資質を持った人間だったのだろう。

その証拠に、カープ・キャッチャーでの犯罪を成功させた数時間後、市子は図々川沿いの遊歩道でアルバイトの女の子を待ち伏せていた。口止めをするという目的よりも、罪の快感をもう一度味わいたいという思いからだった。

彼女は市子の迫力に怯え、小鳥のように身をすくませた。それを見ていると、また全身をたまらない高揚感が包んだ。酔いしれる、という言葉を市子は生まれて初めて実感していた。

今日、市子は戦利品である無料チケットを使い、人生初の健康ランドへ行った。新品買い揃えてきた洗面器とシャンプー、リンス、コンディショナー、ボディーソープ。新品のスウェットの上下と健康サンダル。――しかし、そうして万全の装備でジョイフル図々川に入館したものの、まったく勝手がわからなかった。従業員は誰も細かな説明などしてくれず、行き交うほかの客たちは何故かちらちらと視線を投げてよこした。

やがて従業員が近づいてきて、サンダルのことを注意された。館内用スリッパを履くという決まりがあったことを、市子はそのとき初めて知った。いや、カウンターで説明されていたのだろうか。気分が高揚するあまり、聞き逃してしまったのかもしれない。

逃げるように階段を下り、シューズロッカーに向かった。そこで健康サンダルを脱いだとき、たぶん虚飾もいっしょに脱げたのだろう。けっきょくそのまま中に戻ることができず、サンダルを履き直して自動ドアを出た。

川のように流れる車のヘッドライトを眺めていると、なんだか船に乗っているような気分だった。ずいぶんたくさんの車が走っているが、みんなどこへ行くのか。

「しの……」

背後から声が聞こえた。

振り返ると、自転車を押した男が立っていた。

「え?」

どこかで見たことがあるような気がする。

「しの……」

男はぼそぼそと唇を動かし、たぶん先ほどと同じことを言ったが、やはり聞き取れない。

「はい?」

男はなおしばらく市子の顔を見つめてから、ようやくこちらに聞こえる声を出した。

「死のうとしてないですよね」

驚いて、返事が遅れた。

「ただ道路を見ていただけですけど」

ぎこちなく強張(こわば)っていた男の肩から、すっと力が抜けたのがわかった。

「え……何でです？」

自分はそんなに悲壮感に満ちた顔をしていたのだろうか。

男は答えず、ただ首を横に振り、そのまま立ち去ろうとした。

そのときになってようやく市子は思い出した。この男とは、ついさっきジョイフル図々川で会っている。パソコンが並んだ場所で、その中の一台に向かって祈るようなポーズをしながらこちらを見ていたので、よく憶えている。従業員にサンダルのことで注意されたのは、あのすぐあとのことだった。男はあれを見ていたのだろうか。いや、だからといって市子がここで自らの命を断とうとしてると思ったわけではないだろうが。

「初めてで、勝手がわからなかったんです」

口が勝手に言い訳をしていた。

「無料券をもらったから行ってみただけ。やったことのないことをやってみたかっただけです。あたくし、そういう時期というか、状態というか、心境だったんです」

男は口を半びらきにして市子の顔を見つめていたが、やがて首を突き出すようにして頭を下げると、背を向けてまた自転車を押しはじめた。

「ああいう場所では、どんなふうにしていればいいのかしらねえ」

市子は欄干に向き直り、流れるヘッドライトを見下ろしながら、ごく小声で呟いてみた。相手に聞こえなかったら独り言ということにしようと思った。しかし男の足音が止まった。ちらっとそちらを見ると、暗がりの中で、男は振り返り、考えるような顔をしていた。

同じポーズをずいぶんつづけてから、

「適当でいいのではないでしょうか」

長考したくせに、そんなことを言ってふたたび背中を向ける。

世にも陰気なその後ろ姿をぼんやり見送っていると、携帯電話の着信音が聞こえた。男が作業服の胸ポケットから電話を出し、立ち止まって応答する。

「はい……ええ、どうも……」

電話の向こうからは妙にメタリックな女の声が響いていた。キンキンと一方的に喋っている。男はときおり頷きながらそれを聞いていたが、やがて、まるで観念したかのようにがっくりと首を垂れた。

「足りませんか」

絞り出すようにして呟く。

「……コイが」

聡史が恋に落ちてから十二時間ほどが経過していた。

十二時間前というのは聡史が起床した時刻だ。

今朝起きて最初に考えたのが、カープ・キャッチャーで働いているあの女の子のことだった。布団から起き上がるなり、聡史は智の部屋からビデオカメラを持ってきて映像を再生した。最後まで見ると、また最初から再生した。

以後、トイレに二回行ったのと、赤いきつねにお湯を入れに行ったのと、それを食べた時間を除くと、ずっとビデオカメラを持ったまま床に胡座（あぐら）をかき、映像を再生しつづけている。

彼女の姿が映るのは、合計しても数秒しかない。まず録画開始直後、店内の様子を撮ったシーンに映り込む。そして謎の中年男性が出口のほうへ突進していくシーンに、また少し映る。

『お父さん――』

『すまない』

そこまで来ると、聡史は映像をいったん停止し、天井に向かって溜息をつき、また再生を繰り返すのだった。

もはや今日だけで、親の顔よりも多く彼女の顔を見ているかもしれない。

立ち上がると、長いこと座っていたせいで、膝の関節がぽきぽき鳴った。壁の時計はもう午後十一時半を過ぎている。ドアごしに物音を確認してから、聡史は自室を出た。

智の部屋のドアからは明かりが漏れている。しかし両親はもう寝ているようだ。朝の仕込みがあるので、二人は夜が早い。

そっとキッチンに入り、冷蔵庫の中を覗いた。手鍋に何か入っているが、ラップについた水滴が邪魔をしてよく見えない。いずれにしても、温め直して皿に盛るなどしなければ食べられないものに違いない。物音で父や母が起きてきては面倒なので、聡史はそのまま部屋に戻りかけたが、そのときふと玄関の外で物音が聞こえた。

外階段の下にある、店の裏口のドアが開閉されたようだ。

玄関の三和土(たたき)を見た。両親の靴も、智の靴もそこにある。誰のものというわけではなくいつも置いてあるサンダルも、やはりある。

すると、いま、いったい誰が店に出入りしたのだろう。ボーさんはいつも、ニャーが閉店したあとすぐに帰っていくはずだ。

サンダルをつっかけ、玄関のドアを押した。外階段の手摺(てす)りごしに下を見る。店の裏窓から明かりが漏れている。階段を下りていくと、窓の中に誰かの肩が見えた。厨房の床に屈み込んで何かやっている。

「サトシ」

声がした。

「こちだよ」

階段を下りきって路地のほうを見ると、街灯のない暗がりにボーさんが立っていた。

「何してんの？」

「マンキツいてくるんだよ」

と声が返ってきてからようやく、聡史は自分が自然にボーさんに話しかけたことに気がついた。しかし相手はまったく頓着せず、「あいつ」と厨房のほうを顎でしゃくる。

「あいつマジダメだよ。なかなかこなかたし、できるていたのにできないし、まだジカンかかりそうだからマンガでジカンつぶしてくるよ」

あいつちゃんとエイヨウとているのかよと呟きながらボーさんは路地に歩き去ろうとした。

聡史は「あの」と呼び止めた。

「――傘」

ボーさんの骨張った顔が笑った。

「おカエし。おそくなちゃたけどね」

聡史は首を横に振った。

「ありがとう」

ボーさんは軽く片手を上げ、背中を向けてぶらぶらと遠ざかっていった。

厨房で物音がした。

こちら側の壁には滑り出し窓がついていて、ちょうど聡史の顔と同じくらいの高さにある。押し開けると庇状(ひさしじょう)になるタイプの窓だ。張られているのは曇りガラスだが、開いた隙間から厨房の中が少しだけ見えた。作業服を着た男が、床にうずくまっている。どうやら取り外した換気扇の中身を掃除しているらしい。

その横顔を見た瞬間、聡史は素早く身体を反転させて厨房の外壁にぴたっと背中をつけた。

い、い、

あの人だ——。

じりじりと横移動し、滑り出し窓のそばまで近づく。ぐっと首を回し、隙間から中を見る。男は背中を丸めて作業をつづけて——いるのかどうかはわからない。単に換気扇をいじくり回しているだけのようにも見える。やがて男は深々と、なんともいえず陰気な溜息をつき、口を半びらきにしたまま、ぼんやりと顔を上に向けた。

そのとき男の目が何かを捉えた。

彼が見ていたのは、厨房とホールをつなぐカウンターの上だった。

聡史は身体をずらして男の視線の先にあるものを確かめ、その瞬間、どきんと心臓が鳴った。

カウンターの端に、革財布が載っている。そこは客の忘れ物を一時的に置いておく場所だった。いまはどうなのかわからないが、とにかく昔はそうだった。

急に男の顔がこちらを向いたので、聡史は素早く身を引いた。

しばらくしてまたそっと覗いてみると、男の視線はカウンターの上に戻っていた。

男が財布を見つめたまま、ゆっくりと立ち上がる。作業服の右手が徐々に持ち上がってい
く。腰のあたりまで──腹のあたりまで──胸のあたりまで持ち上がったと思ったら、急に
バネが外れたように、だらりと身体の脇に垂れた。そのまま男は動かない。いや、また右手
が動いた。腰のあたりまで──腹のあたりまで──胸のあたりまで──今度はバネは外れな
かった。男の右手は前へ伸び、指先がためらいがちに財布に触れた。

「……あ」

その瞬間、聡史の右手に十二年前の光景がよみがえった。

いま男が立っているのとまったく同じ場所で、リビングの戸棚から聡史が引っ張り出して
きた百円ライターは、オレンジ色の真っ直ぐな炎を放ったのだ。

止めなければいけない。

もしかすると男は、単にそこに財布が置かれていることを不思議に思い、触れてみようと
しただけなのかもしれない。しかし、聡史だって、あの夜ライターを握ったそのときには、
その火が火事を起こすことになるなんて思っていなかったのだ。聡史がキッチンの引き出し
を掻き回してライターを探したのは、人形をつくるためだった。失くしてしまった吉家さん
の人形と同じものを、ただ自分でつくろうとしただけだった。あのとき聡史の部屋には裸の
バービー人形が二体、服を剝かれ、両手をバンザイの格好に持ち上げられ、胸から下をカッ

ターで切断された状態で転がっていた。リビングで探し出したライターを握って部屋に戻ると、聡史は床に胡座をかき、一体の人形の切り口を炎であぶった。樹脂の溶ける苦いにおいをかぎながら、もう一体の人形を摑み、両者の切断面同士をくっつけた。同じものをつくることさえできれば、すべてが解決するかもしれないと思っていたのだ。あれは教壇で逆立ちをさせられた二ヶ月ほど後のことだった。上手につくった人形を、教室で吉家さんに手渡し、ありがとうと言われることができれば、全部もとに戻る。そう信じていた。最初はセロハンテープで貼り合わせようとしたのだが、上手くいかなかった。接着剤を使ってみたが、切断面が平らではなかったので、すぐに外れてしまった。だから、その切断面をあぶって溶かし、くっつけようとしたのだ。しかし駄目だった。バービーの上半身たちは、どうしても上手く一つになってくれなかった。苛立ちがつのった。どんどんつのった。行き場のない怒りが身体中を満たし、指先や、髪の毛の先まで広がった。やがて聡史はバービー人形を床に叩きつけ、ライターを持ったまま立ち上がったのだ。

誰かが止めなければいけない。

聡史は厨房のドアを引いた。男はびくんとこちらを向いた。

「どうしてここに……」

どうやら相手は、カープ・キャッチャーで行き合った自分の顔を憶えていたらしい。

「僕はこの家の者なんです」

男は聡史の出方を待つように、ぐっと顎を引いた。

「大丈夫です……誰にも言いません」

そう言ってから、聡史はちらっとカウンターの上に目をやった。男はその視線を追って財布を見ると、自分の行為をいま初めて知らされたように驚いた顔をした。そして悄然と肩を垂れ、絶望に打ちのめされた声を洩らした。

「二度も……見つかってしまいました」

どういう意味だ。

「つりぼりでのふせい……そして、たったいま」

よくわからないことを、男は呟いていた。

その後、聡史は厨房で男と話をした。智以外の人間と、そうして長い時間会話するのは十二年ぶりのことだった。


大洞は霧山美紗の屋敷に向かってのろのろと自転車を漕いでいた。

——鯉が一匹足りないの。

一昨日、歩道橋の上であの中年女性と話したあとに電話が鳴り、あの婆さんはそう訴えた。夜だったので、そのときは「見間違いでは」ということでなんとか話を終わらせることができたのだが、あれから一昼夜が経っている。おそらく婆さんは、何度も池を覗き込み、何度も鯉を数え直し、一匹足りないことを何度も確かめたのだろう。その証拠に大洞の携帯電話には霧山美紗からの着信が七十六件入っていた。怖くて出られず、七十七件目の着信が入る前に電源を切った。

しかし、今日は池の掃除をしなければならない。

曲がる必要のない角を曲がり、無意味に時間を稼ぎながらも、大洞の自転車は徐々に屋敷へ近づいていた。灰色の雲がやけに低く垂れ、朝なのに日が暮れたような、図々川町の風景だった。カープ・キャッチャーでの作戦に失敗した日と、そっくりな空模様だ。

案外、あの婆さんはもうこだわっていないかもしれない。

そんな期待もないわけではなかった。あれだけいる鯉のうちの、たかだか一匹のこと。いまごろは、やはり自分の勘違いだったということで納得しているのではないか。もともと記憶していた数が間違っていたと、反省さえしているのではないか。歳はとりたくないわと、自分の頭をこんこん叩いていたりするかもしれない。

しかし甘かった。

「これだけの緊急時だというのに、どうして電話に出ないの？」

池の前で電動車椅子に座り、大洞を待ち構えていた霧山美紗は、しわくちゃのマスクを被ったように完璧な無表情だった。

大洞は黙って頭を下げた。目を合わせるのが恐ろしかった。

「あなたも憶えているでしょ」

わざわざ用意してきたのか、教師が教壇で使うような金属製の指し棒を取り出して、彼女は池のへりに迫り出している岩を示した。

「その岩の陰にいた子よ。白地にこういう紅色が散っている子」

指し棒の先で空中に、女子トイレのマークのようなかたちを素早く描く。

「あの子は特別な鯉だったの」

と言いながら霧山美紗は首を垂れ、そうかと思えば急にがばりと顔を上げて叫んだ。

「特別だったのよ！　あの子は大人しくて、引っ込み思案で、姿が見えないときは決まってあそこの岩陰でじっとしてた！　あたくしはこの椅子に座っているから、岩陰を覗き込むことができなくて、でもしばらく待っていると、必ず顔がちょっと見えた！　いままでいつもそうだったのよ」

岩に向けられた指し棒がぶるぶると震え、その震える先端が波線を描きながら池の中央へと動いていった。大洞は何も言わず、腕を組んで唇を曲げて首をひねるなどの仕草をひたすらつづけた。

「夜になると……とくに一昨日みたいに満月の晩は、あの子、必ず月を見に出てきた。でも一昨日の夜は出てこないから気になって、棒っきれで水の中をつっついてみたの。そしたらいないの。あの子、どこにもいないのよ！」

懸命に考えた。考えるしかなかった。

いまのところ、どうも自分が疑われている様子はない。どうすればこのまま疑惑を避けつづけることができるだろう。この池から、たとえば一匹の鯉を盗もうと試みた場合、もちろん屋敷の使用人たちにだって犯行は可能だが、いちばん簡単にそれをできるのはおそらく大洞だ。ということは、このままでは自分が真っ先に犯人扱いされてしまうことになる。犯人なのだが。

「ほかの鯉たちも、あの子がいなくなったのを心配しているわ……さっきあたくし、いくらか餌を撒いてみたの。そしたらぜんぜん食べないの」

池の底には「ひかり」がたくさん沈んでいた。もちろん連中が餌を食べなかったのは、大洞の調教のせいだ。

「このことは……ほかの誰かには？」

思い切って声を出し、訊いてみた。霧山美紗は額に苦しげな縦皺を刻んで首を横に振り、唇を結んで項垂（うなだ）れた。両腕を電動車椅子の肘掛けに置き、首だけがっくりと前に倒し、まるで目の前で急に死んでしまったかのように見えた。ほんとに死んでくれないだろうか。

頭の中で状況を整理する。まずはあの色鯉を一刻も早く取り戻し——いや、違う。取り戻したところで、どうすればいいというのだ。この池までこっそり返しに来るというのか。しかし、それでは余計に犯人扱いされる可能性がある。鯉の行方不明について大洞だけに打ち明け、その直後に鯉が池に戻っていたりしたら、まるで大洞が彼女の話を聞いたあと恐れをなして盗品を返しにきたかのようだし、じつにそのとおりなのだ。

大洞は考えた。考えて考えて考えた。

そしてとうとう思いついた。

「共食いの可能性――」

「あるわけないわ！」

叫んでから、霧山美紗はさっと周囲を見渡し、ふたたび車椅子の上で項垂れた。

その白髪頭を見下ろしながら、大洞はまわりの景色がゆっくりと回転しはじめるのを感じていた。その回転はあたかも巨大な渦のように、静かに、しかし恐ろしい引力で、いまにも大洞を呑み込もうとしていた。立っているのがやっとだった。絶望と恐怖で呼吸さえできず、大洞は仏像のように、ただ立っていた。考えなければ。考えなければ。考えなければ。これからカープ・キャッチャーへ行き、ぬか味噌を混ぜた餌で、まずはあの鯉を釣り上げる。そしてこっそりビニール袋に詰め込んで持ち出し――いや駄目だ。なにしろこの池に返しに来るわけにはいかないのだから。いっそいまから鯉の販売所へ押し入って似たようなやつを一匹盗んでこようか。いや、それも意味がない。では、カープ・キャッチャーであの鯉を手に入れて、いったん川かどこかに逃がした上で、霧山美紗の目の前で捕まえてみせ――。

大洞さん、と霧山美紗が呼びかけた。

顔を向けると、彼女は片手を電動車椅子の脇についたポケットへ伸ばし、一枚の紙を取り出した。四つ折りにされたそれを、膝の上でひらく。

チラシだった。会社を追い出され、新たな働き先も見つからず、マンションの家賃も払えず、それまで決して手をつけずにいた明の学費のための貯金を、いっそもう使ってしまおうかと思ったそのとき、大洞はこの手書きのチラシをつくった。スーパーのコピー機で、財布の中に千円だけ残し、二百部と少し、コピーを取った。それを図々川町の町内の家々に配り、何軒かは問い合わせの電話があったが、大洞の言葉少なさを無愛想と受け取ったのだろう、どの電話も相手から切られた。そのとき電話を切らなかった最初の客が霧山美紗だった。そして、この鯉への餌やりと池の掃除を請け負うことになったのだ。

「あなたは〝何でも屋〟ね」

皺の寄った指先を、彼女はチラシの上に這わせ、ある箇所でぴたりと止める。「たとえばこんなこと！」と、できるだけ丸文字で書いた、その下。請け負う仕事の例を並べた箇所だった。引っ越し手伝い、掃除、洗濯、その他家事全般、犬の散歩や猫の散歩——。

「ここに」

ずらずらと並べられた項目の最後のほうを、霧山美紗は指さした。

「〝人捜し〟……そう書いてあるわ」

確かに書いてあった。チラシはタウンページに載っていた便利屋の広告をほとんど丸写ししてつくったので、そんな一文があることさえ忘れていた。

霧山美紗はチラシをたたみ直して車椅子のポケットに戻すと、顔を上げて真っ直ぐに大洞を見た。

「あの子の捜索を、あなたに依頼します」

ヒキダス

ヒキダスはメイの素性を決して喋らなかった。

かつての仲間(フンダルケッツ)であるハミダスに、どれだけ殴られても、蹴られても、ナイフで皮膚を傷つけられても。

「昔よりも根性(タフマン)がついたようだな」

床に横たわったヒキダスの頭を、ハミダスのブーツが踏みつけていた。両腕は背後で縛られ、コンクリートの床と背中のあいだで押しつぶされていたが、もうずいぶん前から感覚が消えている。

そうして感覚が失われてくれるのは、ありがたいことだった。

「俺にも講師としてのプライド(ミキィマィ)があるからな」

ハミダスはハッと吼えるように笑い、その声は閉ざされたコンクリートの空間に短く反響した。

「ガキの頃から悪さばかりして、大人になってもコソ泥をやっていたお前が講師とはな。何度聞いても笑っちまう」

「笑えばいいさ……笑えばいい」

自分は生まれ変わり、まっとうな道を歩むことに決めたのだ。

しかしその考えが甘かったことは、いまや明白だった。

「これから死んでいく人間に、プライドなんて何の意味がある？」

「死んでいくからこそさ」

そう――これは自分の本心だった。

「せめてプライドくらいは道連れにさせてもらう」

「何をされても、あの生徒の素性を話す気はない……そういうことだな」

「そういうことだ」

ヒキダスは両目を閉じ、床の上で全身を脱力させて深々と息をついた。

「ハミダス、お前は――」

目を閉じたまま、ヒキダスは旧友に語りかける。

「金だけでは満足できないのか？　それがどの程度の額なのかは知らないが、俺を殺したそのときに、かなりの金が転がり込むはずじゃないか」

ヒキダスを殺害することを条件に、ハミダスの依頼主は多額の報酬を約束したらしい。それがどこの誰かはわからないが、どうやら日本人のようだ。ハミダスたちとともに日本へやってきてから、フンダルケッツでまっとうに働きはじめる直前まで、ヒキダスはあれこれと悪さを働いていた。おおかた、その頃に怨みを買った日本人の一人なのだろう。

「しかも、その依頼主から受け取る金だけじゃない。お前は俺が世話になっていた会社からも、金をゆすり取ろうとしているんだろう？」

ハミダスはフンダルケッツの社長に連絡をつけ、ヒキダスが過去に行った悪事をネタに金を要求しているのだった。

「ああ」

ハミダスの声には笑いが滲んでいた。

「上手くいくかどうかはわからんがな」

いくさ、とヒキダスは胸の中で呟いた。

ヒキダスが手足を縛られてほうり込まれたこの場所は、海の近くの倉庫らしい。ぴたりと閉じられたシャッターの隣に鉄扉があり、その扉をかつての仲間、現在の敵（フンダルヒップ）であるヒツギム人たちが出入りするたび、重たい波の音が聞こえてきた。あれは二日前の夜だったろうか、あるいは、その前の朝だったろうか——陽の光を感じられない場所に転がされていると、昼夜のカウントなど重大事（サーモン・チャウダー）ではなかった——茫洋（ぼうよう）とした意識の中で、ヒキダスはハミダスた。
の声を聞いた。仲間の一人に、フンダルケッツの社長へ連絡をとるよう指示している声だった。

――何をするつもりだ？

床から顔を持ち上げて、そのときヒキダスは訊いた。

――雇っていた講師の一人が、悪人だったと教えてやるのさ。

ヒキダスが過去に悪事を繰り返していたことを、世間に黙っている引き替えに、ハミダスは社長に金を要求しようとしていたのだ。もし警察に連絡をしたら、講師の素性をネット上にばらまく。しかし要求した金をよこすなら、永遠に黙っていると。

その脅迫は、おそらく成功するだろう。

いまフンダルケッツは、評判を維持することが大事な時期だ。黒い噂と引き替えにならなら、言われた額の金を支払うに違いない。

自分を救ってくれたのはフンダルケッツだった。ともに日本へやってきて、悪事を働いていたハミダスのもとを、ヒキダスは三ヶ月ほど前に去った。単独で盗みに入った日本人住宅で大きなヘマをやらかし、危うく捕まりそうになり、綱渡りの生活にいいかげん嫌気がさしたのだ。しかし、仕事は見つからず、食うにも困り、日本語もほとんど話せず、路頭に迷い、ふたたび犯罪に手を染めるしかないのではないかという誘惑にかられたそのとき、自分を拾ってくれたのはフンダルケッツだった。

町で見つけた外国人向けの就職情報誌を、望みもなく捲（めく）っていると、ヒツギム語の文字が目に飛び込んだ。ほかにも、いくつかの言語が並んで綴られ、どうやら同じ内容が別の言葉で書かれているらしかったが、ヒキダスにはヒツギム語のものしか読めなかった。それは語学講師の募集広告だった。レッスンに使用するパソコンも、会社が無料で貸し出すとあった。ヒキダスは公衆電話から、なけなしの小銭で電話をかけた。すぐに面接を受けさせてくれ、数日後にまた電話をかけると、採用だと言われた。それが二ヶ月ほど前のことだ。

社長のコウタロウ・カシワデには、その面接で一度だけ会った。まだ若いが、とても誠実そうな、本当に人の役に立とうとしている人間の顔をしていた。

「……ヒキダス」

ハミダスが頭のすぐそばにしゃがみ込み、顔を覗き込んでくる。

「もう一度だけ訊くが、あの生徒のことは、どうしても海の底まで持っていくつもりなんだな？」

「何度も答えたとおりだ」

せめて、何かを守って死にたかった。

国で貧乏生活に喘（あえ）いでいる母親（フグタ）も、弟妹（イソノ）たちも助けてやれず、日本で拾ってくれた会社にはひどい迷惑をかけてしまった。このままではあまりに情けない。あの世に抱えていくものが恥（ハニカム）しかない。

それにしても、部屋で拉致されたあのとき、パソコンの画面に表示されていた「ホワイトボード」の存在にハミダスが気づかなかったのは僥倖だった。あそこには、メイのアルバイト先が特定できる情報が書かれていたのだ。

「まさか、喋らないうちは殺されないと考えているんじゃないだろうな」

「お前がそんなに甘い人間でないことは、俺がいちばんよく知っているさ」

するとハミダスは黙り込んだ。暗がりの中で、ぎらついた両目が自分をじっと見つめているのがわかった。

「……その逆だ」

長い沈黙のあと、ハミダスはぽつりと呟いた。

「どういう意味だ？」

「俺にも多少は甘いところがあるってわけさ」

小さな溜息を挟み、疲れた声でつづける。

「とりわけ、かつての仲間に対してはな」

「つまり――」

「お前が知っている彼女の素性をすべて喋れば、命は助けてやる」

「彼女の名前はカスガ・メイ。カープ・キャッチャーという名の屋内釣り堀施設で週三回アルバイトとして働いている。大学の二年生で、趣味はとくにないが、自身の日常をブログに綴っていて、そのブログは『Ｍａｙの燦々Ｓｕｎ』というタイトルで検索すればヒットするだろう。母親と二人暮らしだが、いま現在母親は海外へ長期出張に出ているらしく――」

大洞は霧山美紗の鯉を回収すべくカープ・キャッチャーへと急いでいた。サドルから尻を浮かせ、ひと漕ぎごとに自転車を左右にぶんぶん揺さぶりながら。

もうすぐすべてが上手くいく。

これで一発逆転できる。

空は粘土のような雲に覆われ、いまにも雨が降り出しそうだが、いっそ叫び出したい気分だった。

――あの子の捜索を、あなたに依頼します。

霧山美紗にそう言われたとき、大洞はすぐには言葉を返せなかった。ぼんやり顔を眺めていると、おいくらなのかしらと婆さんは訊いた。

――人捜しの、規定の額があるんでしょ？

そんなものは設定していなかったので、答えられなかった。相場さえ知らない。すると彼女は、いいわ、と呟いて頷き、驚くべき数字を口にした。

――十万でどう？

もっと言葉が出なくなった。すると霧山美紗は唇に薄い笑みを浮かべ、やるわね、と言った。すっと息を内に吸い、彼女は顔から笑みを掻き消した。

――二十万出しましょう。

それでは終わらなかった。大洞はただ何も言えずに突っ立っていただけなのだが、彼女は勝手に値段を上げていき、

――あなたには負けたわ。

最後にはそんな謎の言葉を呟いて、五百万円という巨額の報酬を約束したのだ。

――あの子を元気な状態で連れ戻してくれるなら。

人を呼ぶという考えも浮かんだ。気が違ってしまったのではないかと思ったのだ。しかし彼女の目はどこまでもまともで、真剣で、憂いに満ちていた。そしてその憂いの向こうに、大洞に対する信頼がしっかりと根を下ろしているのが見て取れた。自分の何が彼女に信頼を与えているのか大洞には理解不能だったが、早くしろ、早くしろ、という本能からの声が耳の奥で鋭く囁いた。

――彼女が――

大洞は霧山美紗のほうへ右手を差し出した。

――彼女が好きだった、「ひかり」を少々。

――お持ちなさい。

霧山美紗は車椅子のポケットから、中身が半分ほどに減った「ひかり」の袋を取り出して差し出した。大洞はそれを受け取り、彼女と真っ直ぐに目を合わせた。

——確かに請け負いました。

——あなたを信じています、大洞さん。

そしていま、大洞は自転車を漕いでいる。

人生を一発逆転させるべく。

全てをやり直すべく。

…………。

…………。

「……」

カープ・キャッチャーの経営者が発した言葉を、大洞は自分の聞き違いかと思った。魚はもういない、と言われたように聞こえたのだ。

しかし聞き違いではなかった。

「魚はいないんです、もう」

丸顔の経営者はもう一度、陰気な声でそう言った。黒いタオルをぞんざいに頭に巻き、両手には汚れた軍手をはめている。店のガラスドアごしに中を見ると、以前はプールの周りに並んでいた丸椅子が、積み重ねられて入り口付近に寄せ集められていた。

「閉店するんです。いや、さっき閉店したんです」

「鯉は……」

「は？」

「鯉はどこに……」

「魚はみんな、最後の一週間、釣ったお客さんに持って帰ってもらったんですよ。もちろん希望した場合だけですけどね。あれぜんぶ処分するとなるとけっこうなお金がかかるっていうし、そのへんに逃がしたら怒られるだろうし。でもなんか、来たお客さんの中に業者さんもまじってたみたいで、けっきょく一週間はもたずに、ついさっきぜんぶいなくなりました。餌をやらなかったから、みんなお腹すかせちゃってたみたいで、なんかもう入れ食い状態で」

「そんな……」

言葉が出なくなり、大洞は口をあけて相手の顔を見つめていることしかできなかった。まわりの景色が灰色に染まり、その中心で経営者の丸顔が唇を動かして喋りつづけていたが、何を言っているのか、もう大洞にはわからなかった。

しかし、あるとき大洞の意識の底に、何かが引っかかった。

いま経営者が口にした言葉。

自分にとってひどく重要な言葉。

「もう一回」

「はい?」

「もう一回」

「何を?」

「いま、最後までナントカかんとかって……」

ああ、と経営者は唇の端を持ち上げ、露骨に面倒くさそうな顔をして話を繰り返した。

「最後まで釣られない鯉が一匹いたんですよ。食欲がないのか、ぜんぜん餌に食いつかなくてね」

餌を食べない、い、鯉――。

「もし釣れないんなら、あとで適当に処分しちゃえばいいかとも思ってたんですけど、いいかげんお腹がすいてきたのか、けっきょく最後には釣り上げられました」

「いつ?」

「だからさっき」

「どんな鯉です?」

「普通の色鯉。白地に赤の」

「女子便所のマークのような?」

え、と経営者は訊き返したが、大洞が言い直す前につづけた。

「ああ、そんな感じの模様だったかな」

「誰が釣っていったんです？」

「神様」

「え」

「神様。あだ名」

どこの誰なのかと訊くと、経営者は勘弁してくれというように首を振った。

「んなこた知りませんよ」


ヨネトモは煎餅布団に横たわって雨音を聞いていた。

夕刻を過ぎて降り出した雨は、まるで空のどこかが破れでもしたように勢いを増し、一向に弱まる気配がない。アパートは、雨に打たれているというよりも、雨音に包囲されているといった印象だった。その包囲網を抜けて、図々川の水音が、いつになく低く重たい響きをともなって聞こえてくる。

が、雨音も川音も、ひょっとするとヨネトモの心がそんなふうに聞かせているだけなのかもしれない。いつもより少し強い雨。少し荒れた図々川。それだけなのかもしれない。

「神様だったのになぁ……」

唯一の楽しみだったあの屋内釣り堀には、もう行くことはない。ほかでもないヨネトモ自身が最後の鯉をプールから釣り上げ、カープ・キャッチャーは本日で閉店となったのだ。すごい棒も、これからはスーパーやコンビニエンスストアや菓子屋で買わなければならない。しかし不思議なことに、いまヨネトモは、すごい棒に対して以前のような魅力を感じていなかった。

年金だけで細々と暮らしつづけて十年。カープ・キャッチャーで釣り糸を垂らし、なかなか釣れずに不平顔をしているほかの客たちの中で、つぎつぎに鯉を釣り、稼いだポイントを日用品と交換し、余ったポイントはすごい棒に換えてもらう。あの、ささやかではあるが自分の力で何かを手に入れるという行為が、すごい棒の美味さに繋がっていたのかもしれない。

今日、館内のプールの脇の壁には「あと5匹」と手書きの張り紙がしてあり、「5」の部分がバッテンで消されて隣に「4」と書かれ、その「4」も消されて「3」と書かれ、ヨネトモがガラスドアを入った昼過ぎにはもう「2」になっていた。プールのまわりには、いかにも暇そうな三人ほどの中年男性しか残っていなかった。そのうち一人がやがて黒鯉を釣り上げ、持参してきたクーラーボックスに水といっしょに入れた。

最後の一匹は、なかなか釣れなかった。本当にいるのかどうか訝(いぶか)ってしまうほどだった。しかし、注意して見ていると、ときおり水面が微かに揺れ、何かが水の中を動いているのがわかる。それぞれあいだを空けて座った三人の中年男性とヨネトモは、練り餌を付け替え、針を沈める深さを変え、竿を右に伸ばしたり左に伸ばしたりしながら最後の一匹を狙った。

そのときは、鯉を持ち帰るつもりなどなかったのだ。もし釣れたとしても、いつものように針を外してプールに戻し、黒鯉ならすごい棒一本分、色鯉なら五本分のポイントと交換してもらうつもりだった。

やがて、ヨネトモの竿に微かな振動が伝わった。焦らず待っていると、竿はぐっと引かれ、ぴんと張った糸が斜めに動いた。しかしその感触は、とうとう相手が餌に食らいついたというよりも、身体のどこかが針に引っかかってしまったという印象だった。ヨネトモは相手の動きに合わせて竿を起こしてみた。

針は、やはり鯉の鰓（えら）の端に引っかかっていた。

タモを伸ばし、そこへ追い込むと、鯉は大人しく従った。

残っていた三人の中年男性がそれぞれ竿を置いて拍手をしてくれた。その顔には称賛の色も浮かんでいたが、なんだか自分たちが義務から解放されたというような、安堵もまじっていた。そして拍手を終えるなり、彼らは経営者に軽く会釈をしたり、一言二言会話を交わしたりしてガラスドアを出ていった。聞こえてきたやりとりから推すに、どうやらカープ・キャッチャーは長いこと経営難だったらしい。客はわりと入っているように見えたけれど、あの広いスペースだと、家賃もけっこう高かったのかもしれない。プールの水もときどきは替えなければいけなかっただろうから、維持費も決して安くなかったに違いない。丸顔の経営者は、故郷の島根県に戻り、年をとった父親がやっている魚屋を手伝うことにしたのだとか。

――持って帰りますか？

経営者がやってきて声をかけた。ヨネトモは首を横に振ろうとしたが、そのときふと、タモの中で疲れ切ったように横たわり、ゆっくりと口をぱくつかせている鯉を見た。タモはまだ水から揚げていなかったので、普通ならば逃げようとして暴れているはずだった。しかし、白地に綺麗な赤い模様を散らしたその鯉は、ただ水の中で口をぱくつかせていた。

――持って帰らなかったら、これ、どうなります？

経営者は館内をちらっと見渡して、困った顔をした。

もうほかに客はおらず、なんとなく事情が察せられた。

――ビニール袋か何か、ありますか？

――あります、あります。

言うなり経営者は背中を向け、事務室から透明なゴミ袋をパックごと持ってきた。

四重にしたゴミ袋に、二人で協力して鯉と水を入れた。鯉は終始大人しかった。

そしてヨネトモは、ときおり通行人に振り返られながら、鯉の入った袋をサンタクロースのように背負ってアパートへ帰ってきたのだ。

色鯉はいま、水を張った浴槽に入れてある。

どうするかは、まだ決めていない。

袋を担いだまま帰りがけに寄ったペットショップで「鯉のえさ」を買い、浴槽に落としてやったが、鯉はほんの少し身体を揺らしただけで、食べようとしなかった。さっき便所に行ったときに、そっと風呂場を覗いてみると、餌は底に沈んだままふやけていた。どうして食べないのだろう。カープ・キャッチャーで与えられていた餌でないと駄目なのだろうか。それとも急にこんな場所へ連れてこられ、驚いているのだろうか。

「二人暮らしか」

暗い天井に向かって呟いてみた。

「お袋が死んで以来だなぁ……」

そのときふとヨネトモは、まるでずっと自分に後ろ姿を見せていた何者かが、目の前で急に振り返ったような、奇妙な感覚をおぼえた。その何者かは、初対面だが、顔を知っている気がした。目を見合わせたその瞬間、雨音と川音に包まれたぼろアパートの一室に、ヨネトモは相手といっしょに閉じ込められたように思った。

「さ、寝よ寝よ……」

両目を閉じ、深々と息を吐いた。わざと、そうした。今日のことも、明日のことも、昔のことも、将来のことも、考えないで眠ろう。しかし、息を吐ききり、また吸い込んだそのとき、湿った部屋の空気とともに様々なイメージがまじり合って胸になだれ込んできた。鰓の端に針を引っかけた色鯉。餌を食べない色鯉。図々川で夕餉(ゆうげ)の魚を釣り上げていた頃が懐かしい。夏の乾いた空気には、河原の石が太陽に熱された、ちょっと苦いようなにおいがまじっていた。川のほうから風が吹くと、涼しくて気持ちがよかった。背後から風がきたときは、あの頃はまだ河原のへりは竹林だったから、空気の動きより先に、葉擦れの音が聞こえた。魚を釣り上げると、太陽の光を吸ったしずくが空中できらきら光った。自分はそのしずくを見なかった。目には入っているけれど、見てはいなかった。見たくなかった。そうだ、あの水滴。光を吸い込んだ水滴。あれを思い出してしまうのが厭だったのだ。

まどろみながら、ヨネトモはいつのまにか病院の廊下に立っていた。

真っ白な顔をして、動かないミーちゃん。お屋敷に泊まらせてもらった、あの大雨の翌朝。こんなふうに雨が降った、つぎの日の朝。ミーちゃんは病院のベッドの上にいた。ヨネトモは廊下に立って、待っていた。何を待っていたのかはわからない。隣には母がいた。母の野良着は白衣の看護婦や医者が行き来する廊下で、ひどく目立っていた。きっと自分も目立っていた。泣き声が聞こえた。ミーちゃんのお母さんの声だった。それに断続的に覆い被さるようにして、低い泣き声も聞こえはじめた。あれはミーちゃんのお父さんだったのだろうか。重なり合った泣き声は、いつまでも終わらなかった。母が隣で身を硬くして、自分のほうへ顔を向けたのがわかった。しかしヨネトモは顔を向けなかった。顔を向けたら、本当になってしまう。そんな漠然とした思いがあった。起きた出来事や、聞こえている泣き声が、みんな本当になってしまう。病院に運び込まれたとき、ミーちゃんはまだ動いていた。顔は真っ白で、目も閉じていたけれど、口を動かしていた。唇が薄くひらいて、それから閉じたのを、ヨネトモは見ていた。前日の夜、ミーちゃんは白地に金魚の柄が散った浴衣を着ていたけれど、身体を包む白い布の中で、それは見えなかった。もしかしたらあの可愛らしい浴衣は、濁流の中で身体から離れ、海へと流れていってしまったのかもしれない。

やがてミーちゃんの家族が病室を出てきた。葬列のようだった。みんな下を向き、そこに立っているヨネトモと母に、たぶん気づきもせず、看護婦のあとにつづいて廊下の先へ歩いていった。ヨネトモが病室のほうへ一歩踏み出すと、母が短い息遣いとともにシャツの背中を摑んだ。それに逆に圧（お）されたように、ヨネトモは病室に向かった。薄く隙間を開けた戸を滑らせると、医者がベッドの脇の椅子に座っていた。白髪まじりの医者はゆっくりと振り向き、眼鏡の奥からヨネトモを見て、何か言おうとしたが、けっきょくそのままベッドのほうへ向き直った。バインダーに載せた白い紙に、黒く光るボールペンで細かい文字を書いていた。ヨネトモはミーちゃんを見た。ベッドの向こうにある窓は、カーテンが開けられていて、朝陽が薄く射し込んでいた。その朝陽はミーちゃんの耳と、肩と、ベッドの脇にある点滴のスタンドを照らしていた。点滴は止まっていた。いや、完全には止まってはいなかった。シリンダーの中に突き出したガラス管の先で、新しいしずくがふくらんでいた。やがてその小さなしずくは丸みを増し、重さに耐えきれなくなって、ガラス管の先端を離れた。しずくの中で、きらりと朝陽が光った。

その一瞬の光を吸い込んで、しずくは消えた。あれがミーちゃんを殺したんじゃないかと、ヨネトモは思った。そんな気がした。一滴一滴が光を吸い込んで、ミーちゃんの中に入っていき、身体の内側を光の粒でいっぱいにして、それが苦しくて、ミーちゃんは死んだのだと思った。

聞こえていた雨音が、ふっと高まった。

見ると、掃き出し窓が外から開けられている。

黒い塊が、その窓から部屋に入ってくる。

しかしヨネトモは動けなかった。

自分は夢を見ているのだろうか。

あれはいったい何者だ。

黒い塊は壁際をゆっくりと動いていく。ヨネトモが寝ている部屋を抜けて廊下のほうへと向かう。泥棒なのだろうか。雨音と川音の中で、微かに床が軋む。軋む。……軋む。影はどこへ向かったのだろう。床の軋みは遠ざかっていく。動けない。声を出すこともできない。雨音と川音。それだけが残り――いや、また聞こえた。床の軋みが耳に届いた。今度はだんだんと明確になってくる。そのとき、影がふたたび部屋に現れた。さっきよりも前屈みになり、腕に何かを抱えている。その何かが微かに動くのを、ヨネトモは見た。どうして動くのだろう。まるで生き物のように――。

初めてヨネトモは、自分が目撃している出来事の意味を理解し、そのときになってようやく、全身を縛る縄が切られたように身体が動いた。

――待て!

そう声に出したのかどうか、自分でもわからない。がばりと身を起こし、大声を出したつもりだったのだが、声はヨネトモの胸の中にだけ響いたのかもしれない。しかし、いずれにしても、相手にはヨネトモの動きだけで十分だったのだ。

影は低い、短い声とともに駆け出した。影が発したのは確かに言葉だった。しかし、何と言ったのかはわからなかった。本当に日本語だったのだろうか。ヨネトモは起き上がりざま片手で布団を払い、影を追いかけようとした。しかしそのとき、まるで周到な罠のように、裸足のつま先にシーツが巻きついた。膝ががくんと折れ、顔と胸がほとんど同時に畳に叩きつけられた。溺れている人間が息継ぎをするように、ヨネトモは顔を上げて影を見た。何かを抱えたまま、影は掃き出し窓から出ていこうとしている。ヨネトモは両手で畳を掻き、両足を無茶苦茶に動かし、左足にまとわりつくシーツを蹴り飛ばすと、そのまま一気に走り出して影を追った。影は雨の中に走り出て、ばしゃばしゃと地面を鳴らしていた。掃き出し窓を飛び出したその瞬間から、雨と闇にまぎれて相手の姿も周囲の景色もほとんど見えなくなったが、ヨネトモはその足音と微かな影の輪郭を追った。追いながら坂を下った。図々川の水音が轟々と高まる。影とヨネトモの距離は縮まっていく。この先には何がある。道は図々川にぶつかり、そこには橋がかかっている。影は図々川を越えようとしているのだろうか。ヨネトモは夢中で両足を動かした。呼吸が咽喉を斬り裂くようだった。雨が胸にまで入り込み、むせながら、喘ぎながら、それでも足を止めなかった。もう少しで追いつく。影は不格好な走り方で雨の中を突き進み、橋へと差しかかる。

ヨネトモは呻り声を上げて右手を伸ばした。相手の服を摑めそうだった。しかし指先はびしょ濡れの服をかすめただけで、摑むことはできず、影はまた何か短く言葉を発し、同時に、その影の腕に抱えられていたものが暴れた。

それは男の腕を逃れ、宙を舞い、欄干の柱に身体をぶつけ、そのまま真っ黒な濁流の中へと落ち込んだ。図々川の流れは荒々しすぎて、跳ね上がるしぶきさえ見えなかった。ヨネトモは欄干にしがみつくようにして図々川の濁流を見下ろした。

影の気配は、もうどこにもなかった。

明はカープ・キャッチャーのドアを出ると、傘で顔を隠すようにしながら大通りへの最短ルートを進んだ。一刻も早くタクシーを拾いたかった。けっきょくバイトは断り切れなかったが、タクシーでマンションまで帰れば怖くない。

と——バッグの中から着信音が響いた。

スマートフォンを取り出してみると、ディスプレイにはカープ・キャッチャーの番号が表示されている。

「はい春日です」

『あ明ちゃん？　あのさあ、いま明ちゃんの友達が何人か来てさ、今日はもう上がって帰ったって言ったら、住所を教えてくれって言うからさ、教えちゃったんだけどいいよね？』

言葉の意味を理解するのに数秒かかった。

「え……何ですか？　友達って誰ですか？」

『わかんないけど黒人の人たち』

間延びした広島の声が、まるで氷水のように全身を冷たくした。

「あの――」

『じゃ、おつかれー』

通話は切られた。

足音が聞こえたのはそのときのことだった。雨音に混じって、背後からばしゃばしゃと、水を踏みつける音が近づいてくる。明は反射的に走った。すると足音も勢いを増し、ぐんぐん迫ってきた。駄目だ、追いつかれる。

街灯の真下で、明は振り向いて身構えた。

男が一人立っていた。

両腕を身体の脇に垂らし、ぜいぜいと咽喉を鳴らしながら、逆光のせいで目鼻立ちは判然としないが、それでもわかるほど両目を大きく見ひらいて明を見ている。

「ぁあの僕は――」

チャマといいますと男は名乗り、一歩前進した。

明は後退して距離をとろうとしたが、足がすくんで動かなかった。

「明さんぼぉ僕は――」

い、い、い、い、い、い、
どうして自分の名前を知っているのだ。

明が両目を瞠って男を見返すと、相手もまた狂躁的に両目を見ひらいた。

「ぼぉくが名前を知っていることにぉ驚いたんですねっへへへ」

ぶるぶるると細かく首を振動させながらさらに一歩迫ってくる。

「あなあなたのぉお、ぉお」

いったん言葉を切って顎を引き、男はガバッと口をあけた。

「おお父さんから聞きましたあ!」

い、い、い、
どういうことだ。

「一昨日の夜、明さんのぉお父さんと話しましてねぇえへへっへ」

男はまた一歩前進したが、明が身構えると、一歩後退した。しかしふたたび前進し、また後退し、そうして奇妙な前後運動をつづけながら喋った。

「ぉお父さんは僕のことをじぃGメンだと思い込んでいたので釣り堀から慌てて逃げ出したのでしたぁ」

まったくわからない。

「そもそもぉお父さんはただ白い箱の中身をあなたに見せてあげたかっただけだそうなのでぇす」

白い箱――カープ・キャッチャーの景品棚の、一番上にある箱のことだろうか。

「……どういうことなんです？」

ようやく声が出た。

「まずですね、えぇとぉ、えぇとぉ」

チャマと名乗る男は、懸命に思い出そうとするように、唇をひん曲げて宙を見上げた。

「うちの店のちゅぅ厨房でぉお父さんが換気扇の掃除をしているのを見てぇ――」

「何でお父さんがそんなことさせられてるんですか？」

「えっ、いやぉお仕事で――」

「父は換気扇の掃除屋なんですか？」

「いえあのぉ、便利屋とかなんかそういうあれみたいで、それであのっほほ、僕の家がやっているベトナム料理の店で換気扇を掃除していて、そこに僕がたまたま入っていって、いろいろ話したわけで、さっきの白い箱のこととかそういうあれを――」

人の声が聞こえ、二人でそちらを見た。

路地の先に、傘をささずに歩くいくつかの人影がある。離れた場所からでも大柄だとわかる、人のかたちをした影が、肩を揺らしてこちらへ歩いてくる。人影の中の一人が、野太い声で何か言った。ほかの誰かに冗談を言ったような抑揚だった。早口だったので聞き取れなかったが、それがヒツギム語であることが明にはわかった。

ヨネトモは狭い風呂場の中で浴槽を見下ろしていた。

明け方になって雨は急に遠ざかり、いまは太陽が空に顔を出している。路地に面した窓ガラスは白く光り、どこかで雀がさえずり、ときおり車やバイクの行き来する音が聞こえてきた。

浴槽の中に残されていたのは、半分ほどまで張られた水と、あの色鯉がついに食べてくれなかった「鯉のえさ」だけだ。餌は一つ一つが水を吸ってふくれている。どれもかたちが崩れていないのは、あの色鯉が最後まで——この浴槽から連れ出されたそのときまで——大人しくしていた証拠だった。

振り返り、脱衣場の床を見下ろす。

浴槽から点々とつづく水の跡が、まだ乾かずに残っている。

これでよかったのかもしれない。

あの色鯉は、いまごろ図々川を自由に泳いでいることだろう。いくら水が荒れていても、なにしろ鯉なのだから心配ない。身体を動かせば腹も減るから、苔だのタニシだのを美味そうに食べているに違いない。

玄関のドアをノックする音が聞こえた。

呼び鈴はずいぶん前に壊れてしまい、しかし面倒なので大家には連絡せず、そのままにしてあるのだ。

ヨネトモは脱衣場の水滴を見つめたまま動かなかった。すると、もう一度ノックの音が聞こえた。さっきよりも強い、苛立った様子の叩き方だった。——また聞こえた。今度はノックについで声がした。

「………」

聞き取れなかった。

ヨネトモは短い廊下を抜けて玄関に向かった。ドアを開けてみると、そこに立っていたのは濃灰色の作業服を着た陰気な男だった。

「……何?」

他人のことを言えた義理ではないが、外廊下で背中を丸め、上目遣いにヨネトモを見ているその男は、人間ここまでみすぼらしくなれるのかという風貌をしていた。少し薄くなった髪はぱさぱさに乾ききり、作業着はあちこちほつれている。頬はこけ、その頬と顎と鼻の下に無精髭が散り、その無精髭も思い切った感じではなく、まばらで、なんというか、ひどく情けない。眉は力なく垂れ、眼窩は落ち窪み——しかし奇妙なことに、その奥にある両目がやけに熱い。

探していたんですと、男は呟いた。

「うん？」

「探していたんです」

それきり何も言わず、男が唇をふるふると震わせてこちらを見上げるばかりなので、ヨネトモはとりあえず自分の顔を指さして、尋ねる仕草をしてみせた。男は頷き、しかし直後に首を横に振った。

「鯉を」

「鯉」

「釣り堀にいた鯉です。あの鯉は……どこに」

「……何で？」

訊くと、男はえっと口をあけた。突然自宅にやってきた見知らぬ男に、釣り堀から持ち帰ってきた鯉の行方を尋ねられ、それに対して理由を訊くのが、そんなに意外なことだろうか。

「あの鯉はその……ある人のものでして」

「ある人って？」

「おばあさんです」

「どこの」

「ちょっと、町内の」

まったくわからなかった。

「町内のおばあさんの鯉が、なんで釣り堀にいたの？」

男はきえ、にげ、さらわ、と言ってからぶるぶると首を振った。

「盗まれたんです」

「何でよ」

わたわたわたと言ってから男はまた痙攣するように首を振り、キョクンと咽喉を鳴らした。

「私は知りません」

あんたはいったい誰なのだと、少々遅まきながらヨネトモは尋ねた。男は作業服の胸ポケットから折りたたまれた紙を取り出し、しかしその紙は濡れていたため、取り出すときに破れた。男は慌てて断片をつなぎ合わせようとし、上手くいかずに途中で諦め、大きいほうの断片をひらこうとしたが、焦った指先が紙をつまむたび、断片は千切れて小さくなっていくばかりだ。

「これはその、チラシで、私その——」

なんだかひっぱたいてやりたくなるような男だった。

「いないよ」

面倒くさくなって言うと、男は紙から顔を上げ、その口が巾着（きんちゃく）のようにすぼまった。

「鯉は、もうここにはいない」

「どうして」

しばらく相手の顔を見返してから、ヨネトモは説明した。

「それがさ、夜中にあの奥の窓から誰かが入ってきてさ――」

第四章

市子は二度目のジョイフル図々川を満喫していた。

今度は本当に満喫していた。風呂にゆったり浸かり、サウナでじっくり汗を流し、熱くなった身体を水風呂で落ち着け、浴場を出たあとは食堂でセルフサービスのソフトクリームを食べた。ほかの利用客と廊下や階段ですれ違っても、いちいち会釈などしないし、相手の目も気にならない。

これも、歩道橋の上で会ったあの陰気な男のおかげだ。

——適当でいいのではないでしょうか。

健康ランドでの過ごし方を尋ねると、男はそう答えた。

考えたこともなかった。適当でいいだなんて。

タオルを引っかけた首をゆっくりと回し、ついでに壁に貼られたメニューを見る。少しお腹が空いていた。うどん。そば。焼きそば。おにぎり。揚げタコ焼き。何かさっぱりした……ああ、おろしそばがいい。

ハンドバッグを持って立ち上がり、券売機でおろしそばの食券を買った。厨房との境に設けられたカウンターに、何も言わずに置くと、暖簾の向こうの同年配の女性従業員も、「はい」といかにも適当に返事をしてそれを取る。

ふと市子は、耕太郎に電話をしてみたくなった。

——お母さん最近ねえ、あれなのよ、ちょっと危ないっていうか——。

——危ないのはこっちだ！

数日前の電話のことが、ずっと気になりつつ、もう一度電話をかけることがためらわれていたのだ。しかし、いまの市子には、実の息子に電話をかけることをためらっていた自分がひどく馬鹿馬鹿しく感じられた。自分のお腹から出てきて、自分が母乳を与えて、おむつを替えて、しつけて、遊んで、学校へやった子供を相手に、何をいったい躊躇しているのだ。

「おろしそばご注文のお客様」

「あはい」

「割り箸、そちらからどうぞ」

「これね」

そばの載ったトレーを持って席まで戻った。まずはこれを食べてから耕太郎に電話しようと思ったが、ふと、食べながらかけてみたいという誘惑にかられた。母親は昼間から大衆浴場で自由気ままに振る舞っているのだぞと、見せつけてやりたかった。

山盛りの大根おろしにつゆをかけ、一口ぶんのそばをひたし、市子は携帯電話で耕太郎のメモリーに発信した。なかなか出ない。留守番電話にも切り替わらない。市子は大根おろしをからめてそばをすすった。この瞬間に相手が出たらいちばんいいと思ったが、コール音がつづくばかりだった。もう一口ぶんそばをすくい、大根おろしの中につけ込んだところでコール音が途切れた。

『……はい』

無愛想で、何か敵意のようなものさえ込められたような声だった。スウェットの内側で心臓がとくんと鳴ったことに、しかし市子は気づかないふりをした。

「あ、耕太郎？　あのねえ、お母さんいまねえ、お風呂にいるのよ。健康ランドってあなた知ってる？」

相手は電話の向こうで黙り込んだ。

「無料チケットをもらったのね、お母さん。それで、ものはためしで——」

『それどころじゃねえんだよ』

抑え込んだ感情の隙間から絞り出したような声だった。

「あなた、そんな言葉——」

『用件』

「え」

『あるんだろうが用件が。ないのに電話してきたのか？』

「ごめんね耕太郎、忙しかった？」

『当たり前だろうが』

「そうよね、あなた社長さんだものね。わかるわよ、わかるけど――」

嗤（わら）いのまじった息が市子の言葉を遮った。

『なあ……いきなり電話するのは今後やめてくれ。何かよほど重要なことでも起きたのかと思うから、出ることは出るけど、用事もないのならかけないでくれるかな』

「でも、べつになんにもなくても――」

『こっちにはあるんだよ。こっちには……いろいろあるんだ。親の暇つぶしに構ってる場合じゃねえんだ』

市子が言葉に詰まったその隙をついて、通話は切られた。

左手で携帯電話を耳にあて、右手で割り箸を持ったまま、市子は動けなかった。周囲のざわめきが遠ざかり、きいんという耳鳴りのようなものが頭の芯に響いていた。

吊っていた糸が切られたように、携帯電話を握っていた左手が座布団の端に落ちた。

自分はいったい何をやっているのだろうという気持ちが、耳鳴りとともに急激に頭の中を満たしていった。あの釣り堀。下らない変装と演技。燃えたトースターの写真を見せ、こんな場所の無料チケットを手渡され。――いったい何をやっているのだろう。

「あの」

すぐ隣から声をかけられ、市子はびくんと顔を向けた。

作業服姿の男が畳に膝をつき、懇願するような目を向けている。

「少々お願いごとがございまして」

「あなた、このまえ歩道橋で――」

市子の言葉の途中で、男は深々と頭を下げた。

「魚を捕まえるのを、手伝っていただけませんでしょうか」

「……はい？」

土下座に近い状態で、男は顔だけこちらへ向けた。首が関節ではなく蝶番で接続されているような体勢だった。そんな格好にもかかわらず、男はひと息に喋った。いや、正確にはふた息だった。

「どうしても捕まえなければならない魚がおりまして、奴は図々川のどこかを泳いでいて、ご存じかとは思いますがあの川の下流には親水公園があり、そこから流れ出す箇所には鉄柵が設けられているので、大きな魚や大きなゴミの類はそれ以上先には進めず、ですから奴は絶対に親水公園までのどこかにいるはずで、私はそれを」

がはあと大きな音を立てて息を吸い込む。

「それを捕まえようとしているというか、捕まえるんですが、一人では手に負えず、助けが必要で、なのに私のまわりには手伝いを承諾してくれそうな人間がおらず、いや一人だけいるのですが老人で、しかもあまりやる気がありません」

男はふたたびがはあと息を吸った。吸いきったあと、その口からふたたび意味不明な言葉が一気に流れ出てくるのではないかと予想したが、男は吸い込んだ息を、まるで古タイヤがしぼんでいくようにゆっくりと吐き出し、市子の目を真っ直ぐに見た。痩せた顎の下で、咽喉仏がごくんと動く。

「何で……あたしが」

「あなたは先日おっしゃいました」

「何を」

男はぐっと顔を近づけた。疲れ切って落ちくぼんだ目や、その下に浮き出した隈や、荒れた肌に走る無数の小皺が、すぐ鼻先に迫った。

「やったことのないことをやってみたいと」

言っただろうか。

言ったかもしれない。しかし。

「今夜決行します」

男は作業服の胸ポケットに指を突っ込み、二つ折りにされたメモ用紙のようなものを取り出して卓上に置く。僅かにひらいた隙間から、鉛筆書きの住所らしきものが見える。

「八時に集まります」

「え、誰がです？」

「できるかぎり」

答えになっていなかった。

「時間がないので失礼します。私はあなたを信じています」

男はだしぬけに立ち上がり、しかし極端に腰を低くして市子の目を見つめたままだったので、顔の高さはそれほど変わらなかった。

「今夜八時に」


大洞がジョイフル図々川を出ると、前から歩いてきた誰かと危うくぶつかりそうになった。無言で頭を下げて右へよけようとすると、相手も同じほうへ動く。左へ移動したら相手もそちらへ動き、もう一度右、もう一度左――さすがに妙だったので顔を上げた。

「やっと見つけた」

明だった。

その後ろに隠れるようにして、誰かが背をこごめて立っているが、西日が逆光になって顔が見えない。

まず、誤魔化さねばと思った。自分にはちゃんとした家があり、この健康ランドには単に仕事の疲れを取るために――。

「家賃も払えないくらい生活が大変なら相談すればよかったでしょ」

大洞は思わず首を突き出してから、ぐっと上体を引いた。

「……どうしてそれを」

「前のマンションの管理人さんに聞いたのよ。ほかにもいろいろ聞いた。ブログ見てあたしが白い箱の中身を見たがってること知って、おばあさんが飼ってる鯉をぬか味噌で調教して、一匹盗んであたしのバイト先のプールに入れたこととか。ああ、いまのは管理人さんに聞いたんじゃなくて、この人から聞いたことね」

明が背後を親指で示すと、そこにいた人物はさらに小さく肩を縮めて隠れようとした。明はそれを察して横へずれた。子供に樹皮を剝がされて見つかったカナブンのように、その場で身を固まらせたのは、内山聡史だった。カープ・キャッチャーでビデオカメラを構え、そのせいで大洞がGメンだと勘違いした男。その後ベトナム料理店の厨房で深夜にふたたび出会った男。

「あんた……娘に話したのか」

「いやつはは……」

三日前の夜、暗い厨房で換気扇をいじくり回していたとき、大洞はカウンターの上に財布を見つけた。金を盗むつもりがあったのかどうか、自分にもわからない。気づけば立ち上がり、それに手をかけていたのだ。そのときドアから飛び込んできたのが聡史だった。

——大丈夫です……誰にも言いません。

あの夜、ベトナム料理店の厨房で、大洞は聡史と長いこと話をした。聡史は途中で、冷蔵庫からロータスティーとかいう薄い色のお茶を取り出して飲ませてくれた。

あんなふうに誰かと会話をしたのは、いつ以来だったろう。

ずっと、誰かに話を聞いてもらいたかったのかもしれない。気づけば聡史に様々なことを打ち明けていた。霧山美紗の屋敷の鯉のことも、明のことも。どうせもう二度と会わない相手だからというのもあったのだ。しかし、こうしてふたたび会ったばかりか、男は明といっしょにいて、しかもあの夜に勢いで打ち明けたことをぜんぶ娘に喋ってしまっている。

「なんか言ってよお父さん」

明は一歩進み出たが、混乱のあまり硬直している大洞を見て、すぐに諦め顔になった。

「じゃあ、たくさん喋らなくていいから、一つだけ教えて。この人にいろいろ聞いて、このまえお父さんがバイト先に来たときのこととかは納得できたんだけど、まだわからないことがあるの。それだけ教えて」

明の質問は予想外だった。

「お父さんが歩道橋の上で話してた、あの女の人は誰？」

「どうしてそんなこと……」

「いいから教えて」

よく知らないと、大洞は正直に答えた。

「知らない？　じゃ歩道橋の上では何の話をしてたのよ？」

「健康ランドの中ではどんなふうに過ごせばいいのか、とか……」

明がいきなり両目を吊り上げた。

「嘘つかないでよ！」

そして意味不明の言葉を一気につづけた。

「あたしのこと待ち伏せて脅迫した人とお父さんが何で健康ランドの話なんてするのよ！　あの人とお父さんが話してるの見たから、あたしお父さんが先生の拉致に何か関係してるんじゃないかと思って、店長にあの女の人のこと訊けないままなんだよ？　そうこうしてるうちにヒツギム人っぽい人たちがあたしのこと探しに来て、店長がぺらぺら住所を喋っちゃったからマンションにも帰れなくなって——」

聡史は家へ向かって走っていた。

ジョイフル図々川の駐車場で、大洞と明は互いの身に起きた出来事を伝え合った。

大洞は明に打ち明けた。霧山美紗が鯉の行方不明に気づいたこと。盗んだ本人なのに大洞が捜索を依頼されたこと。五百万円という大金。神様というあだ名の老人。その老人が住むアパートの場所を突き止めて訪問したこと、しかし鯉は深夜に何者かによって持ち去られ、図々川の濁流に呑み込まれたあとだったこと。なんとしても、それを見つけ出さなければならないこと。

——お金のため？

話を聞き終えると、明は父親に訊いた。

——お父さんは、そのおばあさんが約束した五百万円っていうお金が欲しくて鯉を探すの？

父親はなかなか答えなかったが、やがてぐっと顎に力を入れて頷き、意を決したように言った。

——そうだ。

明は父親の顔を見つめたまま、しばらく黙っていた。

——なら協力する。

父親は驚いた顔をした。聡史も驚いた。

——正義のためとか、おばあさんのためとか言うと思ったけど、言わなかったから。そういう不器用なとこ、変わってなくて安心した。拉致のことを警察に連絡するのは、鯉を見つけたあとでいい。お父さんといっしょにいれば怖くないから。

協力する、と明はもう一度繰り返した。

それからこちらを見て、しますよね、と言った。

——え。

——しないんですか？

——あ、します。

聡史は夕暮れの路地を走り、大通りを渡り、児童公園を横切り、スーパーの駐車場を突っ切った。行く手にニャーの明かりが見えてくる。魚醤のにおいをかぎながら外階段を二段飛ばしで上る。おでんのたまごを丸呑みしたように胸の奥が熱い。玄関へ飛び込むと、キッチンに立って鍋を掻き回していた智が驚いて振り返った。

「いっしょに来てくれ！」

「……え、どこに？」

「図々川で鯉を捕まえる」

智はおたまを取り落として兄の顔を見返した。

「親には俺が話すから」

言うなり、兄は玄関のドアを抜けて外階段を下りていく。それを追いかけ、厨房の窓から中を見たときにはもう、兄が十二年ぶりに両親に話しかけた決定的瞬間は終わっていた。

「お前を連れて行く許可をもらってきた」

厨房から飛び出してきた兄は後ろ手に勢いよくドアを閉め、勢いが強すぎてよろけ、そのままくるくると回りながら地面に倒れ込みそうになったが、そうなる寸前で片膝を立てて両手を地面につき、ちょうど陸上競技のクラウチング・スタートのような格好でぴたりと静止した。

「俺、約束した。帰りが何時になるかはわからないけど、絶対に危ない目には遭わせないからって約束した」

つぎの瞬間、兄は勢いよく地面を蹴って駆け出した。智にはその後ろ姿が、飛び立つホビロンに見えた。薄目を開けたまま青白く固まっていた一羽のホビロンが、いま両目を見ひらき、翼を広げ、大空へ飛び立とうとしているのだ。

が、その勢いは、住宅地図を見ながら目的地を探しているうちにすっかり萎え、ようやく一軒の古いアパートに到着したときにはもう、兄は普段以上にオドオドしていた。

一階の端のドアを叩くと、中から顔を覗かせたのは仙人じみたおじいさんだった。兄が「……内山です」と名乗ると、おじいさんは「チャマ？」と訊き返して室内を振り返った。

「誰？」

「あんた外国人も呼んだの?」

「内山と言ったんじゃないかな」

中から男の人の声が返ってきた。その声の主を兄の身体ごしに見て、智は驚いた。カープ・キャッチャーで撮影したビデオの中で、謎の行動を見せた、あのおじさんだ。そして、その隣に座っているのは、アルバイトの女の人。さらにその隣に座っている人を見て、智はぎょっとした。これは知っている相手だったからではなく、彼女が迷彩服の上下を着込み、頭には軍隊の人が使うような深緑色のヘルメットとヘッドライトを装着していたからだ。そんな服装に身を包んでいるのは、小柄な、さして特徴のない、どちらかというとおっとりした感じの中年女性だった。

「チャマでいいか。いいよね?」

ぞんざいに訊きながら、おじいさんは室内に戻っていく。兄は背中を丸めて廊下に上がり、智も仕方なくあとについて中に入った。

「座って、そこ」

おじいさんに顎で示された場所に、二人並んで腰を下ろした。布団が壁際へ押しのけられた狭い和室で、みんなで車座になった。

「じゃまあ、ざっと経緯を説明しようかね」

おじいさんが白い顎鬚を撫でさすりながら言う。

「要するにその――」

ヨネトモは説明を終えた。

「――というわけで、みんなでその鯉を見つけようと」

説明の内容は、事前に大洞と打ち合わせておいたものだ。

「そんなところで、あれかな、間違いないかな」

大洞の顔を見ると、彼は鷹揚に顎を引いて頷く。

「ありません」

が、嘘だった。

ヨネトモの話の中には、一つだけ重大な嘘がまじっていた。

いまヨネトモが語った説明は、以下のようなものだ。

何でも屋として働いている大洞は、霧山美紗という老婆の屋敷で鯉の世話をしていたのだが、実の娘の前でいい格好をしたいばかりに妙な気を起こした。彼は鯉たちに特殊な訓練を施し、それが成功すると、中の一匹を盗んでカープ・キャッチャーのプールへと放った。そのとき大洞としては、一匹くらいいなくなっても霧山美紗は気づかないだろうという算段だった。後にカープ・キャッチャーの閉店に伴い、その鯉はヨネトモによって釣り上げられ、このアパートへと持ち帰られた。いっぽう霧山美紗は、じつはけっこう池の鯉たちを可愛がっていて、そのうちの一匹が消えたことに大変ショックを受け、大洞に鯉の捜索を依頼した。その報酬額は十万円。

大洞は鯉を取り戻すべく、ここまでやってきたが、時すでに遅し、なんとその鯉は、水を張った浴槽の中から何者かによって持ち去られ、図々川の中に逃げてしまったのであった。

「あれ、でも報酬額って——」

チャマが何か言いかけたのを大洞が遮った。

「もし鯉を無事に見つけて連れ戻すことができれば、その十万円を頭数で割って、全員で分けたいと思っています」

大洞の言葉に、チャマはちらっと隣の明を見た。明はちょっと迷うような素振りを見せたが、けっきょく小さく首を横に振るだけで何も言わなかった。

「作戦を立てましょ」

市子が傍らからノートとシャープペンシルを取り上げる。

「すごく綿密な作戦を立てる必要があるわ。だって川はあんなに広いんだもの。小さなプールで捕まえられなかった鯉を川で捕まえるのは大変なことよ」

「では作戦については大洞さんのほうからお願いします。大洞さん、どうぞ」

「はい。まず川の形状ですが——」

図々川は幅二メートル足らずで、曲がりくねりながら下流へと向かっている。やがて流れは町の端にある図々川親水公園へと行き着き、その公園を抜ける地点には鉄製の格子が設けられている。この格子があるのは水難事故防止のためとも、図々川町で出たゴミを隣町に流さないためとも言われ、理由はよくわからないのだが、重要なのはその格子の幅だ。大洞が下見してきたところによると、捜索すべき鯉の横幅よりも狭いらしい。従って鯉は、親水公園より先へは移動していないはずで、下流についてはその格子までを捜索することになる。

いっぽう上流はどうかというと、このアパートから徒歩で五分ほど川をさかのぼったあたりには川底にちょっとした段差があり、川はそこで小さな滝となっている。鯉の滝登りとは言うけれど、いままで池で飼われていた鯉なので、さすがに登れないだろうし、そもそも自分たちが捜している鯉は滝を登るようなタイプではない……というのは大洞の言だが、ヨネトモも同感だった。

「――ですので、捜索すべき範囲は絞られます。ただし、それでもかなり広いことには変わりありません。ですからこうして皆様のお力をお借りしているわけであります」

ずいぶん練習してきたのだろうか、アナウンサーのような淡々とした口調で大洞は淀みなく話し終え、正座の両膝に手を添えて静かに頭を下げた。

市子は大洞の説明を図入りでノートに書き留めた。上流の滝と、下流の親水公園と、そこに設けられた格子と、水遊びをする子供たちと、ベンチで新聞を読む老人と、まわりに集まっている鳩と、隣のベンチで語り合う恋人同士。滝と格子のあいだに市子は長いI字状の線を引き、「捜さく範囲」と書き込んだ。

「鯉は、釣って捕まえるんですか?」

チャマがおどおどと訊く。大洞は頷き、傍らの明に合図をした。明は上体をずらし、背後の壁に寄せて並べてある釣り竿とタモを示した。それぞれ六本ずつある。

「釣具屋さんで、安いのを買い揃えてきました」

「そしてここにぬか味噌があります」

大洞は傍らに置かれたタッパーを、もったいぶった手つきで自分の膝先へ押し出す。

「これだけではありません。私にこれをくれたおばあさんの家へ先ほど行って参りまして、蛍光灯を取り替えたり冷蔵庫の上を掃除するなどと引き替えに、同じぬか味噌をたくさんもらってきました。そのぬか味噌を」

この、と言って大洞は自分の背後から枕のようなかたちをしたビニールのパッケージを取り上げた。「ひかり」と大きく書かれ、錦鯉が勢いよく身を躍らせている。

「この餌に混ぜ込むと、あの鯉の大好物が出来上がります。皆さんにはそれを使って鯉の捕獲を行っていただきます」

ただし、と大洞は人差し指を立てた。

「その前にまずチェックすべきと思われるのは、橋の下や岩陰、あるいは親水公園内にある〝フォークトンネル〟の中です」

フォークトンネルは親水公園のいちばん手前にある、四つ並んだ狭いトンネルだという。その手前で川が四つ叉に分かれ、フォーク状になって、それぞれトンネルの中に流れ込んでいく。トンネルは各全長二十メートルほどで、その先がそれぞれ「じゃぶじゃぶエリア」「ばしゃばしゃエリア」「さらさらエリア」「うねうねエリア」という名前の、タイプの違った子供たちの遊び場になっている。そのエリアの先で、四つの流れはふたたび一つになり、親水公園の中央を突っ切ったあと、鉄製の格子を抜けていくらしい。

「何故ならあの鯉は、もといた池においても、常に岩の下に隠れるようにして暮らしていたからです。ひどく引っ込み思案だからです。とくに親水公園内のフォークトンネルは、かなり怪しいと私は見ています。理由は、捜索すべき範囲の中で、そこがいちばん暗いからです」

たしかに、遊歩道に沿って一定の間隔で街灯が並んでいるので、夜でも真っ暗な場所というのはほかにあまりない。

「あの鯉は、月の綺麗な晩には岩陰から泳ぎ出て月を眺めていたと飼い主から聞いております。しかし今夜は月が出ていません。ですから物陰でじっとしているのではないかと私は踏んでいます」

これから全員で親水公園に向かうと大洞は言った。

「あのフォークトンネルの中を真っ先に捜すのです。ここでは釣り竿は使用しません。具体的な方法としては、まず一つ一つ、順番にふさいでいきます。四つのトンネルの、上流側の端で流れを堰き止めて、下流側でタモを構える。中の水がなくなってくれば鯉はトンネルから出るしかない。そして自らタモの中に入るというわけです」

「どうやってトンネルをふさぐんですか？」

高校生の智が訊く。

「公園の中で石を集めて、入り口に積もうかと」

「石で水の流れなんて止められるのかな……」

智が呟くと、大洞は一瞬黙ったが、すぐにつづけた。

「そのあたりは、現場でためしてみればいいことです。さて、現場に向かうにあたり、皆さんに知っておいていただきたい注意事項があります。今回の捕獲作戦は秘密裏に行いますので、どうか目立たないようお願いします。ご存知かとは思いますが、図々川では現在釣りが禁止されています。近所の住民や、それこそ警察官などに見つかってしまっては大変です。作戦を決行するのに夜の時間帯を選んだのも、そのためです」

あの、と声を洩らしたのはチャマだ。

「僕……ちょっと家に戻ります」

「え、何で。じゃああたしも」

智が慌てて言うのをチャマは制した。

「お前はみんなといっしょに……俺もあとで行くから」

チャマは正座した自分の膝を見つめ、じっと何かを考えているようだった。

第五章

大洞は自転車を押しながら、夜の遊歩道を図々川の下流に向かって進んでいた。背後にはヨネトモ、市子、智、明が、それぞれ釣り竿とタモを一本ずつ手に持って従っている。いや、智だけは、家に戻ったチャマのぶんもあるので二本ずつだ。

歩きながら大洞は、傍らを流れる図々川にときおり目を向けた。鯉の背鰭が水を割って動いてはいまいか。尾鰭がしぶきを飛ばしてはいまいか。しかし、空に広がった厚い雲が月を隠しているので、図々川は闇に沈み、水面の位置さえ判然としない。

全員無言で歩いているうちに、行く手に親水公園の入り口が見えてきた。

遊歩道はそこで途切れ、地面は砂利敷きになっている。五人でそこを歩くと、煎餅でも嚙んでいるような音があたりに響いた。それにまじって、じゃ、じゃ、じゃ、じゃ、と水が鳴っているのが聞こえてくる。

「何かしらねえ、この音」

市子の声とともに、ぴかっと前方の景色が明るく照らされた。

「あら水車」

「柏手さん、ライトは――」

大洞は慌てて市子のヘルメットに取りつけられたヘッドライトを両手で隠した。市子は不満げにスイッチを切った。

図々川は公園内に入ると幅が広がって浅くなり、両脇には鉄柵ではなく杭とロープが延びている。いま市子が照らした水車はフォークトンネルの手前で回っていて、十メートルほど先で川は四つ叉に分かれ、それぞれトンネルに入っていく。トンネルの入り口は幅二メートルほど、水面からの高さは五十センチほどだ。

ヨネトモが古新聞を持ってきていたので、それを砂利の上に広げ、各々荷物を下ろした。

「では皆さん、まずはこのトンネルの中を捜索します。一番奥からいきましょう。大きな石を集めてきて、入り口をふさぎます」

「あたしタマを出口で構える役をやりたいわ」

市子が言った。

「タモです。そうしていただいて構いません」

「俺、老人だし、石運びはよしとくわ。竿で狙う」

ヨネトモが言う。

「トンネルの中をですか？」

「いや、その先。四つ叉の川がまた一つになったとこから、格子までのあいだ。だって鯉がトンネルの中にいるとはかぎらねえだろうよ」

たしかにカープ・キャッチャーで「神様」と呼ばれていたヨネトモには、竿を使ってもらったほうがいいだろう。

「では残りのみんなで石を探して運んできましょう」

智と明と市子はさっそく川を離れて暗がりの奥へと向かった。ヨネトモは竿を片手に下流へ向かい、大洞も動こうとしたそのとき、胸ポケットで携帯電話が振動した。

ほかの面々が十分に自分から離れるのを待ち、通話ボタンを押した。

『大洞さん、あの子のことで何かわかったかしら』

「はいあの――」

口許を手で覆いながら囁き声を返す。

「現在のところ捜索は順調に進捗(しんちょく)しております」

『何かわかったのね?』

「いえ――はい」

『どっちなの?』

「わかりました」

苦し紛れに答えた。

『教えてちょうだい』

「しかし教えるほどのあれでは」

『いいから教えるのよ』

「ねえ、早くふさいでちょうだいよ」

トンネルの向こうで市子の声がしたので、大洞は携帯電話の送話口を素早く手でふさいだ。

「いますぐふさぎます」

『大洞さん、あなたどこにいらっしゃるの？』

「いやあのはい、現在はええ、図々川を捜索しているところで」

『どうして図々川を？』

明と智がそれぞれカボチャほどの大きさの石を両手で抱えてきた。大洞はそちらに掌を立てて謝ってから答えた。

「じつはその、目撃情報のようなあれがありまして」

えっと霧山美紗は絶句する。

『――情報ってどんな情報なの？』

「それがですね、何者かがその、例の鯉を盗んで川に放ったというような」

『どこから？』

「おし来た！」

離れた場所からヨネトモの声が響き、大洞はふたたび送話口をふさいだ。

「釣れましたか！」

「釣れた」

鮒だけどとヨネトモがつづけたので、舌打ちをして電話に戻った。

「すみません」

『盗んだってどこから盗んだの？　あたくしの庭の池から？』

「ええ、あの、たぶん」

答えてからすぐに、まずいと思った。これでは警察に連絡されてしまうかもしれない。そうなってしまったら、池から鯉を盗んだ犯人は大洞なのだから、捕まる可能性があるのも大洞だ。

『許せない……』

そう呟いて霧山美紗は沈黙した。

明と智がまた石を抱えてやってきて、トンネルの入り口に向かってほうり投げた。大洞は霧山美紗に言葉を返そうとしたが、何も思いつかず、携帯電話をただ耳に押しつけているうちにまた呟き声が聞こえてきた。

『あたくしの大事なものを二度も……』

二度というのはどういう意味だろう。

『許せない……』

霧山美紗は息でかすれた声でふたたび言い、唐突に通話を切ってしまった。

通話時間が表示されたディスプレイを見つめ、何をどうすべきか大洞は考えたが、結論はすぐに出た。まずは鯉を探すしかない。

携帯電話をポケットに押し込みながら川を離れ、明や智と合流して石を運びはじめた。どんどん運んだ。すぐに汗だくになった。

「おっし二匹目！」

「どうですか！」

「また鮒。昔は鯉ばっかしだったんだけど、住んでる魚も変わっちまったのかなあ」

大洞はトンネルの入り口に石をほうった。低い水音と重なって、石同士がぶつかる鈍い音が聞こえた。

「ねえ大洞さん、あたし退屈なんだけど」

トンネルの反対側でタモを構えた市子が、本当に退屈そうに言う。

「待っててくださいよ、いまふさいでますから」

「そんなあなた、怒ったみたいな声出さないでもいいじゃない」

石運び部隊が三人で地味な作業をさらにこなしていると、またもヨネトモが声を上げた。

「ほいさ三匹目！」

「どうです？」

「ああバラした。でもいまのは鯉だったな」

「え！」

「でも黒鯉」

大洞はふたたび舌打ちをして石をトンネルの入り口にほうり投げた。明と智もまた新たな石を追加した。

「ねえ、お父さん」

「うん？」

「いま智ちゃんと話してたんだけど、これやっぱり、石じゃ水を堰き止めるの無理じゃないかな」

「うん？」

「無理だと思う絶対。あたしも最初に説明されたときに気づかなくて、なんか申し訳ないんだけど」

大洞は流れの脇に立ち、トンネルの入り口を覗き込んでみた。しかし暗いのでよくわからない。

「柏手さん、少し、そっちから照らしてもらってもいいですか」

「なによ。照らしちゃいけなかったんじゃないの？」

「少しだけ。ほんの短いあいだ」

「いいわ。どこを？」

「トンネルの中を」

市子のヘッドライトが灯され、かまくらの明かりのようにトンネルの入り口がぽっと光った。しかし水の中までは見えない。大洞はへえ、そのあたりまである水にざぶんと入り込み、トンネルの入り口へと向かった。ライトに目を細めながら、背をこごめて水に顔を近づけてみる。積み上げた石が水面に顔を出すには、まだまだ数が足りないようだ。作業服の袖を捲り上げ、水に突っ込むと、重なり合った石の隙間に指が吸い込まれる感触があった。ということは要するに、水が通り抜けているということだ。

「ね。無理っぽいでしょ」

明が川のへりからこちらを見ている。

「この石の隙間をこう、落ち葉か何かで――」

「そんなのみんな浮いて流れてっちゃうじゃない」

「砂はどうだ」

「無理だと思うよ」

大洞が腕を組んで唸ったとき、背後で砂利の鳴る音がした。

「あ、お兄ちゃん」

暗がりから現れたのはチャマだった。

「何そのリュック」

目を凝らして見ると、なるほどチャマは大きなリュックサックを背負っている。

「ワカメ。箱買いしといたやつ」

「何でワカメ持ってくるのよ」

「いやほら、さっきの大洞さんの説明聞いて、石だけで水を堰き止めるとか、ちょっと無理なんじゃないかと思って」

あ、と明が声を上げた。

「もしかして、ワカメを水で戻して石のあいだをふさぐんですか？」

「そうです、そう」

「そんなあんた、ワカメなんてみんな水に入れたそばから流されていくだろうが」

大洞は反論した。

「いえ、大丈夫だと思います。これをたくさん持ってきたので」

と言ってチャマがリュックサックの中から取り出したのは、暗いのでよく見えないが、薄い青色の、四角いネットのようなものだった。

「うちのレストランで使ってる三角コーナーのネットです。業務用ででかいから、ちょうどいいんじゃないかと思って」

「何がちょうどいいんだよ」

「これにワカメを入れて、口を縛って、水に入れるんです。そうすればワカメが流れ出さないじゃないですか。それで石のあいだをふさいで、使い終わったワカメは、まあ僕が持って帰って食べてもいいし、少しずつ川に流しちゃってもいいんじゃないかと思います。川は海につながっていますし、ワカメは海のものですし——あ、なんか言ってますよ」

チャマはトンネルの出口に顔を向けた。

「みんなそっちで何してんのよ」

市子の声は苛立っていた。大洞は両手をメガホンにして声を飛ばした。

「あとでご説明します。鯉がいつトンネルから泳ぎ出るかわからないので、柏手さんはもうタモを水に入れて、しっかり構えていてください」

市子は不平そうに何か聞き取れないことを呟いて黙った。

「三角コーナーのネットかあ、なるほどねえ」

明がチャマの隣に屈み込み、ネットを手に取る。

「ほんと、これちょうどいいかも。ねえお父さん、聡史さんが言ったとおり、これにワカメ入れて石のあいだに詰めていこうよ。水でワカメがふくらんで、上手く石の隙間をふさいでくれると思うよ」

「まあ、そうかもしれないけど」

「けど何よ」

「いや」

面白くない。

「でも聡史さんすごいですね。あたし、お父さんが最初に説明したとき、何の疑問も抱かなくて、ここに来て実際やってみて初めて無理だって気づいたんですよ」

「はは、やっぱり無理でしたか」

「もう全然。石のあいだを水がどんどん抜けてっちゃうの」

「それは工夫すればなんとかなった」

つい憮然(ぶぜん)とした声になった。明はいったんこちらを見て、それからちらっと隣のチャマのほうを気にした。

「だから、その工夫がこれなんじゃない。何、お父さんトンネルふさぎたいんじゃないの？　ふさぎたくないの？」

「あんた、醬油かなんか持ってこなかったのか」

いつのまにかヨネトモが釣り竿片手にそばへ来ていた。

「いやさ、せっかくこんだけワカメがあんだから、あとで醬油でもかけりゃ食えるかと思って」

ありますよ、とチャマは照れくさそうに答えた。リュックサックのポケットから、コンビニエンスストアで売っているような、掌サイズのキッコーマンの醬油を取り出す。

「まさに僕も同じことを考えたんです。気分転換にワカメを食べるのもいいんじゃないかって。ずっと作業をつづけると集中力も途切れますし。わさびも一応、持ってきました」

「なんだお前さん、おいチャマよ、けっこうわかってんじゃねえか」

「めんつゆと迷ったんですけど」

「ああ、めんつゆか。めんつゆもいいよなあ」

「じゃあ、僕がワカメを開けていきますんで、明さん、ネットに詰めていってもらっていいですか？」

「はーい」

チャマがワカメの箱を開け、中にぎっしり詰まったビニールパッケージの一つを取り出す。明は隣にしゃがみ込み、三角コーナー用のネットを広げた。

「それだけあると、かなり手間がかかるだろ。俺がやるから、あんた石をもう少し集めてきてくれ」

言いながら大洞は背をこごめ、チャマの持っているワカメのパッケージに手を伸ばしたが、相手はすっとそれを遠ざけた。

「いいですよ、僕がやります」

「いいよ」

「でもこれ僕が持ってきたワカメですし」

「誰がとかそういうことじゃなくて、もう俺もかなり石を運んだから、腕に力が入らないし、交替したほうが効率がいいだろ」

「じゃあ……はい」

チャマはワカメのパッケージを大洞には手渡さず、箱の中にぞんざいに戻して立ち上がった。

「そっか、石運びのほうが先決だよね。あたしまだ疲れてないから、そっちつづける。誰かこれ、ネット詰めお願いしていいですか？」

明が立ち上がり、かわりにヨネトモがそこへしゃがみ込んでネットを手にした。

「考えてみりゃ、俺こういうの使ったことねえんだよなあ。なるほど、これを三角コーナーにかぶせるわけか。そのままゴミ袋に入れられて、確かに便利だわな。まあ三角コーナーがねえけど。大洞さん、あんたこういうの使ってた？　家がまだあったとき」

「ええまあ」

大洞はワカメの業務用パッケージを開封した。ヨネトモが両手でネットを広げて待っているところへ、中身をざらざらと入れていく。明とチャマは茂みのほうへ石を探しに遠ざかっていき、川音と水車の回る音にまじって二人の声が聞こえてきた。

「でもなんか不思議ですね」

「え、何が？」

「だってほら、このまえ初めてバイト先で会って、いまこうやって――」

「これ、二つつつくらい入りそうだな」

ヨネトモの声が邪魔をした。

「一つのネットに二パック。どうだろ？」

「ええ、入るんじゃないでしょうか」

「何だあんた、疲れたのか？」

「いえ大丈夫です。――智さん」

「はい」

後ろから二人の作業を眺めていた智に、大洞は言った。

「申し訳ないけど、時間があれだから、動いてもらっていいかな。うちの娘とあんたの兄貴を手伝ってやってくれ。石運びを」

智は素直に頷いて茂みのほうへ消えていったが、明とチャマが消えたのとは別の場所だったので、大洞はその見えない背中を睨みつけた。

それから大洞はひたすらワカメのパッケージを開け、中身をヨネトモが構えたネットに流し込み、ヨネトモは二パックごとにネットの口を縛って袋状にし、隣に置いていった。パッケージはどんどん減り、ワカメ袋はどんどん増え、そうしているあいだに明とチャマと智は石を運んでトンネルの入り口に積み重ねた。

「そろそろ詰めてみるか、石のあいだに」

「ええ」

大洞とヨネトモは立ち上がった。

「じゃ、俺またあっちで糸垂れてるわ。トンネルを追い出された鯉が、タモの横をすりぬけていくかもしれねえし」

「お願いします」

ワカメ入りネットを持てるだけ持って水の中に入って行くと、トンネルの入り口にはもう十分な数の石が積まれていた。一番上の石は川の水面より上に顔を出している。

大洞はワカメ入りネットを一つ右手で掴み、背をこごめて水中に突っ込んだ。肩まで水に濡らしながら、積まれた石の中で、吸い込むような流れを感じられる場所を探す。そこにネットを詰めてみると、袋は流れに吸われて勝手に隙間へフィットした。もう一つ、同じようにして別の隙間にワカメ袋を詰める。もう一つ。さらにもう一つ。明とチャマと智も、両手にネットを抱えてやってきた。大洞はそれぞれの袋を一つずつ順番に、先ほどまでと同じ要領で石の隙間に詰めていった。

はじめは何事も起きなかった。

しかしすぐに変化が生じた。

　水面に顔を出した石の手前で、水がぐんぐんしぶきを上げはじめたのだ。石の隙間でワカメがふくらみ、水がそこを通れなくなったのだろう。トンネルの入り口で、水はだんだんと噴水のように吹き上がり、やがて大洞たちの顔や身体に飛んできて、きゃっと明が声を上げ、隣にいたチャマのほうへ身体を寄せた。大洞はチャマの腰のあたりをぐっと押しやった。

「離れろ。水のあれが危ない！」

　全員その場を離れた。水しぶきはさらに激しくなり、数秒後にはトンネルの入り口で白濁した水煙が吹き上がっていた。

「わ、わ、わ、わ！」

　トンネルの出口で市子の声がする。

「わわわわわわわ何これ何これ魚、魚がすごい魚が――！」

　大洞たちは市子のほうへ急いだ。ヨネトモも竿を持ったままこちらへ近づいてきた。そのあいだ市子は、食いしばった歯のあいだから悲鳴のようなものを上げつづけていたが、やがてその声がぴたりとやんだ。近づいていくと、水音にまじって市子の浅い息遣いが聞こえてきた。彼女は右腕でタモの柄を支え、左手を恐る恐るといった様子で持ち上げて、ヘッドライトのスイッチを入れた。

　直後、ぎゃあああという金切り声が周囲に響き渡った。

「魚じゃないぃぃぃぃ！」

ヘッドライトの光が彼女の顔面を闇の中に浮き上がらせ、市子はまるでアメリカの漫画の中で驚愕している人のようだった。

「虫みたいなのが！　赤い大きな虫みたいなのが！」

最初にタモを覗き込んだヨネトモが、ああ、顎鬚を掻きながら呟いた。

「ザリガニだよ」

「なんだ、ザリガニ。虫かと思ったわ。大洞さんこれ捨てちゃっていいのかしら？」

「……どうぞ」

溜息まじりに頷いた。

智が一匹ほしいと言って手を伸ばし、まだ灰色がかった小さなやつをつまみ上げた。赤ん坊ザリガニはバンザイの格好にハサミを振り上げ、びちん、びちん、と尾で空気を叩いた。智は片手でちゃっと川の水をかけてやってから、荷物を置いてある場所へじゃぶじゃぶ戻っていった。

「じゃ、残りの皆さんはさようなら」

市子がタモのザリガニたちを川に流す。

「で、どうするの？」

「ちょっとトンネルの中を照らしてみてくれますか」

市子はヘッドライトを外し、トンネルの中を照らした。大洞は胸まで濡らして覗き込んだ。

トンネルの中は、最初と同じ水位まで水があるが、流れてはいない。どういうことだろうと考えたが、すぐに理解できた。石とワカメでトンネルへの水の流れが堰き止められ、中の水がザリガニたちとともに一気に流れ出し、そのあとまた、下流から水が入ったのだ。

「中身がいったんぜんぶ出たから、もう鯉が隠れてるってことはないんじゃないかしら」

市子の言葉に大洞は頷いた。

「このトンネルにはいなかったということですね。ではつぎに移りましょう。隣のトンネルに移動します。石はここにあるやつを移すので、川の外から持ってきたときよりも、手っ取り早く積めるはずです」

「ねえ大洞さん、あたしこの役もうやだわ。ザリガニがすごいんだもの」

「では、どなたか——」

あたしやる、と荷物を置いたあたりから智の声がした。

「じゃ、お願いね。これタマ、はい」

「大洞さんよ、あれはどうすんだ、あのワカメ。戻したやつ」

ヨネトモが訊く。

「あのまま、つぎに積む石のあいだに詰め込んでも、さっきみてえに上手いこと隙間はふさいでくれねえんじゃねえかな。ワカメもネットもたくさんあるんだから、新しいのつくったほうがいいだろ」

「そうかもしれませんね」

「じゃ、これ水道でじゃっと洗って、ちょっと食わない？」

「どうぞ。べつに止めません」

ヨネトモは腕を水に突っ込んだ。

「うわこれ、がっちり喰い込んでやがる。——しょ、しょ、しょ、と」

ばしゃんと音がして、ぱんぱんにふくらんだネットが一つ引き出された。

「チャマ、醤油使わせてもらうぞ」

「はい。あ、僕も食べてみよっかな」

「あたしも」

「あたしも」

明と智が言い、その場には大洞と市子だけが残った。市子はちょっと迷うような仕草を見せたあと、美味しいのかしらあんなの、と馬鹿馬鹿しそうに呟いたが、やがてすっと大洞のそばを離れてみんなのあとにつづいた。暗くて見えないが、水道のほうへ全員の足音が移動し、しばらくしてまた戻ってくるのが聞こえた。ワカメを洗ってきたのだろう。

大洞は五人がいるらしい暗がりをしばらく眺めていた。ほどなくして、ヨネトモの「んまいなあ」という、本当に美味そうな声が聞こえてきた。川の水で戻したワカメに醤油だのわさびだのをつけたものが、美味いはずがない。

ワカメは美味かった。

破いたネットを中央に、古新聞の上に座り込み、みんなで醤油を回し、それぞれ片手でワカメをつまんでは、もういっぽうの手でそこへ醤油を垂らして口へ運んだ。

「これ、ワンネット食っちまうな」

「ね、食べちゃう。これだけ人数いるんだもの」

ヨネトモと市子が二人で笑う。

「聡史さんっていつもワカメたくさん食べてるの？」

明が訊く。

「カップ麺に入れるんだ。好きでさ、ワカメ」

そのとき、背後で音がした。

ぐつぐつと、まるで煮物でもしているような音で、それがいったい何なのか、はじめはわからなかった。だんだんと近づいてきて、すぐそばまで迫ってきたときになって、ようやく大洞は気づいて立ち上がった。

「何をしているのかしら？」

霧山美紗の声だった。煮物のような音は、彼女の電動車椅子の車輪が砂利を踏む音だったのだ。市子がヘッドライトを点けてそちらを照らすと、霧山美紗は光を手で遮って顔をしかめた。闇に真っ白く浮き出した、痩せて骨張ったその顔は、まるで死に神のようだ。

「あの、この人たちは鯉の捜索を手伝ってもらっている方々です。いまちょっとその、休憩中でして。休みなく作業をつづけると危険なもので」

「どうしてワカメを食べているの？」

「これは、まかないです」

「あなた、そこの。ライトを向けないでいただけるかしら」

市子はヘッドライトを下に向けた。

「あの子が見つかるかどうか不安で、家でじっとしてなんていられなかったから、来てしまったわ。進捗はどうなの？」

「残念ながらいまのところ手がかりはありません」

そう、と霧山美紗はうつむいた。

「しかし必ず連れ戻します」

「そうね……そうしていただかないと困るわ。しつこいようだけれど、あの子を連れ戻してくれたときには、あなたに約束の」

「ザリガニが！」

霧山美紗が報酬額を口にしそうになったので、大洞は慌てて遮った。

「――ザリガニ？」

「ええ、ザリガニです。かなりの数見つかりました。川の中で。鯉とザリガニには深い関係性があります。つまりその、生物学的には」

「そうなのね？」

「ですから、どうぞご自宅へお戻りください。必ず見つけて、ご連絡しますので」

しかし霧山美紗は首を横に振った。

「ここにいるわ。池から連れ去られたあの子が助け出されたとき、あたくし真っ先に会いたいの。あなたたちといっしょに、真っ先に会いたいの。悪い人間に連れ去られて、こんな川にほうり込まれて……あの子……」

言葉の後半が大洞の不安を煽った。屋敷の池から鯉を盗んだ者がいるなどと、自分が言ってしまったことで、霧山美紗はやはり警察に連絡してしまうのではないか。それだけはなんとしても阻止しなければならないが、そのあたりのことを下手に喋ると墓穴を掘ってしまう可能性がある。どうするのが一番いいだろう。焦ってしまい考えがまとまらない。しかしそのとき、彼女のほうがこんなことを言った。

「本来であれば警察に連絡をしているところよね」

それきり唇を結び、何も言わない。

「……あれですか。いまのところ、しない感じですか」

大洞は川のほうへ適当に視線を流しながら訊いてみた。

「え？」

「いえその警察に連絡を」

「しませんよ」

大洞を安心させたのは、耳にした言葉そのものではなく、それに伴う抑揚だった。当然のことを質問されて不本意だというような言い方だったのだ。

「あたくし、怨みは個人的に晴らす主義なの」

霧山美紗はつづけた。

「警察に頼んだら、そりゃあ犯人は捕まるかもしれないけれど、被害者であるあたくしはもう何もできなくなってしまう。それじゃあ、もっと被害者よ。犯人が捕まることで、被害者がさらに被害者になってしまうなんて、あなたおかしいと思わない？」

「個人的に晴らすというのは、その……具体的には」

「それはあなたに関係のないことよ」

まあいいわと霧山美紗は鼻で笑い、高価な持ち物でも自慢するようにつづけた。

「お金で動く人たちを知っているの。つい三ヶ月（みつき）くらい前にも、あたくし大事なものを盗まれたのよ。宅に泥棒が入ってね、お金とアクセサリーをたくさん持っていかれたわ。お金なんていいのよ。お金はべつにいいの。あたくしもう、これから何十年も長生きするわけじゃないわ。そのうち寿命が来るでしょう」

いま来ればいいのに。いや違う。いま来てしまったら、あの鯉を捕まえたときに報酬をもらえなくなってしまう。

「盗まれたアクセサリーの中に、首飾りがあったのよ。あたくしの妹が誕生日にプレゼントしてくれた首飾り。とても大切なものだったんだけど、泥棒はそれを盗んでいったの」

先ほど電話で彼女が口にした言葉を大洞は思い出した。

――許せない……。

――あたくしの大事なものを二度も……。

あれはそういう意味だったのか。

「あ」

大洞は急に名案を思いついた。

「ひょっとすると今回の鯉も、その泥棒がお金やアクセサリーといっしょに盗んでいったのでは？」

「三ヶ月前だって言ったはずよ。そのときには、あの子は池にいたわ」

「では、同じその泥棒がまた侵入して、今度は鯉を――」

「それはあり得ない。だってちゃんと殺したもの」

確かにそう聞こえた。

「……は？」

「ちゃんと殺したって言ったの。その泥棒を」

何かのたとえだろうか。

「あ、いいえごめんなさい、まだわからないんだったわ」

単に曜日か何かを言い間違えたかのように、霧山美紗は決まり悪そうに笑ってつづけた。

「捕まえさせてはあるんだけど、何月何日に殺すかは任せてあるの。だからまだ生きてるかもしれないわ。でもたぶん、そろそろね」

頭の中で日数を数えるように、上のほうを見てふんふん頷く。

「とにかく、池からあの子が消えたときには、その泥棒はもう捕まってたのよ。あたくしが雇った人たちに。だから同じ犯人ってことはあり得ないわ」

これで説明は十分でしょとでもいうように霧山美紗は言葉を切ったが、とてもじゃないが十分ではなかった。

「あの、泥棒を捕まえさせたというのはその――」

「大洞さん、今夜はやけにお話しになるのね」

いいわ、と彼女は軽く肩をすくめる。

「泥棒には夜中に入られたんだけれど、立ち去る間際に宅の使用人の一人が気づいたのね。それで追いかけたの。泥棒はけっきょく塀を乗り越えて逃げたんだけども、そのとき、自分が何者なのかという重大なヒントを残していったのよ」

重大なヒント——。

「そのヒントをもとにね、あたくし調査会社に調査を依頼したの。もちろんそのへんの調査会社じゃないわよ、あたくしが長いこと懇意にしているところ。それでまあ、もちろん犯人が誰かまではわからなかったんだけれども、その犯人と同じ国の人たちと接触することができたの。あ、ごめんなさい。犯人っていうのが、日本人じゃなかったのね。どこの国だったかはもう忘れちゃったけど、とにかく、それがわかっていたから、調査会社が見つけた同国人から、その知り合い、その知り合いって調査していって、とうとう犯人を知っているっていう人にたどりつけたわけ」

その人物を金で買収したのだと、霧山美紗は説明した。

「彼は自分の仲間といっしょに、すぐに犯人のもとに向かって捕まえてくれたわ。それがついこのあいだのこと。盗まれたお金は、みんななくなっていたけれど、アクセサリーは戻ってきた。妹からもらった首飾りも、ちゃんとあったわ」

そのときの嬉しさをふたたび味わいなおすように、霧山美紗は目を細めて夜空を見た。

「あの、たとえばですが」

唇の手前でたじろいでいた言葉を、大洞は思い切って押し出した。

「たとえば今回その、鯉を盗んだ相手をもし見つけたら——」

そんな馬鹿馬鹿しいことを訊くなとでもいうように、霧山美紗は片手で大洞の身体を軽く叩くふりをしながら、殺すわよぉと答えた。

「だってあたくし、もう先が長くないんですもの。やりたい放題やって死ぬわ。それであたくしがね、もしも刑務所行きになったりしても、ぜんぜん構わないの。大事なものが人に奪われることに比べたら何でもないわ」

でも、とつづけたとき、まるで皮が剝がれ落ちでもしたように、彼女の顔は一瞬で完全な無表情へと変わった。

「まずはあの子を無事に連れ戻してからよ。それがいっとう最初。あの子がもう一度、池で自由に泳いでいるところを見てから、あたくしは犯人を捜す」

と、いうことは。

このまま捜索をつづけ、あの色鯉を捕獲してしまったら、霧山美紗は鯉を盗んだ犯人を捜しはじめてしまうことになりはしまいか。金を使い、人殺しを雇って。

「犯人は……」

声が咽喉に引っかかり、咳払いをして言い直した。

「犯人は、そんなにすぐに見つかるものなのでしょうか」

「その気になれば簡単よ。今回も、きっと手がかりはあるもの。三ヶ月前のナントカ人もそうだけど、泥棒なんて馬鹿みたいに手がかりを残していくものよ」

そう、いくらでも残している。

いや、残しているというよりも、合理的に考えるだけで犯人が大洞である可能性が飛び抜けて高いことが簡単にわかってしまう状態なのだ。しかも大洞の犯行は、少なくともここにいる五人全員が知っている。何故ならすべて打ち明けた上で手伝ってもらっているからだ。明を抜かすとしても、ほかの四人——市子、ヨネトモ、チャマ、智には大洞をかばう理由などない。霧山美紗の手の者に脅されたり、金をちらつかされれば、簡単に喋ってしまうに違いない。

どうすればいい、いい、いい。

このまま色鯉を発見せず、可能なかぎり捜索を引き伸ばすか。いや、それにも限度がある。いずれ霧山美紗はしびれを切らして犯人捜しを開始することだろう。

では、まずあの色鯉を見つけ、約束の五百万円を手に入れた上で、その金を使ってどこかへ逃げる——いや駄目だ。そんなことをしたら必ず明に危害が及ぶ。実の娘であり、しかもこうして今回の出来事に関わってしまい、さらには霧山美紗に顔を知られている明に、何事も起きないはずがない。

するともう、自分が犯人であることが判明しないという一点にしか、望みは託せない。しかし、その可能性はどの程度のものだろう。彼女が本気で犯人捜しをはじめたとき、大洞の顔や名前が浮上してこない可能性は。

「ちなみにあの、前回の場合、泥棒はどんな手がかりを……？」

言葉だと霧山美紗は答えた。

「さっき言ったけれど、犯人が立ち去るときに、うちの使用人の一人が追いかけたのね。それで、犯人は塀を乗り越えて逃げようとしたんだけれど、宅の塀はほら、忍び返しがついているでしょ？　あの、人の身体に刺さる槍みたいなのが並んだ。犯人は塀から飛び降りるときにそこへジャンパーを引っかけて、宙ぶらりんになったの。塀の外側に。最後にはジャンパーを脱いで逃げていったけれど」

「では、そのジャンパーから犯人を？」

「言葉だって言ったでしょ。大洞さん、あなた今日はどうかしているわ」

哀れむような目で、霧山美紗は大洞を見た。

「犯人は、宙ぶらりんのときに声を上げたのよ。そのとき聞いた言葉を使用人が憶えていて、あとでどこの国の言葉なのかを調べさせたのね。そしたらすぐにわかった。国の名前は忘れちゃったけど、もしご興味があれば、あなたもご自分でお調べになれば、おわかりになるんじゃないかしら。〝マーゲリン〟っていう言葉」

明にはそれがヒツギム語であることがすぐにわかった。

いまやすべての謎が解けていた。ヒキダスを拉致したあの黒人集団——昨日カープ・キャッチャーに押しかけ、明の友人だと言って広島から住所を訊き出したあの連中は、この老婆の命令で動いていたのだ。そして、ヒキダスこそが、この霧山美紗の家で盗みをはたらいた人物だった。ヒキダスがフンダルケッツで働きはじめたのはつい二ヶ月ほど前だが、それ以前はどうやら悪人だったらしい。人は見かけによらないものだ。

ヒキダスの拉致を目撃したあのとき、すぐに警察に通報すべきだった。しかし自分はそれをせず、びくびくしながら翌朝のバイトに行き、父に会ってしまった。あれが大間違いだった。おかげで父の謎の行動に翻弄(ほんろう)されつづけ、もはや警察に連絡することもできなくなり、いまここでこうしている。父だって、もし自分がカープ・キャッチャーにいなければ、あの馬鹿げた作戦は決行せず、霧山美紗の鯉をプールに放ったりはしなかったはずだ。自分の行動が、父を取り返しのつかない事態に追い込んでしまった――。

いや、いまからでも遅くはない。とにかく警察に連絡をして、すべてを打ち明けるしかない。父の窃盗が露呈してしまうけれど、そんなものは命に比べたら何でもない。父や自分の命ばかりではない。ヒキダスも、いまならまだ生きているかもしれない。すぐ警察に事情を話して捜査を依頼すれば間に合うのではないか。

スマートフォンが入っているハンドバッグに、明は目を向けた。この場で電話をすることはできない。霧山美紗に聞こえない場所まで移動しなければ。しかし、可能だろうか。――などと考えたまさにそのとき、少しひらいていたファスナーの隙間から白い光が見えた。ぶけられた。明は意を決してバッグに手を伸ばし、スマートフォンを取り出した。

広島からの着信だった。

この電話に出ることを言い訳に、霧山美紗のそばを離れることができるかもしれない。

「あれ、店長だ。ちょっとすいません。何だろう」

立ち上がりながら、霧山美紗の顔をちらりと見た。彼女の痩せた顔は、闇の中に青白く浮き出し、横一文字に結ばれた唇は鋭い切り込みのようだった。感情の読めない、奥行きのない目が明の動きをじっと追っている。

「はい、もしもし」

『あ、明ちゃん？』

明はその場を離れた。砂利を踏み、水車が回っているほうへと向かう。一定のリズムで鳴る水の音が、自分の声を誤魔化してくれるに違いない。

「どうしたんですか店長」

何だろう——ぷつぷつと微かな音が聞こえる。

『うんちょっとね』

だんだん近づいてくる。

「はい」

背後からだ。

『あれから大丈夫だったかなあと思って。ほら俺、明ちゃんの住所とか話しちゃったじゃない？　あの人たちに』

「余計なこと話すんじゃないわよ」

すぐ背後で声がした。振り返ると、車椅子に座った霧山美紗の姿があった。足先が明の身体に触れそうなほど近くまで迫り、こちらを見上げている。

「わかっていると思うけれど、さっきあたくしが話したことは他人に喋ってはいけないわよ。あの子を捜すのに邪魔が入るようなことだけはしないで」

書かれたものを読むような淡々とした口調だった。

『明ちゃん？』

「……はい」

『いま家にいるの？』

霧山美紗は用心深くこちらを観察しながら、その場を動かない。

「いえ違います」

『誰かといっしょ？』

「……はい」

『なんか水の音が聞こえるね』

「……水車です」

明の声から、何かを感じ取ってはくれないだろうか。電話の相手が何らかの危険にさらされ、しかしそれを口に出せずにいることを、悟ってくれないだろうか。

「水車が……回っているんです」

ものに怯えているニュアンスを潜ませて、明は言った。

すると広島はふと黙り込んだ。

『水車ってことは、あれかな、親水公園かな』

「はい、そうです」

答えながら、水車のほうへと数歩進む。ぷつぷつぷつと車椅子がついてくる。

広島が言葉を返すまで、いくらか間があった。

『明ちゃん……まだしばらくそこにいる？』

気づいてくれたのかもしれない。

「はい、います」

『そっか。じゃ、また』

「え」

『またね』

切られた。

通話時間が表示されているディスプレイを、明はただ眺めた。じゃ、じゃ、じゃ、じゃ、と水車が鳴っている。ぷつぷつぷつと車輪の音がする。振り返ると、霧山美紗は車椅子を反転させていた。

「戻るわよ」

その声には、有無を言わせない、静かな迫力があった。紐で引っ張られるように、明は霧山美紗の車椅子の後ろをついていった。

「おお、戻ってきた」

ヨネトモが勢いよく立ち上がる。

「そんじゃ再開するか。おい大洞さん、やるぞ」

明はヨネトモの顔を呆然と見つめた。さっきの霧山美紗の話で、状況を把握していないのだろうか。馬鹿なのだろうか。鯉が本当に見つかってしまったらどうするのだ。霧山美紗が犯人捜しをはじめたらどうするのだ。

「お若い方々よりもやる気があるのね。頼もしいわ」

霧山美紗が満足そうに頰笑み、ほかの面々を促す。

「あなたがたもほら、準備するのよ」

市子と聡史と智が、明らかに戸惑っている様子で腰を上げた。父は亡霊のように首を前倒させてうなだれ、両手を左右に垂らしてその場に立ち尽くしている。

「よっし、釣るか」

ヨネトモが揚々とトンネルの先へと向かう。

ようやく、明は理解した。

裏切られたのだ。ヨネトモは、鯉を見つけたときに入る報酬が目当てに違いない。その結果、父の命が危険にさらされることなど、この老人は気にもしていないのだ。


市子の針には練り餌がついていなかった。

もしうっかり霧山美紗の色鯉を釣り上げてしまったら、大洞の身がまずいことになってしまう。鯉の誘拐犯を捕まえたら殺すと言っていたのは、おそらく本気なのだろう。一メートルほどの高さの鉄柵の向こうに竿を伸ばし、当たりを待つポーズをとりながら、市子は思い起こす。

——マーゲリンっていう言葉。

霧山美紗が口にしたのは、市子が知っている単語だった。

いつだったか、市子が帰宅したとき、家政婦の富永がリビングのステレオで音楽をかけていたことがあった。予定より早い帰宅だったので、ソファーで足を組み、背もたれに片腕をのせ、紅茶を飲みながらくつろいでいた富永は飛び上がるようにして立ち上がり、すすみませんと言いながら慌ててステレオを止めに行こうとした。市子は身振りでそれを止めた。現代音楽をほとんど聴かない市子だが、そのとき流れていたラップミュージックが、とても耳に心地よかったのだ。

――ザッツ・ノー・ノー・ビッグ・ディール・オ・イエ・コナイノ・コナイノ・コナイノ――。

あれから何度か富永のCDを勝手に聴いたので、よく憶えている。英語のようだが、ところどころ明らかに違う言語が入ってくるラップだった。

――ユァ・スマ・スマ・スマイル・クッサイ・クッサイ・クッサイ――。

そして耳に残る、このリフレイン。

――オー・ゴッド・ママママーゲリン・ゴッド・プリーズ・マーゲリン――。

初めてあの曲を聴いたとき、市子は富永に、歌手のことを尋ねた。すると富永は興奮で下唇を震わせながら、ムキダスという歌手名や、黒豹に喩(たと)えられる彼の精悍でスマートな容姿や、〝ゴッド・マーゲリン〟という、そのとき流れていた曲と自分との出会いについて滔々(とうとう)と語った。

――アフリカのヒツギムという地方出身のシンガーなんです。彼の影響で、いま世界中でヒツギム語を勉強する人が増えてるんですよ。日本ではどうか知りませんけど。

へえ、と思った。耕太郎はそのことを知っているのだろうか。もし知らないようなら、教えてやったら感謝されるかもしれない。市子は適当な相槌を打ちつつその場を離れ、滅多に使うことのないパソコンを起動させて、ヒツギム語の語学レッスンというものが実際日本ではどの程度盛んに行われているものかを調べてみようとした。すると、「ヒツギム語」「レッスン」の検索結果で一番上に出てきたのがフンダルケッツだったばかりでなく、耕太郎の会社は日本で唯一ヒツギム語のレッスンを行っている業者であり、その社名が「仲間」を表すヒツギム語だということを知った。息子が興した会社のことを何も知らなかった自分に市子は呆れたが、息子の持つ先見の明に鼻が高くもなった。

しかしいまは、耕太郎のことが心配で仕方がない。

――マーゲリンっていう言葉。

先ほど霧山美紗が話したのは、耕太郎の会社と何か関係のあることなのではないか。いま現在、日本でヒツギム語のレッスンを行っているのはフンダルケッツしかない。そして、先日からの耕太郎の様子。異様に苛立ち、何かに対して身構えているような。

いますぐ耕太郎に連絡をして確かめたかった。しかし、霧山美紗に監視されている状態では難しい。市子はそっと霧山美紗のほうへ目をやった。彼女のシルエットは石像のように動かないが、きっとあの鋭い目は、油断なく自分たちへ向けられているのだろう。

「おっと黒鯉か……」

聞こえてきたヨネトモの声に驚いた。ヨネトモはびちびちと動く魚を持ち上げ、それを川の中に放っている。自分と同じくヨネトモも演技をしているだけだと思ったのだが、本当に釣ってしまっている。

　もし探している色鯉が釣れてしまったらどうするつもりなのか。

　ヨネトモの竿は休むことを知らなかった。

　そう、この感触だ。

　カープ・キャッチャーのプールでも釣りの気分は楽しめるが、あれはあくまで気分だった。幼少の頃から母と自分の食材調達のため図々川に釣り糸を投げていた自分にとっては、あんなものは釣りじゃなかったのだ。

　ぶるんと竿が震える。魚が餌を吸い込んだそのタイミングを見極めて素早く右の手首を返す。がつんという手応えとともに糸がぴんと真っ直ぐに張られ、あとは相手の動きに合わせ、魚の顔が水中でこちらを向いたその瞬間に——。

「おお来た、色鯉！」

　え！　と暗がりの方々で同時に声が上がり、霧山美紗の車椅子が回転してこちらを向いた。

「どうなの？」

「ああ、違いますな」

ヨネトモの針にかかっていたのは、霧山美紗が懸命に捜し、大洞たちが懸命に捜すふりをしている、あの色鯉ではなかった。

「模様がぜんぜん違う」

「確認させて」

ぷつぷつぷつと砂利を弾きながら、霧山美紗の車椅子が近づいてくる。ヨネトモは糸の先に鯉がぶら下がったままの竿を彼女のほうへ伸ばしてやった。霧山美紗はぴたりと車椅子を止め、鯉を一見するなり深々と溜息をつき、ゆるゆると首を横に振ると、その場で車椅子を反転させて先ほどまでの定位置に戻っていく。

霧山美紗以外のみんなは、釣りをつづける自分をどんなふうに見ているだろう。人でなしだと思われているだろうか。金に目がくらんだ老人だと軽蔑されているだろうか。

「知るかよ……そんなの」

一人呟き、ヨネトモは丸めておいた新たな練り餌を針につけ、川に沈めた。水位がさっきまでよりも少し増し、流れが荒くなっている。今夜は空が終始厚い雲に覆われているが、川の上流では雨が降り出しているのかもしれない。ヨネトモがそんなことを思ったとき、

「……おん？」

車のエンジン音がした。

振り返ると、一段高くなった土手の上を、ワンボックスカーが右から近づいてきて停まっ

た。

ドアがひらく音。運転席は向こう側なので、降りた人物の影は見えない。しかし、ほどなくして、ボンネットの向こうに男のものらしい頭のシルエットが見えた。丸い。

男はゆっくりと車の鼻先を回り込んでくる。それにつれて全身のシルエットが見えそうになったが、そのとき男が懐中電灯をともした。光を受けた空気が薄白く光り、人物の輪郭を曖昧にした。

右から左へ。懐中電灯の光はサーチライトのように移動する。大きく広がった光の輪の中に、最初に入り込んだのは、最も下流で糸を垂れていたヨネトモだった。懐中電灯がぴたりと制止し、光の中心にヨネトモを捉えた。ヨネトモは眩しさに手をかざし――だが、光はすぐに離れていき、またサーチライトのような動きをつづける。ヨネトモのつぎに光の輪の中に入り込んだのは、同じく川に身体を向け、上体をひねって振り返っている市子だった。さっと懐中電灯が動き、彼女の顔をまともに照らし、そしてやはりすぐに離れていく。三番目に捉えられたのは明で、光は彼女の顔を真っ直ぐに照らした。

そして、そのまま動かなかった。

「明ちゃん」

男が声を発した。

「……店長ですか？」

明は竿を砂利の上に置き、両手を顔の前にかざしたまま訊く。

「うん、僕」

広島とかいう、あの丸顔の店長か。

「来てくれたんですか？」

明の声は安堵にあふれていた。

「うん、あの」

「はい」

「あのね」

「はい」

「明ちゃん、ごめん」

「はい？」

どん、どん、どん、と重たい音が連続して響いた。木材で何かをつづけざまに殴りつけたように聞こえたが、それが車のドアを勢いよく閉めた音だったとすぐに気づいた。薄白く光る空気の向こうで、複数の人物のシルエットが微かに見える。肩を揺らすようにして蠢き（うごめき）ながら、広島のそばまでやってくる。

ぽつりと雨が腕に当たった。

雨粒は見る間に勢いを増し、サアッという音が周囲を撫で、先ほどから勢いを増していた図々川の水面が、泡立つように雨を跳ね返しはじめた。

「店長、誰といっしょなんですか……？」

並んだシルエットの一つ——最も上背のある人物が、広島のすぐ隣に立っていた。その人物は頭を赤べこのように揺らしていた。懐中電灯の光の中を見ながら、繰り返し頷いている。やがてその男は片腕を持ち上げ、まるで旧友に対してするように、広島の首根っこを自分のほうへ抱き寄せて嬉しそうな声を上げた。

「クッサイ！」


明はそのヒツギム語を聞いた瞬間に確信した。あの人たちだ。ヒキダスの部屋に押し入って彼を連れ去り、すでに殺害したか、あるいは殺害しようとしているヒツギム人グループ。犯行の目撃者である明を執拗に捜しつづけていた男たち。

「え、なんなの？」

釣り竿を持ったまま、市子が横歩きで近づいてきて囁いた。

「明さん、あれお友達？　何がくさいの？」

「くさいんじゃありません、あれはヒツギム語で〝いい〟の最上級の言葉なんです」

「え、ヒツギム語？　あ、ヒツギム語！　え何でヒツギム語？」

「あたし——」

ヒツギム人たちが動いた。闇にまぎれてよく見えないが、上背のある男を中心に、左右に数名ずつ広がりながら土手を下りてくる。広島が持っていた懐中電灯は、いま中心の男の手に握られていた。男はその光で真っ直ぐに明を捉えたまま、土手の草を一歩一歩下りてくる。聞こえているのはぐんぐん強くなる雨の音と、それを受け止める図々川の水音だけだ。誰一人として口を利かない。向こうも、こちらも。川に沿って設けられた鉄柵を背に、明と市子、少し離れてヨネトモと父。父の向こう、トンネルによって四本に分かれた浅い川のほうに智と聡史。そして河原の砂利の上に車椅子の霧山美紗。その七人全員を包囲していくように、男たちは前進しながら大きく広がっていく。しかし、正面から自分を照らす懐中電灯の光が眩しくて、相手が何人いるのかはわからない。

「市子さん、ヘッドライトをつけてください」

「ねえ、ヒツギム語って——」

「早く！」

市子はヘッドライトを点け、至近距離から明の顔を照らした。

「あたしじゃなくて、あっち、あの人たちを」

市子のヘッドライトの光が、左から右へ移動していく。その光の中に、黒い肌を持ち、目を爛々（らんらん）と光らせた男たちの姿がときおり浮かび上がっているはずだったが、たったいま市子に顔面を照らされたせいで目が変になり、見えなかった。

「市子さん、あの人たち何人いるんですか？」

「いま数えているところ。これが六人目で――」

そんなにいるのか。

「七……八。ぜんぶで八人ね。それと土手の上に、なんか頭を抱えてる小肥りの人。あれって釣り堀の店長さんよね。あたし憶えてるわ。ねえそれより明さんあなた、さっきのことだけど、どうしてヒツギム語がおわかりになるの？　あたしヒツギム語に関してはちょっと気になることがあって――」

「あたし捕まって殺されるかもしれないんです」

「え？」

砂利を鳴らして父が近づいてきた。

「明、もしやあいつらは」

頬がこけ、目が落ち窪み、そこへ斜め上から懐中電灯の光があたり、父の顔はものすごく怖かった。明が頷くと、その顔はぐっと縦に伸びたようになり、二倍増しで不気味になった。

「あなたたち何をしているの？」

霧山美紗の声。

「あの泥棒の始末は済んだの？　こんなところへ何しに来たの？」

そうだ、彼女はあの連中の雇い主なのだ。ヒキダスを殺害するよう命じたのは彼女であり、明はその拉致現場を目撃してしまったばかりに、こうしてあとを追われている。いっぽうで、いま自分は霧山美紗側の人間だ。あくまで表面上とはいえ、彼女が捜している鯉を見つけるべく協力している人間の一人だ。

彼女の力で、なんとかなるだろうか。

あの連中に、明から手を引かせ、もしまだヒキダスが生きているならば、解放させることだってできるかもしれない。

そのとき、こちらを懐中電灯で照らしつづけているリーダー格の男が叫んだ。

「マッサコ・モータイ、フィーメイル！（これとあれは、関係がない！）」

市子は男が放ったヒッギム語の意味がまったくわからなかった。

「何、なんて言ったのあの人」

「これとあれは、関係がない」

「あなた、ねえ、どうしてわかるの？　あなた向こうの人なの？　捕まって殺されるって何？」

迫ってくる男たちの迫力に圧され、市子は明の腕にすがった。

「あたしヒッツギム語を勉強してるんです……そのとき大変なものを見てしまったせいでこんな……」

「ヒッツギム語の勉強って、え、まさかフンダルケッツ？」

明の顔がさっとこちらを向いた。

「どうして知ってるんです？」

「あたしの息子の会社なのよ。ねえ、やっぱりさっきあのおばあさんが言ってた殺されてるか殺されかけてるかっていう外国人っていうのはヒッツギム人で、フンダルケッツに関係してる人なの？　そうなの？　あなた何を見たの？　何が大変なの？」

ヒッツギム人たちは徐々に距離を詰めてくる。市子は正面から土手を下りてくる男の顔をヘッドライトで照らした。男の顔はバターでも塗られたように黒光りし、ぽっかりとひらかれた両目の白い部分はまるで発光しているようだ。男は懐中電灯を持っていないほうの手で、内側から外側へ、勢いよく空を切るような素振りを見せた。市子に対しての仕草だろうか。

「シッゲル・ムーロイ、フィーメイル！」

「え何」

「お前は彼女と、関係がない」

明が訳した言葉を聞き、市子は思わず声を上げた。

「関係あるわよっ！」

立派に育った息子。自分が育てた一人息子。会社が軌道に乗ってきたことを誇らしげに話してくれた耕太郎。電話で声を荒らげた耕太郎。——気がつけば市子は両の拳を握り、迫ってくる男を睨みつけていた。ヘッドライトの光の中で、相手の上半身だけが宙に浮いている。

「フンダルケッツ！」

男の顔がぴくりと動いた。しかし足は止まらない。

市子は自分の腹を指さして両足をがに股にひらき、両手を下に向かって突き出すことで、何かが出ていく状態を示した。

「フンダルケッツ！　カンパニー、マイサン！」

まったく通じていないらしく、男は苛立たしげに眉をひそめる。

「わたしはこのことに関係あるって何ていうの」

市子は明に囁いた。

「え、でも」

「教えてっ」

明は市子と男の顔を戸惑いつつ見比べ、やがてその唇がヒツギム語を呟いた。市子はそれを敵に向かって大声で言い直した。

「フジオカル・ヒロシル、メイル！」

相手の足がぴたりと止まった。

左右に広がった男たちの足も止まった。

リーダー格の男は仁王立ちになったまま、じっと市子の顔を見据えた。着ているTシャツと腕との境目がつながっていて、まるでシャツの部分が塗装で、腕の部分だけ塗り残されているようだった。ヘッドライトの光に浮き出した、胸ばかりのような上半身からは、微かな湯気が立ち上っている。いったい体温は何度なのか。

男は舌打ちをすると、顔を伏せて首を横に振った。

「シッゲル・ムーロイ……」

そうかと思えば、いきなりばっと顔を上げて言い放つ。

「フィーメイル！」

男はふたたび歩を進める。土手の草を左右の足で交互に圧しつぶしながら近づいてくる。右手をゆっくりと持ち上げ、太い人差し指をぐっと唇に押しつけ——ぎらぎらとした両目を見ひらき、明のほうを真っ直ぐに見て、眼球を押し出すようにぐっと力を込める。

「マーゲリン……」

明の声は震え、隣にいる市子でさえほとんど聞き取れないほどのボリュームだった。本人もそれでは意味がないと気づいたのか、急に相手に向かって吼えるように叫んだ。

「マーゲリン！」

「サイケツ！」

明の声に被せるようにして、男がさらに大きな声で怒鳴り返す。胸の前で右の拳を握り、カボチャを縦に伸ばしたようにごつごつした前腕を見せつけながら、頬を持ち上げ、ねじれた笑みを浮かべる。

「サイケツ、オオクテ!」

「そんな……そんなの……」

「え何? いまあいつなんて言ったの?」

明は答えず、ただ怯えた目で、近づいてくる男を凝視するばかりだった。

そのとき、明の肩にそっと大洞の手がのせられた。

「父さんが話す」

「話すって、でも、お父さんヒツギム語――」

大洞は首を横に振り、娘の言葉を遮った。

「言葉なんて、本当は必要じゃないんだ。言葉がなくても、気持ちが伝わればいい。それが大事なことなんだよ」

すっと顔を上げ、大洞は雨の向こうの男を見た。

「それが……大事なことなんだ」

こんな状況だというのに、雨滴ごしの大洞の横顔は、優しく頬笑んでいた。その頬笑みを目にしたとき、市子は急に、場違いなことを思った。この人は、父親なのだ――。

大洞は砂利の河原を進んでいく。

相手は草の土手を下りきり、正面から大洞に近づいてくる。

「お父さん！」

追いかけようとする明を、大洞は作業服の片手をL字に上げて静止した。顔を半分だけ振り向かせて言う。

「父さんだって、たまには役に立つさ」

大洞はさらに前進し、やがて男と至近距離で向き合った。まるで大洞だけが縮小コピーされたように見えた。

「私はあなたがたの言葉はわからない。あなたがたが私の日本語を理解できるのかどうかも。私にできるのは、ただ伝わってほしいと願うことだけだ」

大洞は自分の胸に手をあてて言葉をつづけた。

「どうかわかってほしい。彼女は私の」

横から近づいてきたヒツギム人が大洞の身体を抱え込んだ。色黒の朝青龍（あさしょうりゅう）のような印象の男だった。大洞は両腕を振り回して両足をばたつかせた。

「お父さん――あー！」

大洞の身体は濡れ雑巾のように宙を舞い、一回転半くらいしたあと図々川の濁流へと呑み込まれた。一瞬後、落ちた場所よりもかなり遠くに、ずぼっと大洞の顔が飛び出し、すぐに沈んだ。飛び出したり沈んだりしながら、大洞の顔はみるみる遠ざかっていく。

「大洞さん！」

叫んだのはチャマだった。大洞が消えた先を見つめながら彼は呆然と立ち尽くしていたが、やがてその身体がぶるぶると震え出し、それはどうやら恐怖ではない別の感情からで、両手の拳は硬く握られ、顔もまた握り拳のように力がこもって膨張しているのだった。

「明さん、僕にヒツギム語を！」

「えっ」

「ヒツギム語を教えてください！　あいつらの言葉で、これを何と言うのか」

チャマは自分の顔を親指で指した。

「俺の肩を殴れ」

「聡史さん――」

「早く！」

明は戸惑いを振り捨てるように頷き、チャマに向かってヒツギム語を口にした。チャマは大きく息を吸い込むと、教えられたその言葉を叫びながら、濡れた砂利を蹴って敵に向かって駆け出した。

「カレンカーペ・ジョンカーペ！」

その勢いにさすがのリーダーの男も、黒い朝青龍も身構えたが、チャマは二人の手前まで

駆けつけると、ざざっと砂利に両足を突き刺すようにして急停止した。直立不動の体勢で彼らと対峙（たいじ）したチャマは、

「カレンカーペ！」

もう一度叫びながら自分の肩を指さす。

「ジョンカーペ！」

黒い朝青龍がリーダー格の男に顔を向け、首をひねってみせる。リーダー格の男は短く迷ったあと、許可を与えるように、くいっと顎でチャマを示した。黒い朝青龍の口許に残忍な笑みが浮かんだ。彼はぱんぱんと胸の前で掌に拳を叩き込むステレオタイプな仕草をやってみせ、ふっと顔から笑みを消すと、チャマの右肩に右のパンチを繰り出した。

「お兄ちゃん！」

「いやあああ！」

智と明が同時に叫んだが、繰り出されたパンチがチャマにヒットした瞬間――。

「ハアアアア！」

顔面に苦悶の表情を剝き出しにして声を上げたのは、殴った黒い朝青龍のほうだった。いったい何が起きたというのか、黒い朝青龍は顔をしかめながら水でも切るように右手をぶんぶん振っている。その隙に、チャマが何か一声上げてジャンプし、リーダー格の男の胸に飛びついた。彼はコアラのように両手両足で相手の胴体を抱え込みながら声を放った。

「明さん、逃げて！」

ヨネトモは動けずにいた。

誰かの役に立つことなど自分にはできない。人を助けることなんてできやしない。

この思いを抱えはじめたのは、いつのことだったろう。建築現場で働き、年下の職人から罵倒されていた頃か。そのあと、まともな働き口を見つけられずにその日暮らしをつづけていた頃か。あるいは中距離走選手としての才能の限界を知り、大きな結果も残せず引退したときだろうか。

いや、違う。わかっている。

ミーちゃんを死なせてしまったあの大雨の夜だ。

雨の向こうで、ヒツギムム人にしがみついたチャマが叫んでいる。ほかのヒツギム人たちが口々に叫びながらそこへ駆け寄る。市子が大声で何か言い放ち、明と智が悲鳴を上げている。

ヨネトモは空を見た。

雨音――ミーちゃんのお屋敷を包み込む、ひとつづきになった重たい音。それとまじり合う、遠い図々川の音。あの夜、それらがふと高まり、寝ていたヨネトモは目をひらいた。掃き出し窓が隙間を開け、黒い影がそこから入り込んでくるのが見えた。ヨネトモは母と二人、窓辺の客間に布団を並べて寝かせてもらっていた。黒い影は壁際をゆっくりと動いて廊下のほうへ向かい、雨音と川音の中で床が軋んだ。軋んだ……軋んだ。影はどこへ向かったのか。雨音と川音だけが残り……いや、また聞こえた。床の軋みが、今度はだんだんと明確になり、あの影がふたたび部屋に現れた。さっきよりも前屈みになり、腕に何かを抱えていた。その何かが微かに動くのを、ヨネトモは見た。どうして動くのだろう。まるで生き物のように——。

そのときになって初めてヨネトモは自分が目撃している出来事の意味を理解した。

——待て！

そう声に出したのかどうか、自分でもわからない。がばりと身を起こし、大声を出したつもりだったのだが、声はヨネトモの胸の中にだけ響いたのかもしれない。

影は低い、短い声とともに駆け出した。影が発したのは確かに言葉だった。しかし何と言ったのかはわからなかった。ヨネトモは片手で布団を払い、影を追いかけようとした。しかしそのとき、裸足のつま先がシーツに捉えられて転倒した。顔を上げると、影は何かを抱えたまま、掃き出し窓から出ていこうとしている。ヨネトモは両手で畳を掻き、両足を無茶苦茶に動かして布団を蹴り飛ばすと、そのまま一気に走り出した。影は雨の中に走り出た。ヨネトモは夢中でそれを追った。坂を下ると図々川の水音が轟々と高まった。雨が口に入り込み、むせながら、喘ぎながらヨネトモは走った。もう少しで追いつく。影は雨の中を突き進んで橋へと差しかかった。ヨネトモは必死で右手を伸ばした。しかし指先がびしょ濡れの服をかすめただけだった。影は何か短く言葉を発し、それと同時に、影の腕に抱えられていた何かが暴れた。

いや、何かじゃない。

あれはミーちゃんだ。

ミーちゃんは宙を舞い、欄干の柱に身体をぶつけ、そのまま真っ黒な濁流の中へと落ち込んだ。図々川の流れは荒々しすぎて、跳ね上がるしぶきさえ見えなかった。ヨネトモは欄干にしがみつくようにして図々川の濁流を見下ろした。

そう、いつまでも見下ろしていた。

声も出せず。指一本も動かすことができず。

自分は何もできなかった。ミーちゃんを助けることができなかった。

せっかく追いかけたのに、足が遅かったせいで、見殺しにしてしまった。

明け方になって、ミーちゃんの身体は図々川の下流で、岩に引っかかった流木に絡みつくようにして浮かんでいるところを発見された。そのときはまだ、ほんの少し息があったのだ。しかし、病院に運ばれてすぐに、ミーちゃんは死んだ。点滴の一粒一粒が吸い込んだ光で、身体中をいっぱいにして死んでいった。

どさっと目の前に人間の身体が飛んできた。チャマだった。彼は泥だらけの顔を上げて悲痛な声で叫んだ。

「明さん！」

見ると、リーダー格のヒツギム人が明に向かって突進していく。相手の身体に摑みかかるなり、ラグビー選手のように傍らに抱えて走り出す。チャマがもう一度声を放ち、市子と智が悲鳴を上げた。明を抱えた男は斜面に向かって駆けていく。土手の上に停めてある車に乗り込もうとしているのだろうか。河原に散らばっていた手下たちが、あとにつづく。

そのとき土手の斜面を、奇妙な動きをする人影が下りてきた。両手を大きくぶんぶん振りながら急速に近づいてくる。あれはカープ・キャッチャーの店長だ。ヒツギム人たちをここへ案内してきたのはあの男だったらしいが、まさか明を連れ去るとまでは思っていなかったのだろうか。明を抱えた男は大声で悪態をつき、土手の手前で斜め後方へ方向転換した。手下たちもそれに従った。激しい雨が視界を曖昧な白黒映像に変えていく。リーダー格の男は雨の河原をぐんぐん走る。川に沿って遠ざかっていく。それをチャマや市子や智が追いかけていく。

「ミーちゃん……」

あのときの歓声が、ヨネトモの耳に聞こえた。

実際には聞いたことのない歓声。しかし、大雨の日、ミーちゃんのお屋敷に泊まった夜、確かに耳にした歓声。将来は絶対にオリンピック選手になってくれと彼女が言ったとき、ヨネトモの胸では、大人になった自分が巨大なグラウンドを駆け抜け、水切りの石のようにハードルを越え、高いところにあるバーを背面跳びで攻略し、遠くの客席では、鼻が高くて目が青い人たちにまじって、すっかり成長して綺麗になったミーちゃんが、可憐な花のように笑いながら手を振っていた。グラウンドは歓声に包まれていた。歓声が自分を包んでいた。うねるような、高く響きながらも低く這うような、そんな歓声だった。自分はこれを、この耳で聞くのだ。大人になったら絶対に聞くのだ。あのときヨネトモはそう信じた。心から信じた。

「聞こえる――」

いまここにいるのが、大人になった自分だ。そう思ったとき、ヨネトモはもう地面に左膝をついていた。両手を斜めに真っ直ぐ伸ばし、砂利に指先を添え、右膝を立て、左膝を地面から上げ――つぎの瞬間、自分のためだけの号砲が図々川の河原に響き渡った。景色が流れ、流れ、流れてスピードを増し、溶け消えていく。膝を高く。腕を大きく。

「え――」

「ヨネトモさ――」

智と市子の声が相次いで流れ去り、ついで近づいてきた男たちの背中のあいだを、ヨネトモは一直線に駆け抜けた。左右で上がる声は、最後まで耳に届く前につぎつぎ消えていく。前方に見えている背中は、もう一つきりだ。

「今度こそ――」

今度こそ。

咽喉に雨が流れ込む。肺が真っ白にふくれ上がり、いまにも破裂してしまいそうになる。膝が上がらない。腕が動かない。しかし相手の背中はすぐそこだ。もう手が届く。いま手が届く。そのとき男が首をねじってこちらを見た。その顔は一瞬で驚愕の表情で覆われ、がばりと口がひらかれて意味不明の声が発せられた。男は明を右腕で抱えたまま、左腕を振るってヨネトモの顔面を殴りつけようとした。そのとき男の身体が瞬時に角度を変えた。濡れた地面に足を滑らせたのだ。斜めになった男は反射的に体勢を立て直そうとし、腕から離れた明の身体が宙を舞った。明は何か叫んだ。たぶん言葉ではなかった。激しい雨音と川音の中、明の身体が水面を叩き割った音は聞こえなかった。

「ミーちゃん!」

明の身体は黒い濁流の中へと消えていた。

「ミーちゃあああああん!」

聡史の耳に響いたその絶叫が、雨音を掻き消した。ヨネトモは地面に跪(ひざまず)き、鉄柵に両手でしがみついて叫んでいる。そばでは先ほどまで明を抱きかかえて走っていた男が横様(よこざま)

に倒れ込み、その大きな身体を避けられずに足をとられた手下が二人同時に転倒した。三つに増えた障害物に、すぐ後ろを走っていた手下たちも相次いで転倒し、さらには市子と智もそこにまじった。我先に立とうとして互いにもつれ合うヒツギム人と日本人たちの集団を、聡史は素早く迂回した。

濁流へと落ち込んだ明の姿はどこにも見えない。聡史は図々川の流れを追い越すようにして走った。無茶苦茶に走った。身体が自分のものではないようで、手足が軽く、いくら走っても呼吸が苦しくならない。その理由を聡史は知っていた。肩髃。肩に突き出した骨のあたりにある、あの万能のツボ。ヒツギム人にそれを突かれたせいだ。

「今度こそ――」

今度こそ。

水の中で彼女を見つける。この手で彼女を捕まえる。十二年前にそれができなかったせいで、自分の人生は違うものになってしまった。もう失敗はできない。自分は川の中で彼女を見つけ出す。夢中で両足を動かしながら聡史は着ていたシャツを脱ぎ捨てた。

「をおおおお！」

コケシのように身体を伸ばし、聡史は跳んだ。鉄柵を越え、顔面から濁流に突き刺さった瞬間、全身が巨大なうねりに呑み込まれた。どちらが上だか下だかわからず、何も見えず、口にも耳にも鼻にも水が流れ込み、脳みそがぐるぐると掻き回された。両手両足を無茶苦茶に動かして聡史は暴れた。水面に出ようとして暴れているのではなく、自分の身体のどこかが明に触れてほしいという願いからだった。全身が水の中でねじれ、持ち上げられ、引きずり込まれた。それでも手足の動きを止めなかった。雨で嵩を増しているとはいえ、図々川の深さは聡史の身長ほどはないはずなのに、まるで水底というものが存在しないかのようだ。右のふくらはぎのあたりにやわらかい何かが触れた。そうかと思うと、その何かはいきなり聡史の足に摑みかかった。恐怖のあまり、もう少しで声を上げるところだっただけでなく、それを蹴り飛ばしそうになったが、すんでのところで明だと気がついた。

　聡史は明の腕を握った。どちらの腕かはわからないが、とにかく握った。そして離さなかった。つぎはどうする。何をすれば自分たちは助かる。このまま親水公園の端まで流されてしまったら、そこには金属製の格子がある。自分たちがそれに受け止められて助けられるという考えは聡史の頭にはなかった。何故なら図々川の流れは速すぎ、力強すぎ、自分も明も、意識を失うかもしれないからだ。聡史はがむしゃらに水を蹴った。自分がどこを向いているのかさえわからないが、とにかく蹴って、蹴って、蹴って——どん、と重たい感触があり、いきなり顔が空気にさらされた。両足が水底を蹴ることに成功したのだ。その一瞬で聡史は天地を把握した。両足をばたつかせてバランスをとり、鼻と口が沈んでしまわないようにしながら、明の様子を確認すると、彼女も水面に顔を出していたが、激しく咳き込んでいる。景色はどんどん流れていく。口と鼻に川の水と雨が入り込む。足が水底にふれるのに、流れが強すぎて立つことができない。水はうねり、いつ自分たちの顔がまた水中に引きずり込まれてしまうかわからず、明は激しく咳き込むばかりで――サトシ――誰の声だ――サトシ――。

「サトシ！」

声のするほうを見た。

「アブないことがあるとヨカンしたよ！」

流れる聡史と併走して、ボーさんが長い手足をぶんぶん振りながら走っていた。

「ボーさん助けて！」

「できないよ！」

「何で！」

「オヨげないよ！」

それでは状況はさっきまでと何も変わらない。手を伸ばし合っても届かないだろう。しかしそのときボーさんの顔が笑った。

「タカラモノがあるよ！」

走りながらボーさんがジーンズの尻ポケットから取り出したのは、黒い折りたたみ傘だった。

「のびるからベンリ！」

ボーさんが一振りすると、折りたたみ傘がぐんと伸びた。十二年前に自分がボーさんに手渡した折りたたみ傘を、聡史は摑んだ。ボーさんが力強く引っ張り、聡史の身体は川岸の鉄柵へと近づいた。明は喘ぎながら聡史の肩にしがみついている。あと少し――もう少し――聡史は傘から手を離して素早く鉄柵を摑んだ。身体が流れに押されてほぼ真横になり、聡史と明は絡まり合った鯉のぼりのようにたなびいた。しかし、もう大丈夫だ。こうして支えになるものを摑むことさえできれば、流れに身体を持っていかれる心配はない。

ボーさんは鉄柵の向こうから、右手で聡史の腕を、左手で明の腕を摑んだ。聡史はその握力に安心をおぼえながら、鉄柵を両手で交互に引き寄せるようにして、濁流から身体を抜き出した。明も隣で同じように水から這い上がった。ボーさんは鉄柵を超えた二人の肩を一気に抱き寄せ、そのまま後ろに倒れ込み、自分が下敷きになるかたちで聡史と明を地面へと引っ張り込んでくれた。

「ボーさん……ありがとう」

心からの感謝だった。

しかしボーさんは首を横に振って目を伏せた。

「たりないんだよ……」

食いしばった歯のあいだから、ボーさんは呟く。

「たりないんだよ……こんなのではたりないんだよ」

うつむいたボーさんの顔には、雨にまぎれて、いつのまにか涙が流れていた。

そのとき、聡史はようやく理解した。

十二年ごしに理解した。

「あのときサトシ、だまっていて……あのときからずっとだまっていて」

「いいよ」

聡史は遮った。

「いいよ、ボーさん」

ボーさんは気づいていたのだ。

十二年前の夜——バービー人形の胴体と胴体をライターであぶり、懸命にくっつけようとして失敗した、あの夜。どうしても上手くいかず、限界まで溜まりこんでいた苛立ちが爆発し、聡史はライターを握ったまま立ち上がって力任せに壁へ投げつけた。ライターは微かな火花を散らして妙な方向に跳ね返ったが、天井からぶら下がった蛍光灯の笠にぶつかって、バービー人形たちのすぐ脇に戻ってきた。いよいよ怒りが募り、聡史はもう一度ライターを握り締め、振り返りざま窓を睨みつけた。左手で窓ガラスをひらくと同時にライターを外へほうり投げ——いや、また失敗したのだ。手から離れたライターは庇を直撃し、ほぼ真下に向かって落ちていった。コンクリートの地面が、拍子抜けするほど軽い音を聞かせた。聡史は窓を勢いよく閉め、今度はばらばらになった二体のバービー人形を、壁に投げ、踏みつけ、鷲摑(わしづか)みにした状態で床に何度も叩きつけた。そのときボーさんが、路地に転がった百円ライターを拾っていたことなど知らなかった。いや、そのときではなかったのかもしれない。もう少しあとのことだったのかもしれない。とにかく、その日の深夜、両親と智が寝静まってから店の厨房のドアが開閉する音を聞き、妙に思って覗きに行ったとき、ボーさんはあのライターを握っていた。誰もいない厨房で、別人のようにどろりと濁った目をして、緑色の百円ライターを握っていた。当時は防犯の理由で終夜点灯されていた、カウンターの白熱灯の光で、ボーさんの姿は陰影がくっきりと際立って、一枚の絵のようだった。その絵を聡史は、外階段の途中に立ち止まったまま、ぼんやり眺めていた。やがてボーさんはライターに火を点けた。緑色のライターはオレンジ色の真っ直ぐな炎を放ち、その炎はカウンターの屋根から垂れ下がった乾いたバナナの葉に、ゆっくりと近づいていった。

理由はいまだに知らない。知りようもない。仕事の忙しさ。支払われる給料の安さ。母国語の通じない国で暮らしていること。ベトナムの家族に思うような仕送りができないこと。我の強い父との確執。——きっと、一つではなかったのだろう。背中に藁(わら)をどんどん積み、限界に気づかずに積み重ねつづけ、最後の一本を載せたときにとうとう背骨が折れてしまったというあのラクダのように、ボーさんの心は壊れてしまった。ただ、一つだけ言えるのは、あのとき聡史が投げ捨てたライターが、最後の藁だったということだ。何でも拾って使う癖のあるボーさんが、それを地面から拾い上げたとき、店に火をつけようという考えはあったのだろうか。それもわからない。いや、十二年も経ったのだから、わからなくていい。

あのとき外階段の途中で立ち止まり、ライターの炎をカウンターの屋根に近づけていくボーさんを見つめながら聡史は、そこにいるのが自分であるような気がしていた。自分も、すべて燃やしてしまいたかった。何もかも消してしまいたかった。だから声をかけられなかった。だから飛び込んでいけなかった。ライターの炎は乾いたバナナの葉に燃え移り、一瞬にして左右に広がった。驚いて身を引いたボーさんの目は、火を怖れる動物のようだった。その目が、不意にこちらへ向けられたので、聡史は咄嗟に背中を丸めて隠れた。——隠れたと思っていた。ついさっきまで。

しかしあのとき、ボーさんは自分の姿を見ていたのだ。

「サイケツ！」

野太い声のヒツギム語が聡史を現実に引き戻した。

振り返ると、あのリーダー格の男が、すぐそばで仁王立ちになり、ずぶ濡れで倒れ込んでいる明を真っ直ぐに見下ろしている。男は分厚い唇の端をぐっと持ち上げて恐ろしい笑みをたたえ、黒目がぜんぶ見えるほど瞼をひらき、意味のわからない言葉をさらにつづけた。

「サイケツ、オオクテ！」

明はその言葉を聞き、ふたたび戦慄した。

あの男は本気で言っているのだろうか。

いや間違いない。男のぎらついた目は、本気そのものだ。

「ネテルマーニ……ハミダス（どうしますか……ハミダス）」

手下の一人が背後から訊いた。まだ十代後半か、下手をすると半ばに見える、おそらく仲間内で最年少のヒツギム人だった。白とピンクのビーチボールを半切りにしたような、派手なキャップを後ろ前にかぶっている。

ハミダスというらしいリーダー格の男は、明に視線を据えたまま、吼えるように答えた。

「ソレダスナ！（あれを持ってこい！）」

少年は頷いて土手へと走り、斜面を駆け上った。広島が運転してきたワンボックスカーに向かったのだろうか。雨が強くてその姿はもう見えない。あれとは何だ。ハミダスはいったい自分をどうしようというのだ。戸惑う明の前で仁王立ちになったまま、ハミダスはもう一度繰り返した。

「サイケツ！（愛している！）」

目に見えない巨大な荷物を持ち上げているように、両手をわなわなと震わせながら言う。

「サイケツ……オオクテ（愛している……あなたを）」

理解できるような、できないような状況に、明はいま置かれていた。ハミダスというこの男は、ヒキダスを拉致する際、彼のパソコンに映っていた明を、あの短い時間で、しかもあのようなタイミングで、異性として気に入ったというのだろうか。そして明を自分のものにするため、バイト先を特定したり、広島を脅して明に電話をかけさせたりして、ここまでやってきたというのか。

両手をわななかせ、ハミダスは明を真っ直ぐに見下ろしていた。その背後には手下のヒッギム人たちが、指示を待つ態勢で立ち、彼らの後ろでは市子と智が身を寄せ合い、さらにその向こうでは車椅子の霧山美紗とヨネトモが並んで様子を見ている。少し離れた場所で身体をちぢめて立ち尽くしているのは広島だ。

濡れた足音がばしゃばしゃと近づいてきた。先ほどの少年が戻ってきたのだ。彼はシャツの腹に何かを入れていた。ハミダスはちらりと少年を振り返ると、明のほうへ一歩近づいた。明は尻を引き摺って距離をとった。ハミダスの目が、僅かに哀しそうな色を浮かべた。

「アラマタシノ・ボタンオッキイ・ヒッギム・オオクテ、キイタノヨ・クレクレ・モットモ・オオクテ（あなたにヒッギム語を教えていた男から、あなたが一番欲しがっているものを聞いた）」

ヒッギム語を教えていた男というのはヒキダスのことか。

「ソノヘンガ・ドウモ・オオクテ、ドウモネ（それをあなたに渡す、いま渡す）」

ハミダスは掌を上にして右手を横へ突き出した。駆け戻ってきたヒッギム人少年が、はあはあ肩で息をしながら、シャツの腹から何かを取り出す。四角いかたちをしている。少年はそれを持ち上げ、そっとハミダスの手に載せた。

少年が取り出したものがいったい何なのか、はじめはわからなかった。

あの場所以外で、それを目にしたことがなかったからだ。しかしすぐに明は気がついた。二十センチ四方ほどのプラスチックの箱。白い正方形の箱。カープ・キャッチャーの景品棚の最上段に、「１０００Ｐ」と書かれた三角柱とともに鎮座し、最後までとうとう誰も手に入れることができなかった伝説の景品。

そう、いつだったか明はヒツギム語のＷｅｂレッスンの最中、ヒキダスに話したことがある。一度でいいから箱の中身を見てみたいのだと。誰かにあれを手に入れてほしいのだと。

「シノゴノ（受け取ってくれ）」

濡れた地面に片膝をつき、ハミダスは重ねた両手に箱を載せて差し出した。

「イワナイノ（この宝を）」

伝説の白い箱。

以前、一度だけ広島に中身を訊いたのを憶えている。

――こればかりは従業員にも教えられないんだよ。

広島は含み笑いでそう答えた。

こんな状況にもかかわらず明は、箱の中身を見たいと思った。いや、もしかしたら、こんな状況だからなのだろうか。見知らぬ異国の男たちに追いかけられ、濁流に呑み込まれて死にかけ、助け出されたと思ったら愛していると言われ……そんな非現実的な出来事の中で、いきなりかつての日常の欠片を見せられて、安心したのだろうか。

気がつけば明の手は、箱へ向かって差し出されていた。

「明さん！」

聡史が鋭く囁く。

「明さん、駄目だっ！」

大丈夫、ただ中身を見るだけだ。プレゼントを受け取るわけではない。こんな恐ろしい男――金のために仲間を殺したり、気に入った女を力ずくで連れ去ろうとするような男から、贈り物を受け取るわけがない。指先が白い箱に触れた。あたたかくも冷たくもない。中で何かが動いている気配もない。箱は上の面が蓋になっていて、手前の面に、一センチ四方ほどの四角い切れ込みが入っている。これはボタンだろうか。ここを押すと上の蓋がひらくのかもしれない。

箱に触れる明の目を、ハミダスはじっと見つめていた。

明は左手を箱の脇に添えた。驚くほど熱いハミダスの掌が、ほんの少し小指に触れた。右手を箱の前に持ってきて人差し指を立てる。四角く切り込みが入った部分を、軽く押してみると、やはりそれはボタンのようで、微かにへこんだ。もう少し強く押してみる。これといった手応えはない。何も起きない。これ以上押し込むことはできないようだ。これは蓋を開けるためのボタンではなかったのだろうか。明は人差し指を引いた。ボタンが戻るとき、カチ、という感触が指先に伝わり、前後左右の四面が同時に弾け飛び、そのうちの一つがハミダスの顔を直撃した。

「ダップン！（くそっ！）」

中から現れたのは、グラスを逆さまに伏せたような形状の何かで――いや違う、これはグラスなんかじゃなく――。

突如、大音量のサイレンが周囲に響き渡った。それと同時にハミダスの手の上で真っ赤な光を放つライトが回転しはじめた。その強烈な光は周囲の雨滴を赤く染め、土手を赤く撫で、その向こうに覗く民家の屋根を赤く照らした。

「チチミッツ⁉（何だこれは⁉）」

ハミダスが叫び、赤色灯を素早く両手で覆う。しかし光は指の隙間からどんどん漏れて広がる。慌てたハミダスは赤色灯をシャツの腹に入れたが、布の内側から、光も音も同じ強さで放たれつづけた。ハミダスは赤色灯を持ち上げ、力任せに砂利に叩きつけた。しかし罅さえ入らない。音はやまず、全体が横向きに転がってしまったことで、光は上空へと伸びて雨粒を真っ赤に染め上げた。

「ミッツモ⁉（何なんだ⁉）」

ハミダスは赤色灯を図々川の濁流に向かって投げ込んだ。いや、投げ込もうとした。しかし赤色灯は鉄柵のへりに激突して高く跳ね上がり、サイレンを唸らせながら地面や雨粒や土手や川面(かわも)や遠くの屋根を照らし、ハミダスの顔や手下のヒツギム人たちの顔を照らし、明や市子や智や聡史やヨネトモの顔を照らしながら宙を舞い、弧を描いて降下し、川を挟んだ反対側の岸に落ちた。誰も手の届かない場所で、赤色灯は周囲を赤く染め、大音量のサイレンを放ちつづけ、ハミダスは両手で左右から自分の頭を潰すように、ばちんばちんと激しく叩き、動物のように咆吼(ほうこう)し、そうかと思えばぐるりと振り返って明を見た。

「アシタノアナ……（すまない……）」

そうかと思えば、唐突に大声を放った。

「ジョン・ポル・ジョジ・リンゴ！（けっきょく俺にはこのやり方しかない！）」

言うが早いかハミダスは地面を蹴り、明に向かって突進してきた。興奮しきった闘牛のように両目の上瞼が捲れ上がっていた。身体が動かない。どうすればいい。

「サイケツ！」

明が咄嗟に聡史の腕を摑んで叫ぶと、ハミダスはざっと砂利を鳴らして立ち止まった。

両目が膨張したような顔で、彼は明を見下ろしていた。ひらいた唇の下端からぽたぽたと水滴が垂れ落ちていた。サイレンは川の向こうで鳴り響き、あたりを包む雨は赤く明滅している。

「サイケツ……」

聡史の腕を引っ張り寄せながら、明はハミダスに訴えた。自分と聡史の胸を交互に指し示し、大きく息を吸ってもう一度言う。

「サイケツ！」

「デマカス！（嘘だ！）」

「デマカサズ！（嘘じゃないわ！）」

明は聡史のほうへ身体を向け、その胸に飛び込んで両手で首を掻き抱いた。

「サイケツ！」

「デマカス！」

明は聡史から身を離して彼の目を見た。聡史は人形のように硬直して口を半びらきにしていた。その口に、明は自分の唇を近づけた。ハミダスが咆吼し、その向こうで智がびっくりした声を上げた。川に浸かり、雨に濡れて冷えきった明の唇に、聡史の吐息がかかった。それが少し心地いいように思い、そう思った瞬間、覚悟が決まった。明は聡史の頭を両側から摑むようにして自分の顔を近づけ――。

「人が！」

市子の声。

彼女は土手のほうを指さしている。全員がそちらに顔を向けた。暗くてよく見えないが、土手の上に、確かに人影がある。

サイレンと赤色灯が、人を呼び寄せてくれたのだ。土手の上の人影は、明らかにこちらの様子を気にする動きで左右に身体を揺らしている。

水しぶきを飛ばしながら、ハミダスが勢いよく明のほうへ向き直った。もう一度土手の上を振り返り、赤色灯を睨みつけ、それからまた明に顔を向けた。彼は歯を食いしばり、痛みに耐えるように顔を歪めていた。その目はとても哀しそうだった。

手下のヒツギム人たちに向かってハミダスは吼えた。

「モヤシッコ！（ずらかれ！）」

そして明を見て――いや、彼が見ているのは聡史だった。

「イタコガ……ドエス（あんたの……勝ちだ）」

低くそう呟き、ハミダスは背を向けて駆け出した。その後ろを残りのヒツギム人たちがすぐさま追いかけ、一瞬後にはもう、彼らは雨の向こうに見えなくなっていた。足音も遠ざかって消え、あたりには雨音だけが残り、その雨音の中で、土手の上の人影が何か声を上げた。内容は聞き取れないが、知っている声だった。

第六章

大洞はうつむいたまま、目だけをちらりと上げて、室内に集まった面々の様子を覗き見た。

床に座って思い思いの格好で黙り込んでいるのは、家主であるヨネトモと、明、チャマ、智、市子、そして霧山美紗だ。みんな、部屋にあったすべてのタオルや布巾やシャツを使って身体を拭いたのだが、それでもまだ服も髪もぺったりと身体に張りついている。

河原で、あれから何があったのだろう。

ヨネトモは壁に背中をつけてぼんやりと白鬚を掻き、明はじっと何かを考えながら自分の唇を指で撫でている。チャマも何故か半びらきにした唇を撫でていて、そんな二人を智がじっと見比べている。市子は先ほどからずっと部屋の隅で、携帯電話でどこかへ発信しつづけているのだが、何度かけてみてもつながらないらしい。霧山美紗は部屋にあった座椅子を借り、無表情でそれに座っている。部屋に入ってから、まだ誰もほとんど言葉を発していない。

窓の外では雨音がしだいに弱まりつつある。

巨漢のヒツギム人に川へほうり込まれた大洞は、そのままぐんぐん流され、最後には親水公園のへりにある金属製の格子に激突した。がぼがぼ水を飲みながら、なんとか格子をたどって川岸まで移動し、濁流の中から抜け出たあと、明たちが心配で、先ほどの場所へ戻ろうとしたが、咄嗟の判断で土手のほうへ走った。警察に連絡して助けを求めようと思ったのだ。しかし、土手を越えようとしたとき、川のほうでサイレンの音が鳴り響き、赤色灯が派手に明滅しはじめた。何が起きているのかまったくわからず、大洞が土手の上で目を凝らしていると、ヒツギム人たちがばたばたと河原を駆け去っていくのが見えた。リーダー格の男——明によるとハミダスという名前らしい——は、ついでとばかりに大洞の自転車にまたがって走り去った。

「……あの」

声が咽喉の奥で引っ掛かり、咳払いをひとつしてから大洞はつづけた。

「ご依頼いただいている、鯉の捜索についてですが」

「ええ」

霧山美紗は、それがどうかしたのかという声で訊き返した。その様子だけで、大洞の淡い期待は消え去った。

「やはり今後も継続して——」

「もちろんよ」

ということは、状況は何も変わっていないのだ。

鯉を見つけるわけにはいかない。何故なら彼女は、それが手元に戻りしだい、盗んだ犯人を捜しはじめると言っていたからだ。きっと簡単に見つかるだろう。そして自分は殺される。

「……見つからないよ」

ヨネトモの声だった。

全員がそちらを見た。霧山美紗だけが、ほんの少し遅れて、ゆっくりと顔を向けた。

「鯉は見つからないよ……捜しても」

ヨネトモは壁に背中をあずけ、誰もいないほうにぼんやりと目を向けている。

「何故そんなことをおっしゃるのかしら?」

霧山美紗がすっと胸をそらして訊いた。

ヨネトモはしばらく黙っていたが、やがてゆっくりと息を吸って答えた。

「あそこには、いないから」

ヨネトモは自分が決定的な言葉を口にしたことを自覚していた。

なのに、妙に現実感がなかった。

「あの鯉、うちで飼うつもりで持って帰ってきて、風呂場に水張って、そこに入れといたんだけどさ」

まるで自分が独り言を呟いている夢でも見ているような気持ちで言葉をつづけた。

「可哀想になって、逃がしたんだ」

雨音だけが、しばらく聞こえていた。智が膝に載せたペットボトルの中で、赤ん坊のザリガニが動く音がした。図々川から持って帰ってきたやつだ。

「……どういうことなの？」

霧山美紗の声は微かな震えを帯びていた。

「何故このアパートにあの子がいたの？」

「釣り上げたから」

「あなた、まさかあたくしの庭で――」

図々川だよとヨネトモは嘘を答えた。

「さっきみんなであの鯉を捕まえようと頑張ってた、あのあたり。ほんとは釣りをしちゃいけない場所だけど、あんまり暇なもんでさ、人がいない時間に釣り糸を垂れてたんだ。そしたら釣れた。大洞さんの話だと、誰かがおたくの池の鯉を盗んで、あの川に逃がしたんでしょ。きっとそのあと、俺がたまたま釣り上げたんだよ」

こう話しておけば、大洞が霧山美紗に説明したことは、嘘にはならないだろう。

「誰かがあたくしの庭の池から連れ去ったあの子を図々川にほうり込んで、それをあなたが釣って、それからまたどこかへ放したということなの？　あなたはそう言っているの？」

「そういうこってす」

「どこに放したの！」

鼓膜に突き刺さるような声だった。

親水公園の先ですと、ヨネトモは正直に答えた。今度は本当に正直な言葉だった。

「あの先は海につづいてるけど、その手前でほかの川と合流するでしょ。だから、どこまでも自由に泳いでいけると思って」

あの夜――。

カープ・キャッチャーから連れ帰った鯉を浴槽に入れた夜。

布団の中で重たい雨音を聞きながら、ヨネトモは夢を見た。六十年も昔の夢だった。母とともにミーちゃんのお屋敷に泊まらせてもらった大雨の日。将来は絶対にオリンピック選手になってくれと言われた夜。雨音にまぎれて屋敷に侵入した男に、ミーちゃんは連れ去られた。深く寝入っているところを、男が抱き上げて、そのまま逃げたのだ。あの部屋が客間で、普段は誰もいないことを知っていて、男は掃き出し窓から侵入したのだろう。ところがあの夜は、ヨネトモと母がそこで寝ていた。真っ暗だったので、部屋に布団が敷かれていることに、男は気づかなかったらしい。

雨の中、ヨネトモは男を追いかけた。

ミーちゃんは、橋の上で男の腕から逃れようと暴れ、荒れ狂う図々川に落ちて消えた。

後日、男は捕まった。刑務所に入れられ、そのあとどうなったのか、ヨネトモは知らない。北のほうから流れてきた、ヤクザ上がりの男だったという。かたぎの顔をして、当時の図々川村でなんとか職にありついたのだが、北国訛りを馬鹿にされ、人を刺して逃げ、警察が行方を捜していたところだったらしい。

男がミーちゃんを攫ったのは、身代金目的だったと、あとになってヨネトモは母から聞いた。ミーちゃんが死んでから、ヨネトモは事件のことに耳を塞ぎながら日々を送っていた。それを母はいちばんよく知っているはずだったのに、どうしてか急に、教えてくれたのだ。理由はいまだにわからない。理由なんてなかったのかもしれない。あれはミーちゃんの一周忌が過ぎた頃、図々川で魚が一匹も釣れなかった日の夕刻だった。

カープ・キャッチャーから鯉を連れ帰った日の夜、ヨネトモは夢の中で、また男を追いかけた。しかし、今度も追いつけなかった。雨に打たれる橋の上で、ミーちゃんは男の腕の中から逃れようとし、図々川の濁流に消えていった。

夢から醒めたあと、ヨネトモは風呂場まであの鯉を見にいった。鯉は相変わらず静かで、浴槽の底には食べられないまま沈んだ餌が散らばっていた。

「あの子を川で釣って、また放して――どうしてそんな――」

「模様が、すごく、似てたんです」

霧山美紗は眉根を寄せて口をつぐんだ。

「ずっと昔、大好きだった女の子が、あんな柄の浴衣を着ていたんです。いっぺんしか見てないけど、白地に紅い金魚が散った、可愛らしい浴衣だったな」

カープ・キャッチャーであの鯉を釣り上げたとき、ヨネトモは本当に似ていると思った。あの日、ミーちゃんが着ていた浴衣の柄と、鯉の柄は、いま思い出しても、本当にそっくりだった。

「その女の子、大雨の日に、図々川に落ちて死んじまいましてね。俺があの可愛らしい浴衣を見た、その夜に」

だからヨネトモは、あの鯉を飼ってやりたくなった。

大きく育ててやりたくなった。そして浴槽に水を張り、ぽたぽた餌を落とした。

しかし、深夜の夢から醒め、浴槽の底でじっと動かない鯉を見ているうちに、どうしようもなく哀れに思えてきた。

「とにかく、可哀想で仕方がなくなっちまったんです。可哀想で、可哀想で……」

霧山美紗は唇を閉じて顔を強ばらせたまま何も言わない。

「だから逃がしたんです。明け方になって雨がやんだあと、水といっしょにゴミ袋に入れて、図々川のずっと下流の、親水公園の先まで歩いていって」

大きくなるんだよと言って——。

「水の中に放したんです。あの鯉、それまでずっと大人しくして、どこか悪いんじゃないかって心配してたくらいだったのに、川に逃がしたとたんに元気になったな。ぶるんって身体動かして、遊ぶみたいに右と左に一回ずつ泳いで、そいでさっと底のほうに潜って見えなくなって。それからしばらく俺、そこにいたけど、すぐ遠くに行っちゃったみたいで、もう見られなかった。川は雨のあとでえらく荒れてたのに、上手に泳いで、さすが鯉だなと思いましたよ」

鯉を図々川に放ったあの瞬間、ヨネトモは自分が許された気がした。六十年前の罪から解放された気がした。鯉は百五十年ほど生きることもあると聞くから、ミーちゃんは、きっと人間だったときの分まで長生きするだろう。そんなふうに思った。もちろん、身勝手な思い込みだとはわかっているけれど。

そのあとここへ戻り、浴槽をぼんやりと見下ろしていたときに、大洞が訪ねてきたのだ。

「あんた——」

大洞は上半身を真っ直ぐに立てたまま口をぱくぱくさせていた。

「あんた——私がここに来たとき——」

霧山美紗の前では、どう言っていいのかわからないのだろう。

「夜中に人影が入ってきて鯉を抱き上げて、そこの窓から出ていった」

ヨネトモは途中から言葉を引き取ってやった。

「俺は追いかけて、橋の上で追いつきそうになったけど、鯉は男の腕の中で暴れて、川に落ちて消えた。そう言ったんだよな、大洞さんには」

ニワトリのような動きで、大洞は頷いた。

「あれは、大好きだった女の子が、死んだときの話だったんだよ。申し訳ないと思ってる。ほんとに悪いことしたよ。俺があんな嘘をついたせいで、無駄なことさせちまってさ。でも、なんか——なんだかさ——」

ヨネトモは言葉を探した。

鯉を浴槽に入れた夜、自分の胸を襲った、あの冷たい感覚。雨音と川音を聞きながら布団に横たわっていたとき、ふとヨネトモは、それまでずっと自分に後ろ姿を見せていた何者かが、目の前で急に振り返ったような気がした。その何者かは、初対面だが、知っている相手だった。目を見合わせたその瞬間、ヨネトモは雨音と川音に包まれたぼろアパートの一室に、相手といっしょに閉じ込められたように思った。

あれは、孤独だったのだろうか。それとも自分の人生に対する後悔だったのだろうか。あるいは、孤独と後悔が、とてもよく似た顔をしていたのだろうか。

このアパートを、新聞の勧誘員以外の人が訪ねてきたのなんて、いつ以来だったか。まったく思い出せない。雨で湿った作業服を着て、頬をこけさせ、目を落ち窪ませた大洞が玄関先に立っていたあのとき、ヨネトモはもちろん驚いたし、警戒もしたが、身体のどこかに埋まっていた小さな氷がふっと溶け消えたような感覚を抱いた。

「俺、なんかやりたくてさ。でも鯉を親水公園の下に逃がしたって言ったら、絶対に見つからないって、誰にでもわかるだろ」

ヨネトモが言うと、

「そんな、あんた、そんな――」

大洞はさらに口をぱくぱくさせた。

この部屋での捕獲作戦会議で、ヨネトモの話の中には、重大な嘘が一つだけまじっていた。それは、これから捜しに行く場所に、あの鯉はいないという事実だった。

ほかの面々に申し訳ないという気持ちは、もちろんあったけれど、久方ぶりの図々川での釣りは少し楽しかった。いや、とても楽しかった。十年ほど前に河岸がコンクリート整備されるまでずっと、ヨネトモは図々川で釣りをしていたのに、どうしてかあのとき思い出していたのは、子供時代の釣りの風景だった。

市子

にとっては、そんなことはどうでもよかった。

耕太郎に電話がつながらない。何度かけてもコール音が鳴らない。

明の話だと、霧山美紗が拉致させたヒツギムト人というのは、耕太郎の会社フンダルケッツの講師なのだという。先日からつづく息子の奇妙な様子――何かを不安がり、何かに苛立っているあの様子は、それが原因だったのだ。

力になりたい。

助けたい。

雨音は完全に消え、窓にかかった薄いカーテンがぼんやりと光りはじめていた。

聡史にとっては、そんなことはどうでもよかった。鯉の模様が誰の浴衣の柄に似ていようが、その鯉がいまどこを泳いでいようが。いま聡史にとって大事なのはただ一つ――。

「あの、明さん」

「はい?」

「話はずいぶん戻りますけど、さっき河原で言っていたあのサイケツっていう言葉の意味――」

「何でもありません」

ぴしゃりと窓を閉じるように言われた。

明の唇は、昨日までの唇ではなかった。

聡史の唇には、実際には触れていない。触れる直前で、土手に立つ父の姿を市子が見つけて声を上げ、ハミダスたちは逃げ出した。

が、触れたようなものだった。

少なくとも心の中では、あの雨の河原で、明は初めての口づけを聡史に捧げていた。

仕方がなかったのだ。ああするしかなかった。

「あー……いま寝ちゃってた」

智が急に顔を上げ、ぼんやりと周囲を見回す。彼女の膝に載っていたペットボトルが畳の上を転がり、明のそばで止まった。図々川で捕まえた小さなザリガニと水が入ったペットボトルだ。智はそれに気づかず、拳を握って腕を前に伸ばしながら可愛らしいあくびをする。

無理もない。もう夜が明けているのだ。

腰窓に下がった薄いカーテンは、先ほどからどんどん明るくなっていた。

「いま人生でいちばん眠い……そこのカーテン開けていいですか?」

ヨネトモの返事を待たず智は立ち上がり、カーテンをひらいた。ぱっと眩しい朝陽が真っ直ぐに射し込み、部屋の真ん中に白い四角形ができた。

「……ん」

窓枠に置かれていたきらきらするものを、智は手に取った。

「何これ」

智が糸をつまんで持ち上げると、ガラス玉が一直線に並んでぶら下がった。

あ、と背後で明が声を洩らす。

「前にポイントと取り替えたやつですよね。サン・キャッチャー」

「ああ……そこに吊るしてみようと思ったんだけどさ、なんか面倒になっちゃって」

置きっ放しにしていたのだとヨネトモは言う。

サン・キャッチャーという名前は智も聞いたことがあった。たしか太陽の光を当てると、周囲に小さな虹をたくさん浮かべてくれるのではなかったか。

「吊るしてみていいですか？」

智は背伸びをしてカーテンレールにサン・キャッチャーを結びつけた。そうしているときから、サン・キャッチャーは朝陽を吸い込み、Tシャツの胸に光の玉を放っていた。

智が窓辺を離れた瞬間、光の群れは一斉に部屋の中へと放たれた。その光の群れに、みんなの声が入りまじった。大小さまざまな虹の玉が畳にも壁にも天井にも――口を半びらきにした兄の顔にも、湿ったシャツが張りついた明の胸にも、泥で汚れた大洞の作業着にも、座椅子に座った霧山美紗の白髪頭にも、背中を丸めているヨネトモのおでこにも、携帯電話を握り締めている市子の横顔にも散らばった。一つ一つの光がサン・キャッチャーの動きに合わせて小さく揺れていた。カーテンレールからぶら下がったサン・キャッチャーを、智はためしに指でそっと回してみた。虹を閉じ込めた光の玉たちは、壁や床や天井や、丸められた布団やテレビ台やテレビや、半透明のプラスチックの収納箱の上を左から右へゆっくりと流れた。どんどん流れた。

霧山美紗は無数の虹の欠片に囲まれながら、六十年前に妹の病室で見た光の玉を思い出していた。

　窓辺に置かれた点滴の、しずくの一粒一粒が、窓から射し込んだ朝陽を吸って輝いていた。あの光が妹の中に入っていって、小さな身体を太陽の力でいっぱいにしてくれる。そんな気がした。そうなれば妹は助かるという思いがあった。しかし、幼い確信は容易(たやす)く裏切られ、妹は身体を光でいっぱいにしたまま息を引き取った。

　父と母は声を放って泣いたけれど、自分は泣かなかった。妹が死んだことに気づいていなかったのだ。医者が口にした「ごりんじゅう」という言葉も知らなかったし、妹はいつも家の布団でそうしているように、ただじっと目を閉じていた。父と母が泣いている理由が、妹が死んでしまったからだなんて思わなかった。夜中に攫われて川に落ちた妹が、ただ可哀想で、いままた二人は泣いているのだと思っていた。妹が死んだと知ったのは、両親のあとについて病室を出てしばらくしてから、父が病院の電話を借り、親戚に連絡をしているのを聞いたときのことだ。

そうだ、憶えている。

両親とともに妹の病室を出たあのとき、廊下に親子連れが立っていた。ひょろっとした少年と、それほどの歳ではなさそうなのに、ひどく背中を丸めて立っていた母親。前の晩、大雨で自宅に入れず、自分たちの家に泊まった親子。少年は妹の級友だった。

たぶん、妹はあの子に恋をしていたのだろう。引っ込み思案で恥ずかしがり屋で、男の子の話なんてぜんぜんしない妹が、以前からときおり話題に出す子がいた。足が速くて、誰よりも高いところにある棒を飛び越せる男の子。こんな顔で、こんな背格好で、こんな話が好きで——学校や級友の話などしていないときでも、妹はいつも急にその男の子の話題を持ち出しては、独り言のようにいつまでも喋るのだった。あの日、ずぶ濡れで玄関に現れた親子を見たとき、あここの子に違いないと、すぐにわかった。

その少年と自分が再会していたことに、ほんの数分前まで気づいていなかった。

「明さん、見てこれ」

智が窓辺のサン・キャッチャーをつついて回す。部屋中に散った虹たちが一斉に横へ流れる。智は壁際に身体を寄せ、何をするかと思えば、器用にタイミングを合わせて顔を動かし、口をぱくっとやった。

「食べてるみたいじゃないですか？」

明は笑い、智も笑いながら新たな虹の玉を待ち構え、またぱくっと食べた。

ヨネトモに目をやった。壁と天井を流れる虹の玉を、彼はぼんやり眺めている。その横顔には、あのときの少年の面影はまったくない。それだけの歳月が流れたのだ。あの大雨の夜から六十年。自分は大人になって霧山家に嫁ぎ、夫が夭逝してから一人で家を守ってきた。ヨネトモの人生は、果たしてどんなものだったのだろう。いろんなことを体験したに違いない。たくさんのことを知って、忘れて、手に入れたり諦めたりしてきたに違いない。

でも彼は、妹が大好きだったあの浴衣の模様を憶えてくれていた。

自分と同じように、どうしても忘れられなかったのだろう。忘れたくなかったのだろう。

白地に紅い金魚がたくさん散った、あの浴衣。

一人きりの暮らしの中、ふらりと覗いた鯉の販売店で出会った色鯉。妹が最後の夜に着ていたあの浴衣。妹が大好きだった浴衣。自分は迷いなくその鯉を買い取った。鯉は数日後に家へ届けられ、庭の池で暮らしはじめ、おかえりなさいという、ずっと言いたかった言葉で胸がいっぱいになった。

「あたしもやってみよ」

明が腰を上げて壁際に移動し、智の真似をして虹の玉を待ち構える。タイミングがなかなか合わず、二度失敗し、それでも三度目に、明は光の玉をぱくっと食べた。

「おー明さん上手。お兄ちゃんもやってみ」

そっくりなのが模様だけではなかったことが、あの鯉を飼ってみてすぐにわかった。あの子は妹のように大人しくて、引っ込み思案で、いつも岩陰でじっとしていた。そうかと思うと、ときおり急に泳ぎ出て、池の中を気持ちよさそうに遊び回るのだった。月の明るい夜が多かった。空が真っ暗な、雨の夜に死んだから、綺麗な月を見たかったのかもしれない。

「どれ」

壁際で聡史がひょこひょこと伸び縮みしはじめた。首を突き出したり引っ込めたりしながら、いかにも不器用に口をぱくぱくさせる。

「お。お。お。来た」

ぐんと首を伸ばして後ろに跳びすさった聡史の足が、市子の腰を蹴り飛ばした。

「いま大事な電話してるんだからバタバタしないでよっ」

「すみません。え、電話してないじゃないですか」

「つながらないのよ！」

「携帯に、光を、あてると、電波、よくなりますよ」

智が虹をつぎつぎぱくつきながら言う。

「そうなの？」

「やってみればいいじゃないですか」

妹があのおもちゃの首飾りをくれたのは、彼女が小学二年生、自分が小学四年生の、誕生日の翌朝のことだった。いや、実際には誕生日の夜だったのだろう。朝起きると、枕元に、短い手紙といっしょに置かれていた。きっと直接渡すのが恥ずかしかったのだ。いつもは家族でいちばん早く寝る妹が、自分よりも遅くまで起きているのは大変だったに違いない。首飾りをくれた朝、妹はさっさとご飯を食べ終えて学校へ行ってしまったし、帰ってきてからも、わざと自分と顔を合わせないようにしていた。夕食の席で向かい合い、目が合うと、ぎこちなく笑い、それを誤魔化すように、味噌汁の器を覗き込んだ。いったんは外国人の泥棒に盗まれてしまったあの首飾りだが、いまはまた部屋の飾り棚に、大事に仕舞ってある。

「お父さんもやれば」

明が大洞を振り返る。

「なんかもう、みんなで黙っててもしょうがないし、ちょっと身体動かして頭すっきりさせようよ、ね、ほら」

明が大洞の腕を摑んで立ち上がらせ、壁のほうへ引っ張っていくと、ヨネトモも立ち上がった。

「おーとうとうヨネトモさんも」

智が笑う。

「便所だよ」

ヨネトモのそばで、市子が壁に張りついて、流れてくる光の玉をつぎつぎ携帯電話で受け止めている。窓辺ではサン・キャッチャーの回転がだんだんと遅くなり、壁や天井を流れる光の玉も、しだいにのんびりとした動きに変わっていく。ヨネトモは部屋の隅で立ち止まり、目をゆっくりとしばたたきながら、そんな様子を漠然と眺めている。

たくさんの人と同じ部屋にいるなんて、何年ぶりだろう。

「あーそっち行った、何だっけほら、おばあちゃんほら」

智はこっちを見ている。ほかよりも少しだけ大きな光の玉が、すうっと流れて自分のほうへ近づいてくる。それが自分の顔と重なるとき、霧山美紗は意識することなく口をあけていた。光はあたたかくもなく、冷たくもなく、口に何の感触も残さなかった。しかし、光を食べたそのとき、あの朝病室のベッドに真っ白な顔をして横たわっていた妹と自分が、ほんの一瞬、重なった気がした。妹の身体は、あのときやっぱり光でいっぱいになったのだと思った。その光を妹は、苦しみから解放されるために使ったのだ。

旅立った妹は、どこにいるだろう。

あの鯉は、どこを泳いでいるのだろう。

捜すのはもうやめようと、霧山美紗は初めて思った。

小さな池に連れ戻すよりも、広い川で、いつまでも自由に泳いでいてほしい。

しかし、自分は大洞に、あの子を無事に連れ戻したときの報酬を約束してしまった。その約束を反故にすることを、彼は許してくれるだろうか。

それはわからないけれど、もう心は決まっていた。部屋の中を流れるこの光が止まったら、大洞に言おう。あの話はなかったことにしてほしいと。

虹の群れは速度を落としていった。もう少しで止まってしまいそうだった。しかし智が窓辺に近づき、指先でまたサン・キャッチャーをつつき、光はふたたび勢いを取り戻して部屋中を回りはじめた。壁際では明と大洞が、聡史が、市子とヨネトモが、みんなそれぞれ光を受け止めている。いつまでもこの光景を眺めていたいと霧山美紗は思った。ずっと眺めていたい景色なんて、これまで見たことがあっただろうか。思い出せない。歳をとると、いろんなことが思い出せない。でも、それもまたいいことのような気がした。

ヒキダスの人生は終わろうとしていた。

手足をロープで縛られ、ヒキダスは夜の海を滑走する小型船のへりに立たされていた。強い追い風が全身に吹きつけている。もし背後で自分の身体を支えている人間がいなければ、すぐにでも風に煽られ、全身が海のほうへ持っていかれそうだった。

ハミダスに命じられ、背後からヒキダスの身体を支えているのは、最年少のトリダスだ。ヒキダスがハミダスのグループに属していた頃、コソ泥で稼いだ金をよく分けてやっていたものだが、まさかそのトリダスにこうして命を預けるときがくるとは思ってもみなかった。

後悔はしていない。

自分はどうせ、命惜しさに生徒の素性をぺらぺら喋ってしまうような卑怯者だ。そして、喋れば命は助けてやるという甘い言葉を、容易に信じてしまうような馬鹿だ。

「あ……！」

急に、トリダスが背後で声を上げた。

首だけ回して振り返ると、半切りのビーチボールのようなピンクと白のキャップが、風に弄(もてあそ)ばれながら夜の向こうへ遠ざかっていく。いつだったか、小さな海水浴場へいっしょに遊びに行ったとき、あのキャップを土産物屋で買ってやったのを憶えている。

「もうすぐ夜明けだ」

そばに座ったハミダスが呟いた。

彼は逆さまに置かれた大きな木箱に腰を下ろし、闇の向こうを眺めていた。尻の下にある木箱は、数時間前、ハミダスたちが海辺の倉庫へ戻ってきたときに抱えていたものだ。倉庫内で交わされていた会話から想像すると、どうやら彼らはメイの居場所を突き止め、そこへ向かったらしい。そしてハミダスはとうとうメイに自分の想いを打ち明けた。しかし彼女にはすでに、心に決めた相手がいた。ハミダスは潔く諦めたが、そのときちょっとした騒ぎが起き、急いで逃げ出さなくてはならなくなった。ハミダスは咄嗟に誰かの自転車にまたがって逃げたが、その自転車には針金で頑丈に固定された謎の木箱が積んであり、それがいま彼が腰を下ろしているものだ。

先ほどからハミダスは木箱の中身をあらためていたが、どうやら入っていたのはガラクタばかりだったらしい。工具類、ボンド、洗剤、軍手、ペットボトル、四角いタッパーなどが、箱のまわりに散らばったままになっている。

「記念すべき夜だ」

夜空を見上げるハミダスの目は、世界地図を見る子供のように澄んでいた。

「この夜をかぎりに……俺はまっとうな人間になる」

ヒキダスを船に乗せて港をあとにしたそのときから、ハミダスは同じ言葉を繰り返していた。これが四回目だ。顔つきからして、本気らしい。

「悪い人間には、女の心を捕まえることなんてできやしないんだ」

メイが〝愛している人〟というのが、ひどく善良そうな男だったのだという。思えばハミダスという人間の、こうした単純で、ある意味で真っ直ぐなところに惹かれ、かつて自分は仲間になった。ほかの連中も、きっと同じなのだろう。

何にしても、世の中から悪い人間が一人減ってくれるのはいいことだ。三ヶ月前に足を洗ったヒキダス自身を含めれば、二人減っていることになる。

数日前からつづけていた、フンダルケッツへの脅迫も、もうやめるらしい。

これから、この日本でまっとうに生きていき、どうしても行き詰まったそのときには、ヒツギムに帰るのだと彼は言っていた。

ただし——。

「お前を殺すのが最後だ、ヒキダス」

残念ながら、こればかりは別のようだ。

「お前を海に投げたあとは、どんな悪さもしねえ」

「あの、ハミダスさん——」

後ろからヒキダスの身体を支えていたトリダスが、おずおずと口をひらいた。

「いっそ、ヒキダスさんを殺すことも、やめちまったらどうでしょう。その、どうせこの世界から足を洗うんなら、早いほうがいいでしょうし、お二人はせっかく幼馴染みで、お互いのことをよく——」

「俺のポリシーはな」

ハミダスが低い声で遮る。

「やりかけた仕事を途中でほうり出さねえことだ。それだけはできねえ。何があってもな」

トリダスはうつむいた。ハミダスは疲れたように鼻を鳴らし、足下に散らばった木箱の中身を靴先で弄んだ。ブーツがこつんと四角いタッパーに触れる。

あのタッパーには何が入っているのだろう。

蓋の内側には結露した水滴が震えている。

「……食い物かもしれねえな」

呟きながら、ハミダスが上体を曲げてタッパーの蓋に手をかけた。

中には茶色い泥のようなものが入っていた。その一部から緑色の物体が顔を出しているが——あれは野菜だろうか。かたちからして、ひょっとするとキュウリかもしれない。ハミダスは泥状のものが入ったタッパーに鼻を近づけていったが、なにしろ風が強いので、においはわからないようだ。彼は小さく首をひねりつつ、工具箱の中からクリップを取り出した。指で伸ばしてZ字状にし、いっぽうの先端を緑色のものに突き刺す。ハミダスはそれを持ち上げながら眉根を寄せた。緑色のものは……やはりキュウリのようだ。ハミダスはふんと鼻を鳴らし、どれ、と口をあけてキュウリを顔に近づけていく。しかしそれが鼻先数センチまで接近した瞬間、びくんと顔を引いた。

「くせえ！」

ひと声叫び、ハミダスは怒りに満ちた顔でキュウリを海へほうった。ついでブーツの靴裏で力任せにタッパーを蹴り飛ばす。タッパーは横回転しながら飛び、トリダスの足下に転がった。

「捨てとけ！」

ハミダスに命じられ、トリダスはすぐさまタッパーを拾い上げて海へ捨てた。水音も聞こえなかった。

「……夜が明ける」

水平線を睨んでハミダスが立ち上がる。

「そろそろ時間だ。余計な前置きはなしでやらせてもらうぜ。早いとこ、俺は生まれ変わりたいんだ」

勝手な言葉を吐きながら、ポケットに両手を突っ込んで顔をこちらへ向ける。

「……あばよ（シンゴ）」

彼はトリダスに顎で合図をし、目を閉じた。

トリダスの手が背中を押した。両足が宙に浮き、ヒキダスは海へ向かって落ちていった。

鯉は不思議で仕方がなかった。

何故、鰓（えら）がぎゅっと絞られているような感覚があるのだろう。

長い白髪に長い鬚の、あの老人は、自分をいったいどこへ放したのだろう。

息が苦しい。

お腹も空いた。

調子に乗って泳ぎつづけてしまったので、ひどく疲れていた。

それでも、あの水槽や、狭い池や、四角くて退屈なプールや、もっと退屈な風呂の底に入れられていた頃よりはずっといい。

自分を池で飼っていた老婆のことを、鯉は思った。あの人は何故かいつも自分だけに話しかけてきた。普段は水の中にまでキンキン響いてくる尖った声なのに、自分に話しかけてくるときだけは、まるで子供をあやすような声になった。

ああ鰓がどんどん締めつけられていく。

でも、何だろう、この感覚は。

何かが自分を呼んでいる気がする。

自分を誘っているように思える。

これは――においだ。

知っているにおい。身体が反応してしまうにおい。

行く手に不思議な魚が泳いでいた。全身が緑色で、目も口も鰭もない。広い場所には、いろんなやつがいるらしい。自分を呼んでいるのは――誘っているのは、あいつなのだろうか。

鯉は身をくねらせて相手のほうへ泳いでいった。しかし、すぐそばまで近づくと、それが魚ではないことがわかった。

最高に美味しそうなにおい。

緑色の細長いものに、鯉はかぶりついた。ばりっと嚙み砕いた瞬間、口の端に違和感をおぼえ、水中できらりとZ字状のものが光った。

まずい――鯉は素早く身をひるがえした。あのプールの中でやられたのと同じ仕掛けかもしれない。この銀色のものに糸がつながっていて、自分は水の外へ引っ張り上げられるのかもしれない。銀色のものは口に引っかかったまま離れない。頭を振っても、身体を回しても離れない。

そのとき、いきなり目の前に人間が落ちてきた。

避けようとしたが、口から突き出した銀色のものの端が何かに引っかかった。動けない。これは大がかりな仕掛けなのだろうか。自分はまた水から上げられてしまうのだろうか。鯉は必死で尾鰭を振った。せっかくこんなに広い場所で暮らせることになったのに、もう捕まりたくない。何度目かに渾身の力で尾鰭を振ったとき、ぐん、と全身が前に進んだ。引っかかっていた部分が外れたのだ。そのまま鯉は夢中で泳いだ。

全速力で。

自由に向かって。

やがて、少しずつ、さっきまで鰓を締めつけていた感覚が遠のいていった。この水の中で自分は生きていくのだ。広い――このとても広い――。

Epilogue

ヒツギムの乾燥しきった空気の中を、一人の男が歩いてくる。

一歩ごと、灼(や)けた砂が黄色い煙となって立ちのぼり、微かな風に流されて消える。

男はやがて、村の広場へと行き着いた。村人たちが、ある者は忙しそうに、ある者は退屈そうに過ごし、昔から少しも変わらない広場の風景を描き出している。頭に盥(たらい)を載せて歩く女。その女の後ろを、手にした木の枝で意味もなく地面を払いながらついていく小さな男の子。少し丈の余る赤いナイキのTシャツを着て、地面に尻をつけて煙草をくゆらしている老人。立ち止まって談笑する女たちの、骨張った頬が、太陽を受けて光っている。

懐かしい村を歩きながら、男は空を見る。バオバブの木よりも高いものは、ここには何ひとつない。そんな真っ青な、どこまでも広がる空に、子供たちの声が響く。ふざけ合い、笑い合い、誰かが誰かをからかい――。

やがて一人の少年がひときわ高い声を上げた。

「お兄ちゃん(タツヤ)！」

男はにっと歯を出して笑い、少年に頷いてみせた。少年は、お兄ちゃんが帰ってきた、お兄ちゃんが帰ってきたと、叫ぶように繰り返しながら駆け寄ってくる。彼と似た顔の、少しだけ幼い別の少年が、同じように声を上げながらついてくる。その後ろでほかの子供たちも走り出し、男はたちまち小さなたくさんの顔に囲まれてしまった。

「こらこら、押すな。やめろ馬鹿（コサジノウ）」

まとわりついてくる二人の少年を両脇に抱え込むようにして、男はほかの子供たちに訊く。

「俺の弟（カズヤ）たちは悪さしてないか？」

「してないよ」

「勉強も教えてくれるよ」

「僕たちみんな仲良し（フンダルク）なんだ」

男は満足げに頬笑み、二人の弟を両脇に抱えたまま広場を進んでいく。いくつかの家の前を過ぎる。何人かが男に向かって片手を上げてみせ、何人かが頬笑みながら頷く。新聞も売られず、テレビやラジオの電波も届かないこの地域では、遠い国で起きた出来事など誰も知らない。

やがて、男の行く手に一軒の家が見えてきた。

ひび割れた土壁の前に、水の入った盥が置かれている。盥には洗濯物が沈み、その横で、肥った女が腰に手をあてて声を上げている。

「ほら、こっち来て、ちゃんと見るんだよ！」

裸ん坊の女の子が、やっと歩きながら、ふらふらと女のそばを離れていく。その先ではもう少し大きな女の子が、明らかにでたらめな歌を口ずさみながら、ぴょんぴょん飛び跳ねて踊っている。

「お兄ちゃんがいつか帰ってきたときにね、何もできないままじゃ恥ずかしいよ！　家の手伝いも憶えて――」

ふと、女の目がこちらへ向けられた。

彼女ははっと息を吸い、自分の頬を両側から摑んだ。

「ヒキダス！」

母親に頷き返し、ヒキダスはにっこりと笑う。そして両目をぐっと見ひらき、厚い唇に人差し指を押しつけるという、ヒツギム独特の愛情表現をしてみせる。

「母さん（ピンコ）」

「あんた……あんた急に……なんだってこんな急に」

「ただいま（イツジン）」

立ち尽くして声を震わせる母親を、裸ん坊の子供と踊っていた女の子が不思議そうに振り返っている。母親の視線を追い、彼女たちはようやく一番上の兄の帰還に気づく。女の子は跳び上がり、裸ん坊のほうは両手をやたらにばたつかせる。

二人のそばへ近づき、ヒキダスはそれぞれの頭にそっと手をのせた。髪は、ヒッギムの太陽に熱された懐かしい温度をその手に伝えた。まだ立ち尽くしたままでいる母親に顔を向け、照れくささを誤魔化して頬笑みながら、ヒキダスは自分の幸運にいまさらながら感謝するのだった。

両手両足を縛られて飛び込んだ水の中で、実際のところ何が起きたのかはわからない。憶えているのは、背中で縛られた手首のロープを、何かが強く引っ張った感触と、その直後にすっと両腕が軽くなったことだけだ。

ひょっとしたら、トリダスがこっそり結び目を緩めておいてくれたのかもしれない。その緩んだところに何かが引っかかり、ロープは解けてくれたのかもしれない。もしそうだとすると、ハミダスの目を盗んで結び目に細工を加えるのは、命がけの行為だったろう。馬鹿で素直で臆病者のトリダスの、これからの人生が、この国の太陽のように明るい光で照らされることを、ヒキダスは心から祈った。

腕を縛っていたロープの感触が消えてからも、ハミダスが乗った船が遠ざかってくれるまで、水面に顔を出すわけにはいかなかった。自分の身体が浮いてしまわないよう、ヒキダスは両手で必死で水を掻いた。そうしながら深い場所へと潜り、そこで身体を丸めて両足のロープを解こうとした。一度では無理だった。身体がどんどん浮いていき、水面に出てしまいそうになると、また両手で水を掻いて身体を沈めた。三度目でロープは解けた。そのまま水中をできるだけ泳ぎ、やがて水面に顔を出して大きく喘ぐと、右手でエンジン音が聞こえた。船のシルエットが小さく見えていた。ヒキダスは肺いっぱいに空気を吸い込み、もう一度水中に潜り、船と逆の方向へ、息のつづく限り泳いだ。幼い頃、ヒッギムの川で、ハミダスといっしょに泳いだことが思い出された。この川で巨大な蛇を見た人がいるらしいとヒキダスが嘘をつき、そのあと川底に潜ってハミダスの足を摑んだら、ハミダスは水の中で聞こえてくるほどの声で叫んだ。必死で逃げ出すハミダスを追いかけて、追いついて、冗談だとわからせるのは大変だった。

ヒキダスは水面に顔を出し、振り返った。

船はもう見えず、エンジン音も聞こえなかった。

海の上には一面の星が広がっていた。

そのとき、あれを見たのだ。

ヒキダスの目の前で、一匹の魚が大きく跳ね上がった。あれは鯉だったように思えるが、はたして鯉は海を泳いだりするのだろうか。水滴を散らし、全身に星明かりを浴びて、鯉は空中で身をくねらせた。白と紅の濡れた身体が、無数の星に彩られた空を映し、さざ波に覆われた海を映した。それはまるで、夜の虹だった。虹のまわりには水滴が、一粒一粒に星の光を吸い込んで、スローモーションのように浮かんでいた。

相手の目が一瞬、自分を見たように思った。

「ねえ、ねえ、遠い国のおみやげは?」

兄の帰還を喜ぶのもそこそこに、上の妹が両手を突き出してくる。並んだ十本の指は、最後に見たときよりもちょっと長くなっている。

「いろいろあって忙しかったもんだからな、おみやげは何も買っていないんだ」

妹の顔がくしゃっと歪んだので、ヒキダスは慌ててズボンの尻ポケットに手を入れた。

「でも、面白いものがある。お前が気に入るんじゃないかと思って、持ってきた」

用意してきたものをポケットから取り出し、しゃがみ込んで妹の前に差し出した。

「お人形!」

妹はぱっと顔を輝かせ、ほとんど奪い取るようにしてその人形を受け取った。

「ただのお人形じゃないんだ。逆さまにしてごらん」

「……こう?」

妹が人形を反転させると、中からは足ではなく、もう一つの顔と胴体が現れた。

「うわあ!」

甲高い声を上げて妹は喜んだ。

それはあの夜、潜ったまま陸に向かって泳いでいるときに水底で見つけた、奇妙な人形だった。長い年月、水の中を彷徨っていたのだろう、塗装は剝げ、服は脱げ、頭は丸坊主になっていた。上半身同士がつながり合ったその人形を見つけたとき、あまりの気味の悪さにヒキダスは投げ捨ててしまいそうになった。しかしそのとき、ふと思いついたのだ。これは、スカートで身体の半分を隠したら、普通の人形になる。そして、そうだ、スカートを引っ繰り返したら、別の顔を持つもう一つの姿になる。

海から上がってこっそりアパートへ戻り、国へ帰る準備を進めながら、ヒキダスは人形を新しいものにつくり替えた。色を塗り直し、目鼻を描き直し、スカートと服をつくって着せた。想像していたとおり人形は、リバーシブルのスカートをはかせると、逆さまにすることで別の姿を楽しめるようになった。二つの顔のうちの一つを、ヒキダスは、母親そっくりに仕上げた。たくましい、大らかに笑った母親の顔だった。そしてもう一つは――。

「このきれいな人、お姫様?」

少し迷ったが、ヒキダスは頷いた。

「そうだよ、お姫様だ」

それは、自分のせいで迷惑をかけてしまったフンダルケッツの生徒、メイの顔だった。

「おみやげもいいけど、あんたほんとに、勝手に出ていったきり、いつまでも帰ってこないで……親不孝もいいところだ」

「悪かったよ」

「隣村のなんとかっていう、あんたと同じくらいの歳の男なんてね、同じように遠い国に旅立ったけど、あんたと違ってきちんと連絡をくれてるそうだよ。いまじゃ大成功して、歌手になったって話さ」

「へえ。何てやつだ？」

「だから、なんとかって子だよ。憶えてないよ」

まあ、どうせアルバイトでもしながら小さなライブハウスで歌っている程度に決まっている。

「あんただって、連絡くらいできただろうよ……何年も何年も……」

途中から咽喉に力がこもり、小さな泉のように、両目に涙が湧いた。母は顔を叩くようにしてその涙を隠し、厚い掌の向こうから、くぐもった声でつづけた。

「この馬鹿息子……放蕩息子……人でなし」

「ごめんよ、母さん」

「あたしがどれだけ心配したか、お前にはわからないだろ」

「わかっていたさ」

水を入れた袋が一気にやぶけたかのように、母は声を放って泣き出した。妹も、その妹も、弟も、その弟も、母のそんな姿を心配そうに眺め、ヒキダスの顔を見て、また母の顔を見た。

「あんた……よく帰ってきたねえ。本当に、大変だったろう、え？　言葉の通じない、遠い場所で暮らしていくのは」

ヒキダスは答えに迷った。

しかしやがて、母に向かって笑いかけながら、正直に答えた。

「大したことないさ（サーモン・キャッチャー）」

解説

若林踏（わかばやしふみ）
（書評家）

道尾秀介は、出版という枠組みの中で様々な企画に挑戦する作家である。例えば二〇二一年に刊行された『N』（集英社）は「どの章から読んでも物語が成立する」本で、一章ごとに上下を反転させて印刷するという製本上の面白い工夫が施されていた。また、本そのものに仕掛けがあるという意味では、〈いけない〉シリーズ（文藝春秋）がある。これは各短編の最後に写真が一枚用意されており、それを見ることによって驚きが生まれるという趣向が凝らされているのだ。このように本の形態にまでこだわりをもった斬新な企画に近年、道尾は熱心に取り組んでいる。『シークレット　綾辻行人ミステリ対談集in京都』（光文社）に収められた対談の中で道尾は「本が売れなくなってきた近年の状況は、ぼくもすごく実感しています。（中略）市場が下り坂になってきたのなら、小説家が〝囲い〟から脱して商品改良に取り組まなきゃいけないとも思うんです」と述べている。『N』や〈いけない〉シリーズは、そうした道尾の思いが結実した作品だろう。

さらに道尾秀介は、出版業界以外のジャンルとのコラボレーションにも積極的だ。映像業界ではフジテレビ系列のクイズ番組「今夜はナゾトレ」のコーナー「一瞬ミステリー劇場　瞬間探偵！　平目木駿」の問題作成を任されていた。同コーナーは『瞬間探偵　平目木駿』（原作：道尾秀介、漫画：神海英雄）のタイトルでコミカライズされている。また、最近ではリアル脱出ゲームを主宰するＳＣＲＡＰと共同で『DETECTIVE X CASE FILE #1 御仏の殺人』（ＳＣＲＡＰ出版）を発売した。これは過去に起きた未解決事件の警察資料などのアイテムが同封されたボックス入りゲームで、ユーザーは自身が探偵役になりきって事件の謎を解くというもの。『Ｎ』や〈いけない〉シリーズと同様、〝体験〟を重視する近年の道尾の姿勢が、小説以外のメディアで形になって現れたものだといえる。このように道尾秀介という作家は、業界外とのセッションを行いながら小説家にできることの枠を広げようとしているのだ。

さて、本書『サーモン・キャッチャー the Novel』もそうしたコラボ企画の一つである。というのも、もともと本書は劇作家であるケラリーノ・サンドロヴィッチ（以下、ＫＥＲＡ）が道尾に声を掛ける形で実現した企画で、二人が創り上げたコンセプトをもとに道尾は小説を書き、ＫＥＲＡが映画を撮るというものなのだ。小説は二〇一六年一一月に光文社より四六判で刊行された。ちなみにＫＥＲＡによる映画は現在、鋭意制作中とのこと。『小説宝石』二〇一六年一二月号に収録された刊行時のインタビューによれば、道尾がＫＥＲＡの作品に初めて触れたのは戯曲の『室温〜夜の音楽〜』。そこからＫＥＲＡ作品にのめり込んだ道尾は舞台も観に行くようになり、公演パンフレットに解説を載せるほどになっていったのだという。

『サーモン・キャッチャー the Novel』はあらすじを説明するのが難しい小説だが、「これだけは書いてもいいかな」という部分だけ触れておく。物語の中心にあるのは「カープ・キャッチャー」という屋内釣り堀である。ここでは鯉を釣るごとにポイントが溜まり、景品と交換できるようになっているのだが、白い箱に収められた「１０００Ｐ」交換の景品は誰も手に入れたことがなく、箱の中身は店長以外の従業員すら見たことがないという。

本書はこの「カープ・キャッチャー」を行き来する複数の登場人物の視点を入れ替えながら進行していく。これまでの道尾作品のなかでも最も群像劇の要素が強い小説である。しかも、出てくる登場人物の癖がやたら強い。例えば河原塚ヨネトモという人物は真っ白な長髪が垂れ下がった仙人のような風貌で、「カープ・キャッチャー」で鯉釣りの神様として崇められている。ヨネトモはもともと八百メートル走のオリンピック強化選手だった。しかし、けっきょくオリンピックに出場できないまま現役を引退し、慢性的な無気力に襲われたまま生き続けているのだ。また、内山聡史というフリーターは「対人恐怖症歴十二年」を自称し、世界で唯一まともに口が利けるのは妹の智だけというほどコミュニケーションが不得手だ。このような具合に、本書の登場人物たちは誰もがどうしようもない生きづらさを抱えつつ日々を過ごしている。先ほど触れた『小説宝石』のインタビューのなかで、道尾は登場人物の造形について「KERAさんと話していくうちに、〝どうしようもない奴〟を書きたいねっていう話になったんです。僕の作品では『カラスの親指』が似た印象ですけど、実はあの中には、ひとりだけバツグンにクレバーな奴がひそんでいたんですよね。でも今回は、本当にどうしようもない連中、何をやっても駄目な連中を書こうという話にまとまりました」ということを述べている。そうした「どうしようもない私たち」の人生が交差することで、果たしてどのようなドラマが生まれるのか、という興味で読ませるのだ。

物語全体の様相は、一言では表現しづらい。基本的にはコメディタッチの展開が多いのだが、その中にもこれまで道尾がミステリ小説の中で培ってきた技巧が使われている。その一つが偶然の使い方だ。ミステリ作家のロナルド・ノックスが推理小説を書く際のルールとして挙げた「ノックスの十戒」というものがある。そのなかに「探偵は、偶然や第六感によって事件を解決してはならない」という項目があるように、理詰めの展開を求めるミステリにおいては偶然の要素はなるべく排するのが望ましいとされている。だが道尾の場合、偶然を敢えて重ねることによってミステリを描こうとすることがある。人間の行いは偶然の集積によって左右されるものであり、そうした様を形式美を有するミステリというジャンルで描こうとする意志が道尾作品からしばしば感じられるのだ。本書でも登場人物たちが生み出す偶然が巧みにプロットの中に組み込まれている。その偶然が何をもたらすのか、パズルを解くような感覚で味わっていただきたい。もう一つの美点は伏線の張り方である。ここでいう伏線とは、謎解きミステリでいうところの手がかりとは少し異なる。作中には様々な小道具が用意されているのだが、それらが後の展開になって重要な意味を帯びてくるのだ。いわゆる〝チェーホフの銃〟と呼ばれる作劇のテクニックの使い方が見事で、「なるほど、この小道具はここで活きてくるのか」と感心する箇所が複数ある。その辺りの技法にも注目だ。

四六判の刊行時には本文中にイラストが付されていたが、今回の文庫版では目次の後にカラー頁でタロットカードのようなものが並べられている（文庫カバーを見ると、同じデザインのカードがちりばめられているのにお気づきだろう）。一体このタロットカードが何を示しているのかはどこにも明示されていない。このカードの謎については、是非とも読者ご自身で考えてみて欲しい。本の形そのものにもこだわり、〝体験〟を重視する作家、道尾秀介の姿がここにもある。

◎

道尾秀介とケラリーノ・サンドロヴィッチ、二人が打ち合わせを重ねてひとつのコンセプトを創り上げ、それをもとに、それぞれが「the Novel」と「the Movie」を結実させるべく、別々に創作活動に入りました。

本作はそうして完成した小説版です。

映画版「the Movie」は、現在プロジェクトが進行中です。

p.4〜p.12　イラスト　齋藤州一

二〇一六年十一月　光文社刊

光文社文庫

サーモン・キャッチャー　the Novel

著者　道尾秀介

2022年12月20日　初版1刷発行

発行者　三宅貴久
印刷　萩原印刷
製本　ナショナル製本

発行所　株式会社　光文社
〒112-8011　東京都文京区音羽1-16-6
電話（03）5395-8149　編集部
8116　書籍販売部
8125　業務部

ISBN978-4-334-79454-5　Printed in Japan

組版　萩原印刷

光文社文庫　好評既刊

シンポ教授の生活とミステリー　新保博久
銀幕ミステリー倶楽部　新保博久編
くれなゐの紐　須賀しのぶ
ブレイン・ドレイン　関　俊介
孤独を生きる　瀬戸内寂聴
生きることば　あなたへ　瀬戸内寂聴
寂聴あおぞら説法　こころを贈る　瀬戸内寂聴
寂聴あおぞら説法　愛をあなたに　瀬戸内寂聴
寂聴あおぞら説法　日にち薬　瀬戸内寂聴
いのち、生きる　瀬戸内寂聴　日野原重明
幸せは急がないで　瀬戸内寂聴　青山俊董編
贈る物語　Wonder　瀬名秀明編
腸詰小僧　曽根圭介短編集　曽根圭介
正　体　染井為人
成吉思汗の秘密　新装版　高木彬光
白昼の死角　新装版　高木彬光
人形はなぜ殺される　新装版　高木彬光

邪馬台国の秘密　新装版　高木彬光
「横浜」をつくった男　高木彬光
神津恭介、犯罪の蔭に女あり　高木彬光
刺青殺人事件　新装版　高木彬光
社長の器　高杉　良
ちびねこ亭の思い出ごはん　黒猫と初恋サンドイッチ　高橋由太
ちびねこ亭の思い出ごはん　三毛猫と昨日のカレー　高橋由太
ちびねこ亭の思い出ごはん　キジトラ猫と菜の花づくし　高橋由太
ちびねこ亭の思い出ごはん　ちょびひげ猫とコロッケパン　高橋由太
ちびねこ亭の思い出ごはん　たび猫とあの日の唐揚げ　高橋由太
バイリンガル　高林さわ
乗りかかった船　瀧羽麻子
退職者四十七人の逆襲　建倉圭介
王都炎上　田中芳樹
王子二人　田中芳樹
落日悲歌　田中芳樹
汗血公路　田中芳樹